日本の古典をよむ 11

大鏡
栄花物語

橘 健二・加藤静子・山中 裕
秋山 虔・池田尚隆・福長 進［校訂・訳］

小学館

写本をよむ

近衛《このえ》本 大鏡

近衛家旧蔵の写本で、三冊から成り、それぞれ書名の下に「天」「地」「人」と小字で付されている。誤写が少ない善本である。 京都大学附属図書館蔵

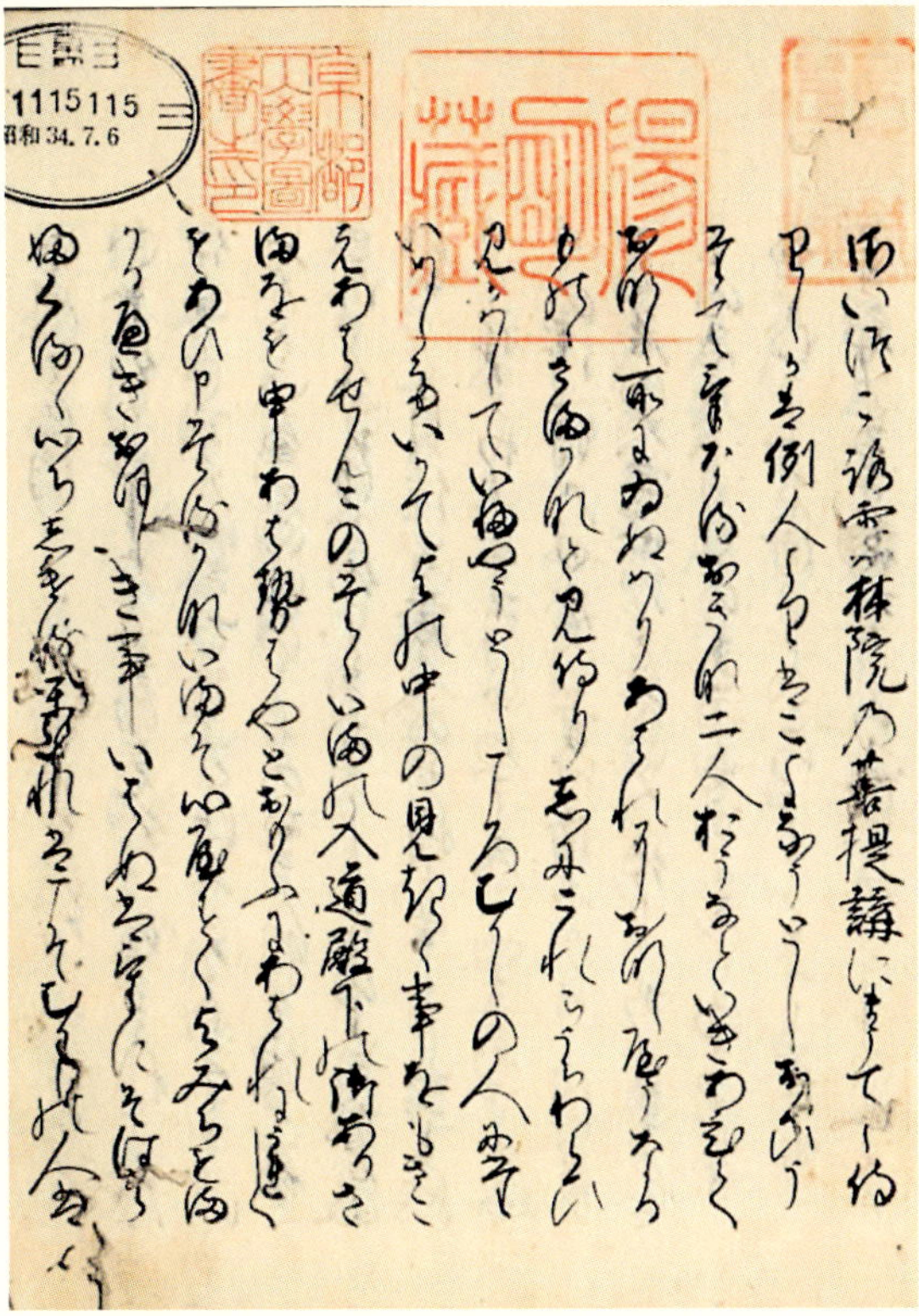

冒頭三行を通行の字体で記す。

さいつころ、雲林院の菩提講にまうでて侍りしかば例人よりはこよなうとしおいうたてげなるおきな二人おうなといきあひて

（以下、一七頁参照）

書をよむ

道長の書の力量

石川《いしかわ》九楊《きゅうよう》

『大鏡』『栄花物語』の主役とも言うべき藤原道長《ふじわらのみちなが》の書の実力は、どれほどのものであったのだろうか。

道長の日記「御堂関白記《みどうかんぱくき》」の中には、新調する屏風《びょうぶ》の色紙形《しきしがた》の清書《きよがき》を藤原行成《ゆきなり》が持参したという記事がある。小野道風《おののみちかぜ》、藤原佐理《すけまさ》と並ぶ三蹟《さんせき》の一人である行成は、当時随一の書家。「歴史上、日本を代表する書は」と問われれば、彼の書「白氏詩巻《はくししかん》」(次見開き3)を示せば足りるほどに、その書は日本書史上の名品である。これに対して道長の書は、当時の一大権力者の書として登場することはあっても、書史上、名を留めるほどではないと考えられてきた。

しかし今回、道長の「御堂関白記」と行成の「白氏詩巻」との筆蹟を比較してみたところ、意外にも、道長と行成との間に筆力の差はほとんど認められなかった。これは私にとって、新しい発見であった。

一例として、「御堂関白記」の寛弘《かんこう》元年(一〇〇四)二月五日、六日の裏書《うらがき》(1)。女手《おんなで》(平仮名)で和歌を五行記《しる》した後、六〜一〇行の漢文の書き込みでは、繊細な書きぶりは背後に隠れ、日記ゆえの草卒な書きぶりが前面に出ている。だが、少し字粒が大きくなる一〇行からは、次第にその精妙な書きぶりが露出しはじめ、一四行の「中門大蔵卿頭中将相従頭如此事可恐丶丶」に至っては、書字の骨格は驚くほど高い技量で書かれ、絶妙。「白氏詩巻」となんら遜色ない。左に、上には道長、下には行成の字を掲出したが、「中」の字は酷似しており、「門」字の第二画の転折部以降の縦筆のたおやかな反《そ》りと力の加減は「白氏詩巻」の直線的な書きぶりを凌《しの》ぐ。「相」字に至っては偏《へん》と旁《つくり》が接近し、「目」部がやや大きな「白氏詩巻」のそれより水準が高い。

一一世紀初頭の第一級政治家・道長と、第一級の

道長

行成

道長

行成

道長

行成

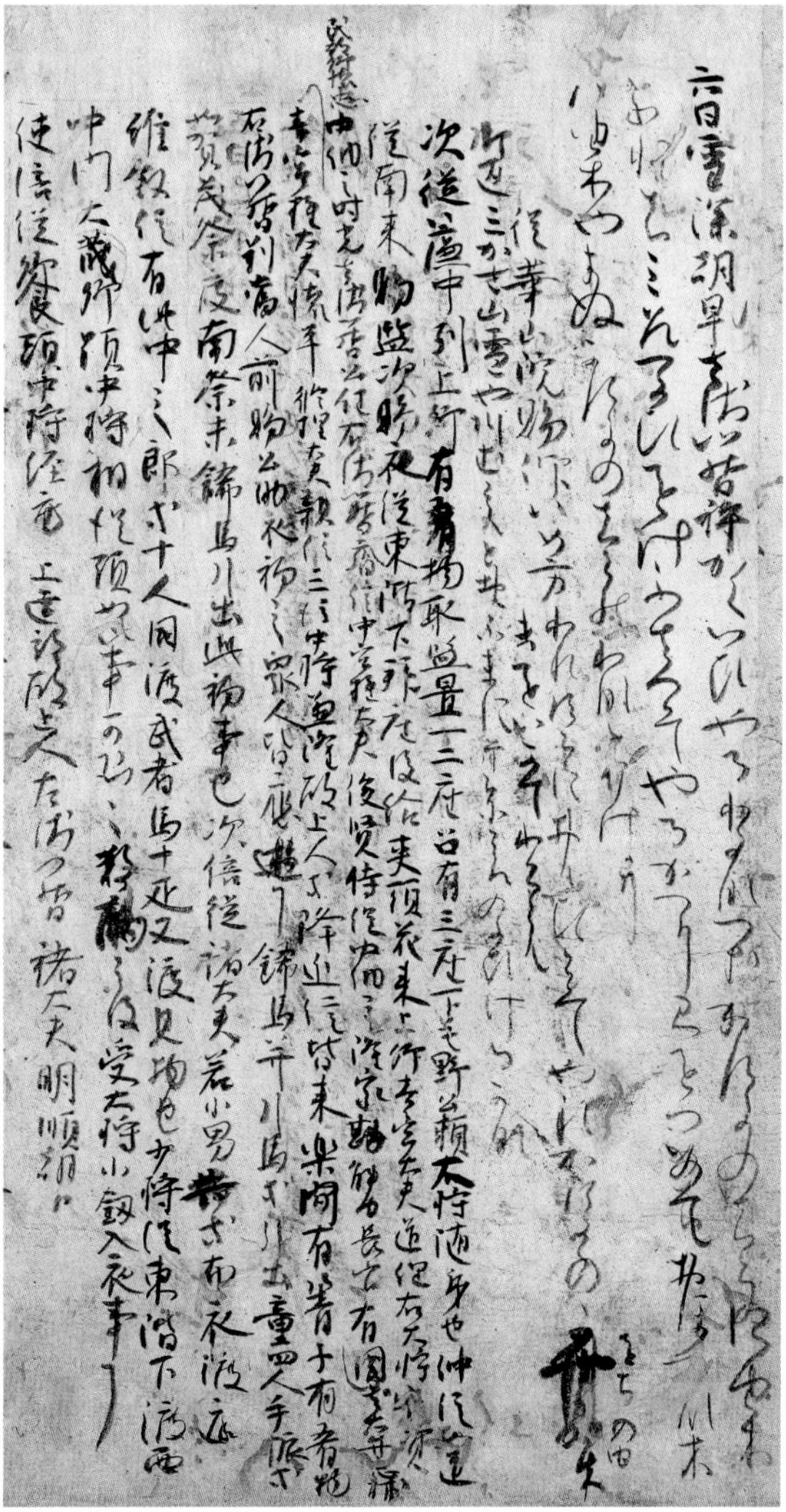

1 ——「御堂関白記」

寛弘元年二月五日、六日裏書・部分・国宝・陽明文庫蔵
六行目までは六日の記事。藤原公任からの歌と道長の返歌、花山院からの歌と道長の返歌四首。七行目からは五日の記事。一四行目の文字を、藤原行成の文字と比較した。

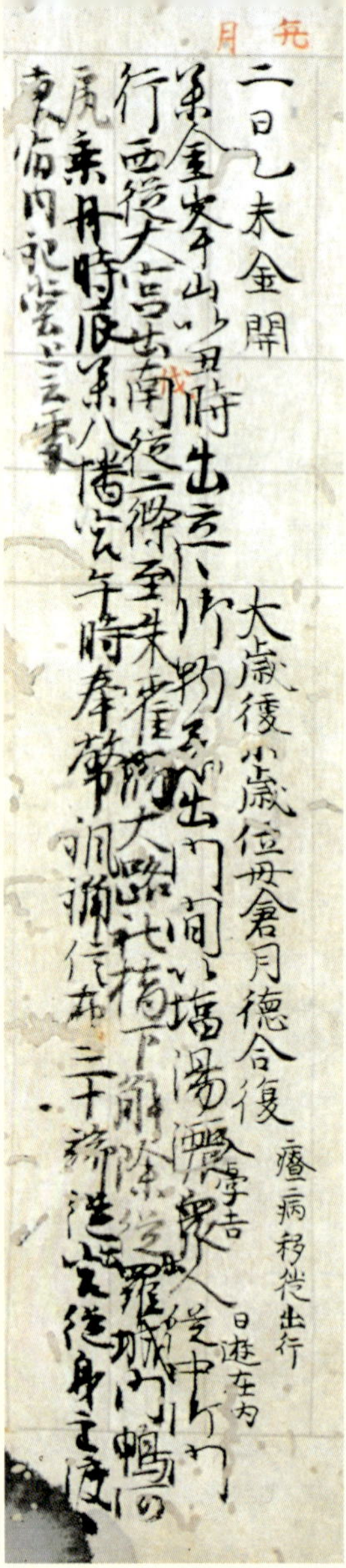

2

2 ――「御堂関白記」
寛弘四年八月二日・部分
国宝・陽明文庫蔵
道長の金峯山参詣の記事。二行目からの本文が道長の文字。

能書家・行成の書が、きわめて高い水準で共通性を有するということは、それらが類的、匿名的であったことを意味する。「高野切《こうやぎれ》」「三色紙《さんしきし》」「粘葉本和漢《でっちょうぼんわかん》朗詠集《ろうえいしゅう》」（4）等の筆者名がそれぞれ、紀貫之《きのつらゆき》、小野道風、藤原行成等と伝えられてはいても、実のところはわからぬのもそれゆえである。ここから、紫式部《むらさきしきぶ》も清少納言《せいしょうなごん》も、道長や行成と同程度の筆力の持ち主ではなかったかという推量が可能になる。

　では、道長は「白氏詩巻」を書けたのだろうか。「白氏詩巻」のごとき神経質なまでに細部に意匠を凝らした清書体もその気になれば書けたかもしれないが、それは清書役の行成の仕事であり、役柄上、実際に書くことはなかったのではないか、そう思えるまでに道長の書の水準は高い。

　道長の歌「この世をば我が世とぞ思ふ望月《もちづき》の欠けたることのなしと思へば」から、貴族の権勢と奢侈《しゃし》ばかりを想起するのは、想像力の貧困というもの。紫式部は『源氏物語』梅枝《うめがえ》帖で、物語中の当代を、栄華どころか「よろづのこと、昔には劣りざまに、浅くなりゆく世の末なれど（万事、昔より劣化し、浅薄になっていく末世ではあるが）」と記した後、「仮名のみなん今の世はいと際《きは》なくなりたる（仮名だけは

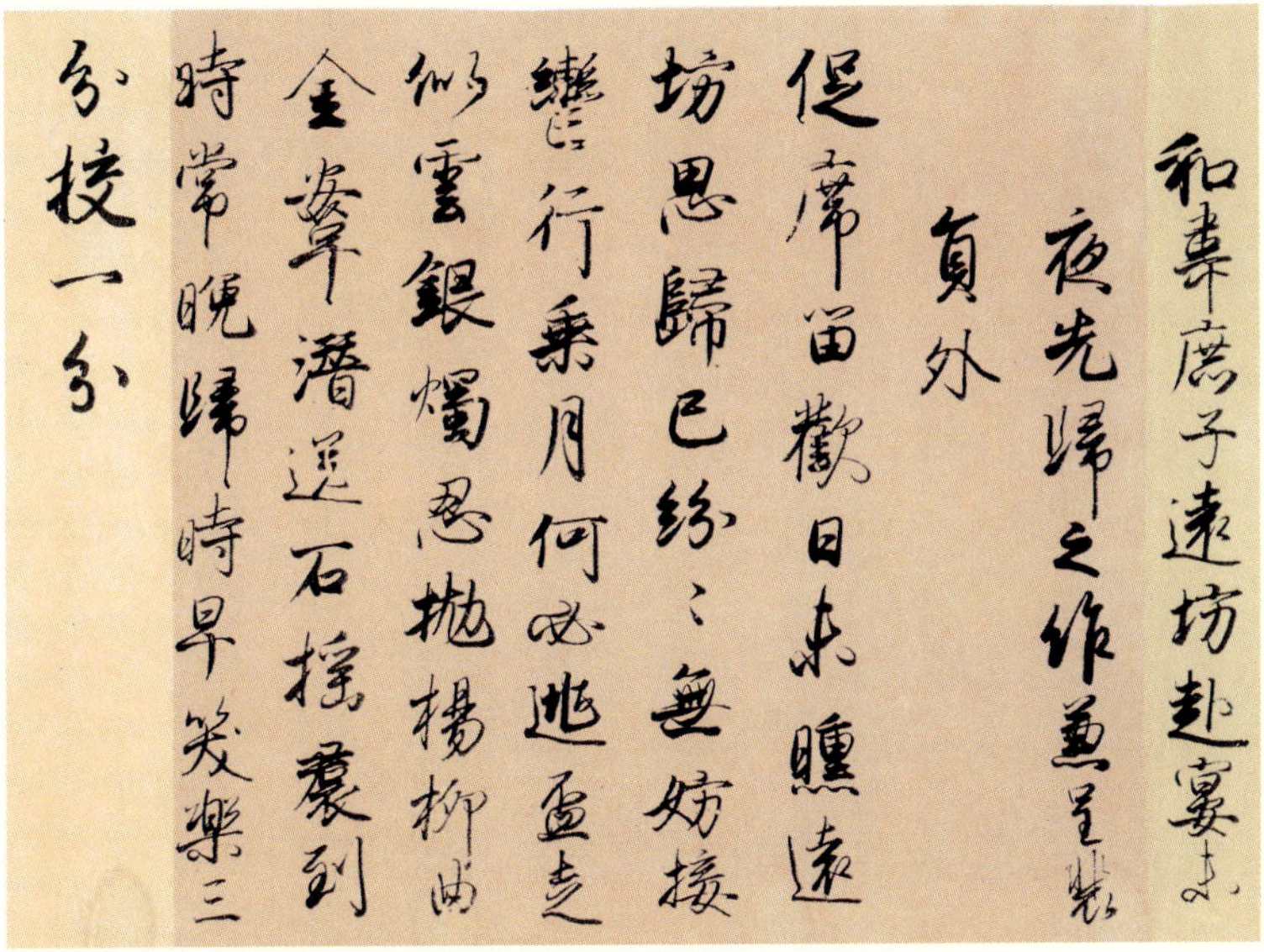

3——藤原行成筆「白氏詩巻」　3

部分・国宝・東京国立博物館蔵　Image:TNM Image Archives

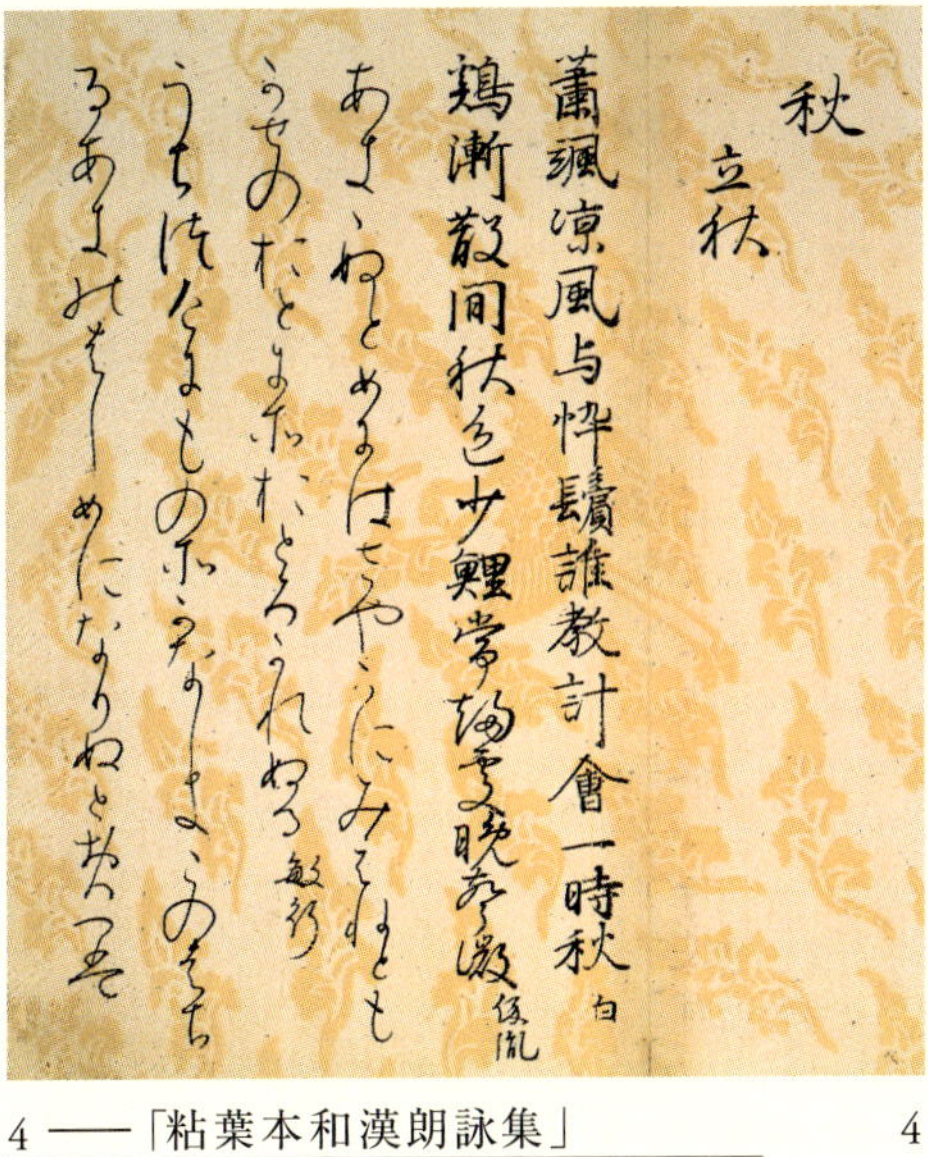

4——「粘葉本和漢朗詠集」　4

部分・伝藤原行成筆・宮内庁三の丸尚蔵館蔵

最高域に達した）」と続ける。それは、新生の文字と新生の文体による新生の日本語の誕生＝日本（語）人の表現領域の飛躍的拡大であり、そこにこそ「道長の栄華」の実態があった。欠けたることのなき「望月（満月）」とは、この新生の文化の永続性を暗喩《あんゆ》していると思えるのである。

（書家）

美をよむ

いとおそろしく雷《かみ》鳴りひらめき

佐《さ》野《の》みどり

1

夏の初めから秋にかけて、空を走る稲妻や大音響の雷鳴に誰《だれ》しも身をすくめた経験があるのではないか。近代以前においては、人知の及ばぬ脅威である地震や雷は、超越的存在のなせる業《わざ》、超越的存在がみずからを示現するものとして怖《おそ》れられていた。

『古事記』には、人間世界である葦原中国《あしはらのなかつくに》の平定に建《たけ》御雷神《みかずちのかみ》が高天原《たかあまのはら》から遣わされ、大国主神《おおくにぬしのかみ》を帰順させた物語が語られる。建御雷神は、伊耶那岐命《いざなきのみこと》が十拳《とつか》の剣《つるぎ》で火之迦具土神《ひのかぐつちのかみ》の首を斬《き》った時、神聖な石に血が迸《ほとばし》って成った神という。つまり火の神と聖剣のぶつかり合いから生れた神であり、いかにも稲妻や雷鳴のイメージにふさわしい。建御雷神は天鳥船神《あめのとりふねのかみ》とともに葦原中国に赴き、大国主神に帰順を迫り、大国主神の子、勇猛果敢な建御名方神《たけみなかたのかみ》と力比べをする。この部分はまるで機動戦士ガンダムのアニメを見ているようだ。千人力《せんにんりき》で巨岩を動かす建御名方神に対し建御雷神は、手をたちまちに氷柱に変え、そして剣の刃にも変える。建御雷神が大国主神やその子らを服属させ高天原に帰るというこの武闘系物語は、近未来ＳＦの想像力の原型ともいえるだろう。人々は雷を怖れ、その超越的な力を畏敬《いけい》するのである。

東洋美術の中では、早く中国敦煌《とんこう》の壁画に風神と雷神の形象化がみられるが(六世紀)、日本では、一二世紀の大集経《だいじつきょう》見返し絵の風神・雷神や、「扇面《せんめん》法華経」の夕立と雷神の描写が割合と早い作例であり、その後は、雨空と稲妻、あるいは雷神など中世絵画のさまざまな添景に姿を現している。なかでもとくに印象深く注目されるのが、菅原道真《すがわらのみちざね》の生涯や北野《きたの》

1 ──「北野天神縁起絵巻」

第五巻・部分・国宝・北野天満宮蔵

2 ──「扇面貼交屏風」

部分（左隻）・八曲一双・伝俵屋宗達・宮内庁三の丸尚蔵館蔵

社《しゃ》の由来などを語る「承久本《じょうきゅうぼん》北野天神縁起絵巻」（一三世紀）の落雷の描写である。

1はそのひとつ、『大鏡』にも描かれた、雷神とな

2

3——「風神雷神図屏風」
俵屋宗達・国宝・建仁寺蔵
風袋を持った風神（右）と雷鼓を携えた雷神（左）。
中央の余白が二神の対照性とダイナミックさを引き立てている。

3

った道真が清涼殿《せいりょうでん》を襲う場面である。雷神は赤い身体に力を漲《みなぎ》らせ稲妻と雷鳴を発している。もくもくと湧《わ》く黒雲や金の稲妻は、落雷の衝撃に投げ飛ばされた公卿《くぎょう》たちに触手を伸ばすかのようである。だが、道真を陥れ排斥した当人の藤原時平《ときひら》は、太刀を構え、きっと前を見据え立っている。「今たとえ、雷神になられても、この世では私に対して遠慮なさるのが当然であろう」（六四頁）と、剛毅《ごうき》にも雷神に向かっている。

　桃山末から江戸初期に活躍した俵屋宗達《たわらやそうたつ》は、おそらくこうした古絵巻の雷神の絵を見たことがあったのだろう。「扇面貼交屏風《はりまぜびょうぶ》」（2）や「伊勢物語色紙」の雷神は宗達の古絵巻学習を物語っている。そして建仁寺の「風神雷神図屏風」（3）。妙法院の風神・雷神の木彫像や古絵巻に想を得つつも、宗達は大風や雷をただ怖ろしい神として描き出したのではなかった。畏怖を突き抜ける明るい賛嘆とユーモア。そこに宗達の造形の飛躍がある。

（美術史家）

大鏡
栄花物語

装丁　川上成夫
装画　松尾たいこ
本文デザイン　川上成夫・千葉いずみ
解説執筆・協力　植田恭代（跡見学園女子大学）
コラム執筆　佐々木和歌子
編集　土肥元子
編集協力　松本堯・兼古和昌・原八千代
校正　中島万紀・小学館クォリティーセンター
写真提供　内藤貞保・国立歴史民俗博物館・平等院
小学館写真資料室
地図製作　蓬生雄司

はじめに——道長の栄華を見つめる二つの歴史物語

平安時代に権勢を誇った藤原氏《ふじわら》のなかでも、藤原道長《みちなが》はとりわけよく知られている人でしょう。

この世をば我《わ》が世とぞ思ふ望月《もちづき》のかけたることもなしと思へば

これは、寛仁《かんにん》二年（一〇一八）十月十六日、道長の娘威子《いし》が立后《りっこう》した日に道長が詠《よ》んだ和歌です。藤原実資《さねすけ》の『小右記《しょうゆうき》』に記されているこの歌は、一条《いちじょう》天皇の中宮《ちゅうぐう》となった彰子《しょうし》、三条天皇の中宮になった妍子《けんし》に続き、威子が後一条天皇の中宮となり、娘三人が后《きさき》に立つという栄誉に浴した道長の心情を、望月のすがたになぞらえて表しています。その後一条天皇は、前々年に即位した彰子所生の一条天皇第二皇子の敦成《あつひら》親王で、外孫の即位にともなって道長は摂政となりました。この和歌は、のちの『袋草紙《ふくろぞうし》』や『続古事談《ぞくこじだん》』にも伝えられ、外戚として権力を誇った道長の自信に満ち溢《あふ》れた様子を伝える逸話として、今日に至るまで語り継がれていくことになります。

道長没後まもなく、この道長を中心として歴史を描く物語が生み出されました。それが

『栄花物語《えいがものがたり》』です。さらにその後、『栄花物語』正編を生かして『大鏡《おおかがみ》』が生れました。

『大鏡』は、驚くばかりに長命な老翁《ろうおう》の昔語りを軸として、登場人物たちの座談形式で歴史を語る物語です。雲林院《うりんいん》の菩提講《ぼだいこう》で、百九十歳の大宅世継《おおやけのよつぎ》と百八十歳になろうかという夏山繁樹《なつやまのしげき》とその老妻が出会い、そこに若侍《わかさぶらい》も加わって、歴史語りの場が用意されます。世継は、水尾《みずのお》の帝《みかど》、すなわち清和《せいわ》天皇が退位した年（八七六）の正月十五日に生れ、清和天皇から後一条天皇までの十三代の御代《みよ》を生きた老翁です。史上の人物たちを世継が生き生きと語り、その話に耳を傾ける人々が問いかけ、時に意見を述べていきます。さらに、もっぱら聞き役に徹する人の存在もうかがえます。その人が『大鏡』全体の語り手です。

『大鏡』の歴史語りの目的は、はじめに世継が語ることばの中に、端的に表されています。道長は「幸ひ人（特別に幸運な人）」と表され、抜きん出てすばらしい道長を語ろうとすれば、おのずとたくさんの帝や后、大臣、公卿《くぎょう》たちのことを語ることになり、それによって世の中のことがすべて明らかになるというのです。『大鏡』は、人物の逸話をつないで系譜を示し、一族の歴史を表していく作品です。文徳《もんとく》天皇から後一条天皇まで歴代の帝を語る「帝紀《ていき》」から、道長に至る藤原氏の系譜を語る「列伝《れつでん》」へと展開する物語のスタイルは、中国の史書に由来して、紀伝《きでん》体と呼ばれることもあります。歴史上のさまざまな事件も、系譜が語られる中にまとめられていきます。人間を語ることによって歴史が語られる、それが『大鏡』なのです。

同じ藤原道長の栄華を賞賛する歴史物語であっても、『栄花物語』は、年次にそって物語が進められていきます。こちらは、編年体《へんねん》というスタイルになっています。宇多《うだ》天皇から堀河《ほりかわ》天皇までの御代にわたる物語を、歳月を追うことによって描いていきます。したがって、『栄花物語』が日本の正史《せいし》である六国史《りっこくし》のあとを受ける歴史物語の嚆矢《こうし》と見なされることにもなります。しかし『栄花物語』が、史実の記録とは一線を画す文学作品であるのはいうまでもありません。これは、仮名物語の流れのなかに生み出された文学作品です。『栄花物語』ではそれぞれの巻々に、物語らしい巻名がつけられています。『栄花物語』の作品世界では、先行する長編物語『源氏物語』が意識されてもいるのです。藤原氏が外戚として栄華を築き、道長によってその絶頂を迎え、一族が繁栄する様相が、栄耀栄華《えいようえいが》を極めた光源氏の物語世界を彷彿《ほうふつ》とさせながら展開されていきます。仮名によって書かれる歴史物語は、編年体の体裁をとっても、正史とは違う新たな文学世界を拓《ひら》いていきます。

ともに道長の栄華を称え、歴史物語と呼ばれるふたつの物語ですが、その作品世界の趣は異なります。本書には、両作品の主要な部分が収められています。部分から、まずは『大鏡』と『栄花物語』それぞれの魅力を知り、さらにはふたつの作品を読み比べることによって、歴史を見つめるまなざしを考えていただければ幸いです。

（植田恭代）

目次

地の巻

人の巻
——太政大臣道長

栄花物語

平安京図（大内裏・左京）

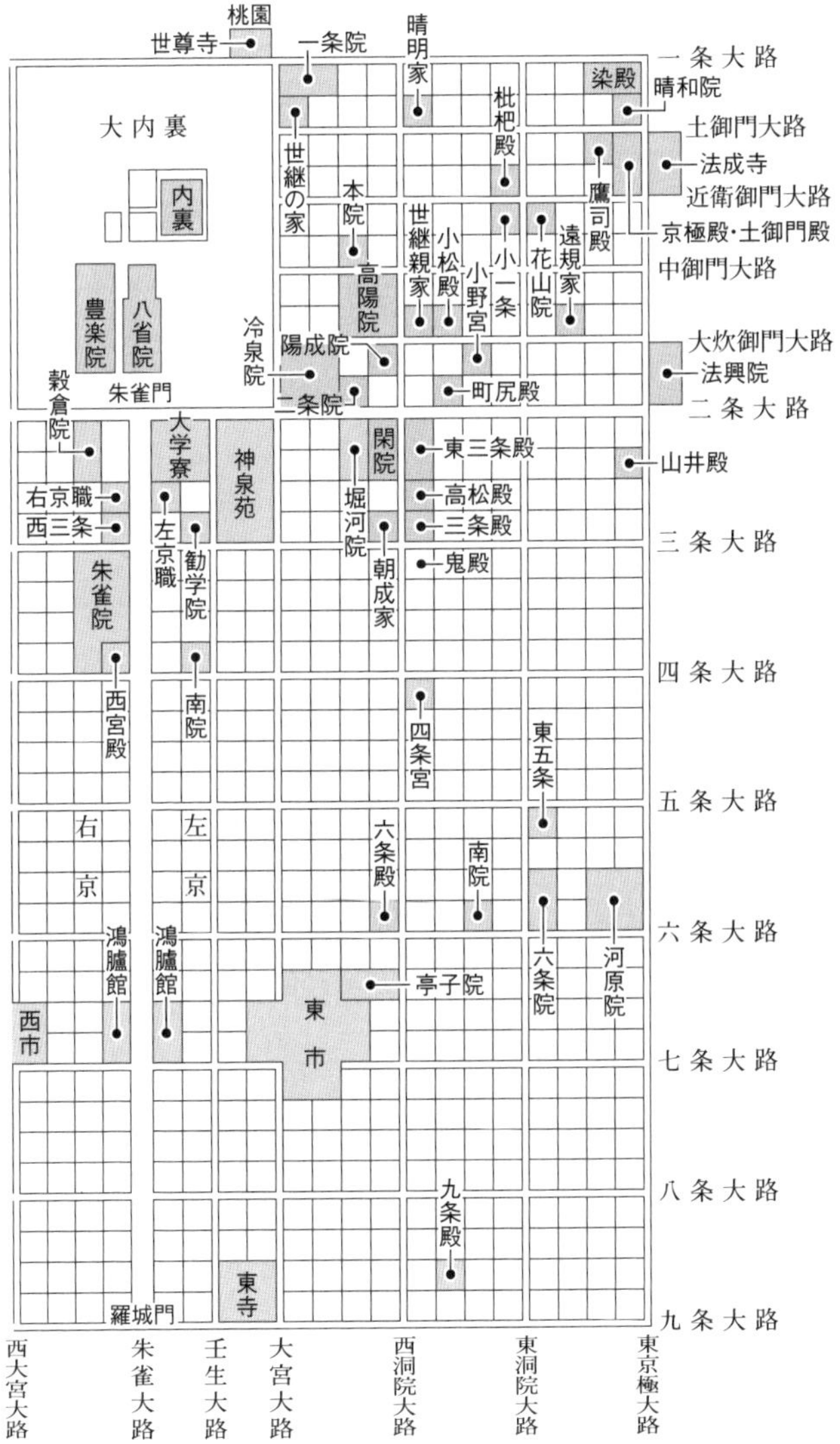
桃園
世尊寺
一条院
晴明家
染殿
晴和院
一条大路
大内裏
内裏
枇杷殿
土御門大路
法成寺
世継の家
本院
鷹司殿
近衛御門大路
京極殿・土御門殿
世継親家
小松殿
小一条
花山院
遠規家
中御門大路
高陽院
小野宮
豊楽院
八省院
冷泉院
陽成院
大炊御門大路
法興院
穀倉院
朱雀門
二条院
町尻殿
二条大路
大学寮
神泉苑
閑院
東三条殿
山井殿
右京職
高松殿
西三条
左京職
堀河院
三条殿
三条大路
朱雀院
勧学院
朝成家
鬼殿
四条大路
西宮殿
南院
四条宮
東五条
五条大路
右京
左京
六条殿
南院
六条大路
鴻臚館
鴻臚館
六条院
河原院
亭子院
西市
東市
七条大路
八条大路
九条殿
東寺
羅城門
九条大路
西大宮大路
朱雀大路
壬生大路
大宮大路
西洞院大路
東洞院大路
東京極大路

凡例

◎本書は、新編日本古典文学全集『大鏡』および『栄花物語』一〜三（小学館刊）の中から、著名な部分を選び出し、全体の流れを追いながら読み進められるよう編集したものである。
◎『大鏡』は、底本通り天・地・人の三部構成とし、『栄花物語』は、全体を便宜上三つの部に分けた。
◎『大鏡』人の巻の「雑々物語」と「後日物語」、『栄花物語』続篇（巻三十一〜四十）は掲載しなかった。
◎両作品とも、本文は現代語訳を先に、原文を後に掲出した。
◎現代語訳でわかりにくい部分には、（　）内に注を入れて簡略に説明した。
◎両作品とも、各章段に便宜的な見出しを付した。『栄花物語』の見出しの下には原本の巻数と巻名を示した。
◎『大鏡』では、歴史を語る人物（世次・繁木など）の会話には**「　」**を用いた。また、その人物名は、現代語訳においては「世継」「繁樹」などと統一した。
◎掲載した箇所の中で、一部を中略した場合は、原文の省略箇所に（略）と記した。
◎本文中に文学紀行コラム「大鏡の風景」「栄花物語の風景」を、巻末に「系図」を設けた。
◎巻頭の「はじめに──道長の栄華をみつめる二つの歴史物語」、『大鏡』と『栄花物語』の「あらすじ」、巻末の「解説」は、植田恭代（共立女子短期大学）の書き下ろしによる。

大鏡

橘健二・加藤静子［校訂・訳］

大鏡

❖ あらすじ

雲林院《うりんいん》の菩提講《ぼだいこう》で、格段に年齢の高い異様な老翁《ろうおう》老女が偶然に出会う。今年百九十歳の大宅世継《おおやけのよつぎ》と、百八十歳にはなろうかという夏山繁樹《なつやまのしげき》とその妻であった。そこに若侍が加わり、講師《こうじ》の到着を待つ間、歴史語りをすることになった。世継は、卓越した藤原道長《ふじわらのみちなが》の栄華を語るためには帝《みかど》や后《きさき》、大臣、公卿《くぎょう》たちの話をすることになり、おのずと世の中のことも明らかになるといい、第五十五代文徳《もんとく》天皇から語る。歴代の帝の話は年代の指標ともなり、清和《せいわ》天皇（文徳第四皇子）、陽成《ようぜい》天皇（清和第一皇子）、光孝《こうこう》天皇（仁明《にんみょう》第三皇子）、宇多《うだ》天皇（光孝第三皇子）、醍醐《だいご》天皇（宇多第一皇子）、朱雀《すざく》天皇（醍醐第十一皇子）、村上《むらかみ》天皇（醍醐第十四皇子）、冷泉《れいぜい》天皇（村上第二皇子）、円融《えんゆう》天皇（村上第五皇子）、花山《かざん》天皇（冷泉第一皇子）、一条《いちじょう》天皇（円融第一皇子）、三条《さんじょう》天皇（冷泉第二皇子）と続き、第六十八代の当代、後一条《ごいちじょう》天皇は、一条天皇が、第一皇子敦康《あつやす》親王に後見がいないため、第二皇子敦成《あつひら》親王を東宮に立てたものだと結ぶ。世継は、道長の栄華がすべて帝との繋《つな》がりによることを述べ、藤原氏の大臣たちへと話題を移し、閑院《かんいん》の大臣《おとど》と呼ばれた藤原冬嗣《ふゆつぎ》（内麿三男）から語る。藤原氏で初めて太政大臣《だいじょうだいじん》・摂政となった良房《よしふさ》（冬嗣二男）、良相《よしみ》（冬嗣五男）、長良《ながら》（冬嗣長男）、基経《もとつね》（長良三男）がおり、基経の長男時平《ときひら》・二男仲平《なかひら》、四男忠平《ただひら》は「三平」と呼ばれた。左大臣となった時平は右大臣菅原道真《すがわらのみちざね》を大宰府《だざいふ》に左遷し、客死した道真の怨霊が噂《うわさ》された。仲平は枇杷《びわ》の大臣と呼ばれ、忠平は小一条《こいちじょう》の太政大臣といい、摂政・関白として二十年にわたり政務を執り、子息に実頼《さねより》（長男）、師輔《もろすけ》（二男）、師氏《もろうじ》（四男）、師尹《もろまさ》（五男）がいた〔天の巻〕。

世継は次に、右大臣師輔とその子孫、伊尹《これまさ》（師輔長男）、兼通《かねみち》（同二男）、為光《ためみつ》（同九男）、公季《きんすえ》（同十一男）、兼家《かねいえ》（同三男）、道隆《みちたか》（兼家長男）、道兼《みちかね》（同三男）までを語る。師輔長女安子《あんし》は村上天皇の女御《にょうご》で、気性は激しいが思いやりも深く、冷泉天皇・円融天皇・為平親王と女宮四人の母后となり、代々の帝・東宮や摂政・関白は師輔（九条殿《くじょうどの》）の血統であった。為平親王は源高明《みなもとのたかあきら》の婿で、源氏に政権が移るのを恐れた伯父たちにより、弟守平《もりひら》親王（のちの円融天皇）が東宮に立ち、高明は左遷された（安和《あんな》の変）。伊尹は太政大臣となったが翌年没。息男義孝《よしたか》の子は名筆で名高い行成《こうぜい》である。太政大臣兼通は兼家と不仲で、兼家は一時右大将から治部卿《じぶきょう》に降格されたが、摂政・太政大臣となった。内大臣道隆は関白になり六年ほどで没。その長女定子《ていし》は一条天皇に十五歳で入内《じゅだい》し、中宮となっていた。道兼が関白となったが七日で没し、政権は道長（兼家五男）に移った。道隆の子内大臣伊周《これちか》は、花山院不敬事件で大宰権帥《だざいのごんのそち》に左遷、弟隆《たか》家《いえ》も出雲権守《いずものごんのかみ》に左遷され、二人は恩赦によって召還されたが、道隆の子孫は繁栄しなかった〔地の巻〕。

道長の北の方二人はともに源氏出身で、倫子《りんし》は二男四女に恵まれ、長女彰子《しょうし》は一条天皇の中宮となった。明子《めいし》は四男二女を儲《もう》け、その一人、顕信《あきのぶ》は出家した。道長は三十歳で内覧、五十一歳で摂政、そして准三《じゅさん》宮《ぐう》（太皇太后宮・皇太后宮・皇后宮に準ずる位）となった。帝（後一条天皇）・東宮（のちの後朱雀天皇）の祖父であり、三后・関白左大臣、内大臣、その他大勢の納言の父となり、政務を執ること三十一年に及んだ。栄華を極めた道長は、若い頃《ころ》から大変すぐれ、姉の詮子《せんし》からも特別の愛情をかけられた。世継の話は、藤原氏の物語から道長の法成寺《ほうじょうじ》造営に及び、禎子《ていし》内親王誕生の頃に見た夢のお告げのことを、母后妍《けん》子《し》に申し上げたいと語るのであった〔人の巻〕。

天の巻

一　序

さきごろ、私（物語全体の語り手）が雲林院《うりんいん》（京都市北区紫野の大徳寺の辺りにあった寺院）の菩提講《ぼだいこう》（極楽往生を求めて法華経《ほけきょう》を講説する法会《ほうえ》）に参詣《さんけい》しておりましたところ、ふつうの老人より格段に年が寄り、異様な感じのする老人二人・老女一人とが偶然に出会って、同じ場所に座ったようでした。「よくまあ、同じような様子の老人たちだなあ」と、感心して眺めておりますと、この老人たちは互いに笑って顔を見合せて言うには、一人の老人（大宅世継《おおやけのよつぎ》）が「長年、昔の知合いに会って、ぜひとも、世の中で見聞きすることも語り合いたい、また、このただ今の入道殿下《にゅうどうでんか》（藤原道長《みちなが》）のご様子をもお話し申し合いたいと思っておりましたところ、ほんとうにまあ、うれしくもお会い申したことですよ。これで今こそ安心して冥途《めいど》にも旅立つことができます。心に思っていることを口に出さずにいるのは、まったく腹のふくれるような気持がするものでした。こんなわけで、昔の人は、何かものが言いたくなると、穴を掘ってはその中に言い入れおいたのであろうと思われます。かえすがえすもうれしいことに、こうしてお会いできたものですね。それにしても、あなたは何歳におなりになられたのか」と言いますと、もう一人の老人（夏山繁樹《なつやまのしげき》）は、「いくつということは、一向に覚えておりません。ただし、私は、故太政大臣貞信公《だいじょうだいじんていしんこう》（藤原忠平《ただひら》）が、蔵人少将《くろうどのしょうしょう》と申しあげた時の、小舎人童《こどねりわらわ》の大犬丸《おおいぬまろ》なんですよ。あなたは、その御代《みよ》（宇多天皇《うだ》）の母后《ははきさき》の宮《みや》（班子女王《はんし》）の御方の召使、すなわち名高い大宅世継《おおやけのよつぎ》といいましたよなあ。ですから、あなたのお年は私よりずっと上でいらっしゃるでしょうねえ。私がまだほんの子供だった時、あなたは二十五、六歳ぐらいの男盛りでいらっしゃいました」と言うようでした。

すると、世継は、「さようさよう、そういうことでありましたな。ところで、あなたのお名前はいったい何とおっしゃいましたかな」と言いますと、もう一人の老人は、「私が太政大臣殿のお邸《やしき》で昔元服《げんぷく》いたしました時に、「お前の姓は何というのか」とお言葉をおかけ下さいましたので、「いかにも、夏山と申します」と申しあげたところ、すぐに、名前を繁樹とおつけくださいました」などと言うので、私はもう驚きあきれてしまいました。だれも、少しもののわかる身分の者たちは、この老人たちの方に視線を向け、膝《ひざ》を進めてきたりしました。年のころ三十ぐらいの侍《さぶらい》といったふうに見える者が、ぐっと近くに寄って、「いやもう、たいそうおもしろいことをおっしゃるご老人方ですなあ。その言うことをとても信ずることができませぬ」と言いますと、老翁二人は、互いに顔を見合せて、人もなげに笑います。

侍は繁樹と名のる老人の方に目をやって、「あなたは、「年がいくつということを覚えていない」と言うようですね。それならば、こちらのご老人は記憶しておいでですか」と尋ねると、老人（世継）は、「申すまでもないこと。ちょうど百九十歳に、今年なりましたところです。ですから、繁樹は百八十歳に届いておりましょうが、きまり悪がって、年齢は覚えていないと申しているのです。私は、水尾《みずのお》の帝《みかど》（清和《せいわ》天皇）がご退位あそばす年（八七六年）の正月十五日に生れておりますので、十三代の御代（清和、陽成、光孝、宇多、醍醐、朱雀、村上、冷泉、円融、花山、一条、三条、後一条）にお会い申しあげているわけです。たいして悪くはない年ですなあ。本当のことと、人々はお思いになりますまい。けれども、私の父が大学寮の若い学生《がくしよう》に使われておりまして、「身分の低い者でも都近辺にいると利口になる」という諺《ことわざ》がありますとおり、読み書きもできまして、産衣《うぶぎ》に生年月日などを書き残しておいたものが、まだちゃんとございます。丙《ひのえ》申《さる》の年（八七六年）であります』と言うにつけても、なるほどと聞かれます。

先《さい》つ頃《ころ》、雲林院《うりんゐん》の菩提講《ぼだいこう》に詣《まう》でてはべりしかば、例人よりはこよなう年老い、うたてげなる翁《おきな》二人、嫗《おうな》といきあひて、同じ所に居《ゐ》ぬめり。「あはれに、同じやうなるもののさまかな」と見はべりしに、これらうち笑ひ、見かはして言ふやう、「年頃《としごろ》、昔の人に対面《たいめ》して、いかで世の中の見聞くことをも聞こえあはせむ、このただ今の入道殿下《にふだうてんが》の御有様《ありさま》をも申しあはせばやと思ふに、あはれにうれしくも会ひ申したるかな。今ぞ心やすく黄泉《よみ》路《ぢ》もまかるべき。おぼしきこと言はぬは、げにぞ腹ふくるる心地《ここち》しける。かかればこそ、昔の人はもの言はまほしくなれば、穴を掘りては言ひ入れはべりけめとおぼえはべり。かへすかへすうれしく対面《たいめ》したるかな。さてもいくつにかなりたまひぬる』と言へば、いま一人《ひとり》の翁《おきな》、「いくつといふ

こと、さらに覚えはべらず。ただし、おのれは、故太政《こだいじやう》のおとど貞信公《ていしんこう》、蔵人《くらうど》の少将《せうしやう》と申しし折の小舎人童《こどねりわらは》、大犬丸《おほいぬまろ》ぞかし。ぬしは、その御時の母《はは》后《きさき》の宮《みや》の御方の召使《めしつかひ》、高名《かうみやう》の大宅世次《おほやけのよつぎ》とぞ言ひはべりしかしな。されば、ぬしの御年《みとし》は、おのれにはこよなくまさりたまへらむかし。みづからが小《こ》童《わらは》にてありし時、ぬしは二十五六ばかりの男《をのこ》にてこそはいませしか」と言ふめれば、世次、「しかしか、さはべりしことなり。さてもぬしの御名《みな》はいかにぞや」と言ふめれば、「太政大臣殿にて元服《げんぶく》つかまつりし時、「きむちが姓《さう》はなにぞ」と仰《おほ》せられしかば、「夏山《なつやま》となむ申す」と申ししを、やがて、重木《しげき》となむつけさせたまへりし」など言ふに、いとあさましうなりぬ。たれも、少しよろしき者どもは、見おこせ、居寄《ゐよ》りなどしけり。年三十ばかりなる侍《さぶらひ》めきたる者の、せちに近く寄りて、「いで、いと興《きよう》あること言ふ老者《らうさ》たちかな。さらにこそ信ぜられね」と言へば、翁《おきな》二人見かはしてあざ笑ふ。

　重木と名のるがかたざまに見やりて、「「いくつといふこと覚えず」といふめり。この翁どもは覚えたぶや」と問へば、「さらにもあらず。一百九十歳にぞ、今年《ことし》はなりはべりぬる。されば、重木は百八十におよびてこそさぶらふらめど、やさしく申すなり。おのれは水尾《みづのを》の帝《みかど》のおりおはします年の、正月の望《もち》の日《ひ》生まれてはべれば、十三代にあひたてまつりてはべるなり。けしうはさぶらはぬ年なりな。まことと人思《おぼ》さじ。されど、父が生《なま》学生《がくしやう》に使はれたいまつりて、「下﨟《げらふ》なれども都ほとり」と言ふことなれば、目を見たまへて、産衣《うぶぎぬ》に書き置きてはべりける、いまだはべり。丙申《ひのえさる》の年にはべり』と言ふも、げにと聞こゆ。（略）

侍《さぶらい》が、繁樹《しげき》にその齢《とし》を尋ねると、繁樹はこう答える——自分は幼子の時に、子だくさんの女から養父が買い取った子であり、実父母や自分の正確な齢を言えない。買い取られて後、十三歳の時に太政大臣忠平《ただひら》公のお邸《やしき》に奉公にあがったのである——と。

こうして、菩提講《ぼだいこう》の講師《こうじ》を待つ間、だれもかれも長いこと手持ち無沙汰《ぶさた》でいますと、この老翁たちが言いますには、『いやどうも、退屈だから、さあいかがです、ひとつ、昔のことどもを話して、ここにおられる方々に、「それでは、昔の世の中はいかにもこんなふうであったのでした」と、よくわかるようにお聞かせ申しましょう」と、世継《よつぎ》が言うと、繁樹も「さようさよう、それは至極おもしろいことです。さあ、昔を思い出してお話しなさいませ。時々、然るべきお相手は、この繁樹も思い浮ぶままにいたしましょうぞ」と言って、しきりに話そう話そうと思っている二人の様子、私も早く聞きたくて、心ひかれていますと、大勢の人が集まっていたのですが、またその中には話をしっかりと聞き分ける人もいたのでしょうが、とりわけはた目にもはっきりと、この侍は、「よく聞こう」と、さかんに相槌《あいづち》を打っていました。

世継が言うことには、「世の中は、なんとまあおもしろいものですねえ。もの忘れがひどいといっても、やはり私のような老人こそ、世の中の多少のことは知っておりましょう。昔、賢明な天皇がご政治をなさる折には、「国内に高齢の翁《おきな》や嫗《おうな》がいるか」とお召し尋ねになられ、昔の政治の規範を尋ね問いなされては、老人どもの奏上することをいろいろと参考になされて、天下の政治をお執り行いになったということです。ですから、老人というものはたいそうすぐれた者なのです。若い人たちよ、老人を馬鹿《ばか》にしてはなりませせぬぞ」と言って、黒柿《くろがき》の木の骨九本に黄色の紙を張った蝙蝠扇《かわほりおうぎ》をかざして顔を隠しながら、気取って笑う様子も、そうはいっても滑稽《こっけい》です。

「真剣に世継がお話し申したいと思いますのは、ほかでもありませぬ。ただ今の入道殿《にゅうどうでん》下《か》（藤原道長《みちなが》）の御有様の、この世にすぐれていらっしゃることを、出家・在俗、男・女を問わず、皆さんのお前でお話ししようと思うのです、そのお話しすべきことがたいそう多くなって、たくさんの天皇・皇后、また大臣・公卿《くぎょう》のお身の上をも、当然、続け述べねばなりません。そうしたなかで、特別幸運なお方でいらっしゃるこの入道殿下の御有様をお話し申しあげたいと思っていますうちに、おのずと世の中のことがすっかり明らかになるはずです。人づてにお聞きするところによると、釈迦牟尼仏《しゃかむにぶつ》は法華経《ほけきょう》一部二十八品《ほん》をお説き申そうというので、それに先立って法華経以外の経典をお説きになったといいます。それを人は名づけて五時教《ごじきょう》というのだと聞きます。それと同じように、入道殿のご栄華をお話し申そうと思ううちに、しぜんと、余教《よきょう》、つまり、ほかの方々の話が語られる、といってしまってもよいのです」などと世継の翁が言うにつけても、わざとらしく大げさに聞える。けれども、「いやなに、そうは言ってもどれほどのことが話せようか」と思うのに、どうしてどうして、弁舌さわやかに語り続けました。

「世間で摂政・関白と申し、大臣・公卿《くぎょう》と申しあげる方々は、昔も今も皆、この入道殿下のご様子のようでいらっしゃるだろうと、近ごろの若い者たちは思っているでしょうよ。けれども、それがそうでもないことなのです。せんじつめていくと、同じ祖先の同じ血筋でいらっしゃるようですが、家門が分れてしまうと、人々のお心構えもまた、それにつれて別々になってしまうものです。この世が開け始まって以来、帝は、まず神代《かみよ》の七代をさしおき申しあげて、神武《じんむ》天皇をはじめといたしまして、今上天皇《きんじょう》（後一条天皇《ごいちじょう》）まで、六十八代になられております。ですから、本来ならば当然、神武天皇からはじめまして、次々の帝のご順序をお話し申すべきなのです。が、そうは言いましても、それはあまりに耳遠いことですので、ただもうごく近い時代から申しあげようと思うのでございます。さて、文徳《もんとく》天皇と申しあげる帝がいらっしゃいました。その帝からこちら、今上天皇まで十四代になっておられます。その間の年数を数えてみますと、文徳天皇が位におつきになられた嘉祥《かしょう》三年庚午《かのえうま》（八五〇）の年から今年までは、百七十六年ほどになっているでしょうか。言葉に出すのも恐れ多い君の御名を申しあげるのは、もったいなくはございますが……」と言って、世継の翁は、語り続けました。

かくて講師《こうじ》待つほどに、我も人もひさしくつれづれなるに、この翁《おきな》ども
――の言ふやう、「いで、さうざうしきに、いざたまへ。昔物語《むかしものがたり》して、このお

はさふ人々に、「さは、いにしへは、世はかくこそはべりけれ」と、聞かせたてまつらむ」と言ふめれば、いま一人《ひとり》、「しかしか、いと興《きよう》あることなり。いで覚えたまへ。時々、さるべきことのさしいらへ、重木《しげき》もうち覚えはべらむかし」と言ひて、言はむ言はむと思へる気色《けしき》ども、いつしか聞かまほしく、おくゆかしき心地《ここち》するに、そこらの人多かりしかど、ものはかばかしく耳とどむるもあらめど、人目にあらはれて、この侍《さぶらひ》ぞ、よく聞かむと、あどうつめりし。

世次が言ふやう、「世はいかに興あるものぞや。さりとも、翁《おきな》こそ、少少のことは覚えはべらめ。昔さかしき帝《みかど》の御政《まつりごと》の折は、「国のうちに年老いたる翁・嫗《おうな》やある」と召し尋ねて、いにしへの掟《おきて》の有様《ありさま》を問はせたまひてこそ、奏《そう》することを聞こし召しあはせて、世の政は行はせたまひけれ。されば、老いたるは、いとかしこきものにはべり。若き人たち、なあなづりそ」とて、黒柿《くろかへ》の骨九あるに、黄《き》なる紙張りたる扇《あふぎ》をさしかくして、気色だち笑ふほども、さすがにをかし。

「まめやかに世次が申さむと思ふことは、ことごとかは。ただ今の入道殿《にふだうてん》下《が》の御有様の、世にすぐれておはしますことを、道俗男女の御前《おまへ》にて申さむと思ふが、いとこと多くなりて、あまたの帝王・后《きさき》、また大臣《だいじん》・公卿《くぎやう》の御上《うへ》をつづくべきなり。そのなかに、幸《さいは》ひ人《びと》におはします、この御有様申さむと思ふほどに、世の中のことのかくれなくあらはるべきなり。つてにうけたまはれば、法華経《ほけきやう》一部を説きたてまつらむとてこそ、まづ余教《よけう》をば説きたまひけれ。それを名づけて五時教《ごじけう》とは言ふにこそはあなれ。しかのごとくに、入道殿の御栄えを申さむと思ふほどに、余教の説かるると言ひつべし」など言ふも、わざわざしく、ことごとしく聞こゆれど、「いでやさりとも、なにばかりのことをか」と思ふに、いみじうこそ言ひつづけはべりしか。

「世間の摂政《せつしやう》・関白《くわんばく》と申し、大臣・公卿と聞こゆる、古今《いにしへいま》の、皆、この入道殿の御有様のやうにこそはおはしますらめとぞ、今様《いまやう》の児《ちご》どもは思ふらむかし。されども、それさもあらぬことなり。言ひもていけば、同じ種一《ひと》つ筋《すぢ》にぞおはしあれど、門《かど》別れぬれば、人々の御心用《こころもち》ゐも、また、それにしたがひてことごとになりぬ。この世はじまりて後《のち》、帝《みかど》は、まづ神の世七代をおきたてまつりて、当代《たうだい》まで六十八代にぞならせたまひにける。すべからくは、神武《じんむ》天皇《てんわう》をはじめたてまつりて、次々の帝の御次第《しだい》を覚え申すべきなり。しかりと言へども、それはいと聞き耳遠ければ、ただ近きほどより申さむと思ふにはべり。文徳《もんとく》天皇と申す帝おはしましき。その帝よりこなた、今の帝まで十四代にぞならせたまひにける。世をかぞへはべれば、その帝、位《くらゐ》につかせたまふ嘉祥《かしやう》三年庚《かのえ》午《うま》の年より、今年《ことし》までは一百七十六年ばかりにやなりぬらむ。かけまくもかしこき君の御名を申すは、かたじけなくさぶらへども」とて、言ひつづけはべりし。

二

五十五代文徳《もんとく》天皇から六十四代円融院《えんゆういん》まで（概略）

文徳天皇は、仁明《にんみよう》天皇の第一皇子で、母は贈太政大臣藤原冬嗣《ふじわらのふゆつぎ》の息女順子《じゅんし》（五条《ごじよう》の后《きさき》）である。天長《てんちよう》四年（八二七）八月に生誕、承和《じようわ》九年（八四二）八月に立太子、嘉《か》祥《しよう》三年（八五〇）三月に二十四歳で践祚《せんそ》（即位）し、在位八年。その母五条の后に在原《ありわらの》業平《なりひら》は「月やあらぬ春や昔の春ならぬわが身ひとつはもとの身にして」などの歌を詠《よ》んだ。

清和《せいわ》天皇は、文徳天皇の第四子で、母は太政大臣藤原良房《よしふさ》の息女明子《あきらけいこ》（染殿《そめどの》の后）である。嘉祥三年三月に生誕、同十一月に立太子、天安《てんあん》二年（八五八）に九歳で践祚、在位十八年。水尾《みずのお》の帝《みかど》とも呼ばれる。この天皇の子孫が源氏の武士の一族である。

陽成《ようぜい》天皇は、清和天皇の第一皇子で、母は贈政大臣藤原長良《ながら》の息女高子《たかいこ》（二条《にじょう》の后）である。貞観《じょうがん》十年（八六八）十二月に生誕、同十一年二月に立太子、同十八年十一月に九歳で践祚、在位八年。その母二条の后は年若い頃《ころ》、在原業平と噂《うわさ》があった。

光孝《こうこう》天皇は、仁明天皇の第三皇子で、母は贈太政大臣藤原総継《ふさつぎ》の息女沢子《たくし》である。天長七年（八三〇）に生誕、親王となり、元慶《がんぎょう》六年（八八二）正月に五十三歳で一品宮《いっぽんのみや》（親王最高位）となり、同八年二月に五十五歳で践祚、在位四年。小松《こまつ》の帝《みかど》とも呼ばれる。

宇多《うだ》天皇は、光孝天皇の第三皇子で、母は桓武《かんむ》天皇皇子仲野《なかの》親王の息女班子《はんし》女王である。

貞観九年五月生誕、元慶八年四月に臣籍降下し、源姓となるも、仁和《にんな》三年（八八七）八月に二十一歳で立太子、同日践祚、在位十年。亭子《ていじ》の帝《みかど》とも呼ばれる。

醍醐《だいご》天皇は、宇多法皇の第一皇子で、母は内大臣藤原高藤《たかふじ》の息女胤子《いんし》である。仁和元年正月に生誕、寛平《かんぴょう》五年（八九三）四月に立太子、同九年七月に十三歳で践祚し、在位三十三年。治政だけでなく和歌の道にも優れていた。

朱雀《すざく》天皇は、醍醐天皇の第十一皇子で、母は太政大臣藤原基経《もとつね》の息女穏子《おんし》である。延長《えんちょう》元年（九二三）七月に生誕、同三年十月に立太子、同八年に八歳で践祚、在位十六年。

村上《むらかみ》天皇は、醍醐天皇の第十四皇子で、母は朱雀天皇と同じく穏子である。延長四年六月に生誕、天慶《てんぎょう》七年（九四四）四月に立太子、同九年四月に二十一歳で践祚、在位二十一年。母穏子は二代の母后となり、大后《おおきさき》と呼ばれた。

冷泉《れいぜい》天皇は、村上天皇の第二皇子で、母は右大臣藤原師輔《もろすけ》の息女安子《あんし》である。天暦《てんりゃく》四年

（九五〇）五月に生誕、同七月立太子、康保《こうほう》四年（九六七）五月に十八歳で践祚、在位二年。

円融《えんゆう》天皇は、村上天皇の第五皇子で、母は冷泉天皇と同じく安子である。天徳《てんとく》三年（九五九）三月に生誕、立太子の時には大変なことがあった（藤原氏と源氏と対立。立太子の一年半後に安和《あんな》の変が起り、源高明《たかあきら》が左遷された）。安和二年（九六九）八月に十一歳で践祚、在位十五年。母安子は二代の母后となり、中后《なかきさき》と呼ばれた。

三 六十五代花山院《かざんいん》

世継《よつぎ》は語る――「次の帝《みかど》は、花山天皇と申しあげました。冷泉院《れいぜいいん》の第一皇子です。御母君は、贈《ぞう》皇后宮懐子《かいし》と申します。太政大臣藤原伊尹公《これまさ》のご長女です。この帝《みかど》は、安和《あんな》元年戊辰《つちのえたつ》（九六八）十月二十六日丙子《ひのえね》に、母方の御祖父（伊尹）の一条のお邸《やしき》でお生れになったとありますのは、今の世尊寺《せそんじ》のことでしょうか。ご誕生の当日は、ちょうど御父君冷泉院のご即位についての大嘗会《だいじょうえ》の御禊《ごけい》（天皇が大嘗会に先立ち十月下旬に賀茂川で行う禊《みそぎ》）がありました。同二年八月十三日に東宮《とうぐう》にお立ちになりました、御年二歳。

天元《てんげん》五年（九八二）二月十九日、ご元服なさいました、御年十五歳。永観《えいかん》二年（九八四）八月二十八日、位におつきになりました、御年十七歳。寛和《かんな》二年丙戌《ひのえいぬ》（九八六）六月二十二日の夜、そのあまりの意外さに驚きましたことは、人にもお知らせになられずに、こっそりと花山寺《かざんじ》（京都市山科《やましな》区山科北花山にある元慶寺《がんけいじ》）にお出ましになって、ご出家・入道なさっておしまいになったことであります。当時、御年十九歳。ご在位は二年でした。ご出家の後、二十二年ご存命でいらっしゃいました。

しみじみと心痛む思いのいたしますことは、ご退位なされた夜のことですが、その夜、帝が藤壺《ふじつぼ》の上《うえ》の御局《みつぼね》の小戸《こど》からお出ましになられたところ、有明《ありあけ》の月がたいそう明るく照っておりましたので、「あまりに明るくて気がひける。どうしたらよかろう」とおっしゃったのですが、「そうはいってもとりやめなさるわけにはまいりますまい。神璽《しんじ》と宝剣（八坂瓊曲玉《やさかにのまがたま》と天叢雲剣《あまのむらくものつるぎ》。三種の神器《じんぎ》の二つ）が、すでに、東宮（一条天皇。兼家の孫）の御方にお渡りになってしまわれておりますからには」と粟田殿《あわたどの》（兼家三男道兼《みちかね》）がせきたて申しあげなさいましたのは、まだ帝がお出ましになられぬ前に、粟田殿自ら神璽と宝剣を取って東宮の御方にお渡し申しあげてしまわれたので、もし万一、帝が宮中へお帰りあそばすようなことがあってはとんでもないこととお思いになり、このように申しあげなさったということです。

帝が、明るい月の光を気がひけることとお思いになっていらっしゃる時に、月の面《おもて》にむら雲がかかり、わずかに暗くなっていきましたので、「わが出家は成就するのだった」とおっしゃって、歩き出されますと、前年亡くなられた弘徽殿《こきでん》の女御《にょうご》（寵愛《ちょうあい》した女御忯《し》子《し》）のお手紙で、平素お破り捨てになられず、御身から離さずにご覧になっていたお手紙のことをお思い出しになり、「しばらく待て」とおっしゃって、それを取りにお入りになりましたが、その時ですよ、粟田殿が、「どうしてこのように未練がましくお考えになられてしまうのですか。ただ今この時を逃してしまわれたならば、おのずと支障も出てまいりましょうに」と言って、そら泣きなされたのは。

こうして粟田殿が大内裏《だいだいり》の外門土御門《つちみかど》から東の方へ帝をお連れ出し申しあげられた時、安倍晴明《あべのせいめい》（名高い陰陽師《おんみようじ》）の家の前をご通過なされますと、晴明自身の声がして、手をはげしくぱちぱちと打ち、「帝がご退位あそばされると思われる異変が天に現れたが、もはや事は定まってしまったと見えることだ。参内《さんだい》し奏上しよう。すぐに、車に支度をせよ」と言う声をお聞きになられた、その時の帝のお心は、たとえご覚悟の上とはいえ、感慨無量、お胸をうたれなさったことでありましょう。晴明が、「さしあたってすぐに、式神《しきがみ》（陰陽師の使役する鬼神）一人、宮中へ参上せよ」と命じましたところ、人の目には見えぬ何物かが、戸を押し開けて、帝の御後ろ姿を見申しあげたのでしょうか、「ただ今ここをお通りになって行かれるようです」と答えたとかいうことです。晴明の家は土御門町口《まちぐち》でありますから、まさしくその時の帝の御道筋であったのです。

花山寺にご到着あそばされ、帝がご剃髪《ていはつ》なされてその後に、粟田殿は、「ちょっと退出いたしまして、父のおとど（兼家）にも、出家前のこの姿をもう一度見せ、これこれと出家する事情をもお話しした上で、必ずここに参上いたしましょう」と申しあげられましたので、帝は「さては、私をだましたのであったな」とおっしゃって、お泣きあそばされました。なんともお気の毒で、悲しいことですよ。常日ごろ、粟田殿は、口ぐせに、「私も出家申して、お弟子としてお側《そば》にお仕えいたしましょう」とお約束なされながら、おだまし申しあげなさったということ、本当に恐ろしいことですよ。父の東三条《とうさんじょう》殿《どの》（兼家）は、「万が一にもわが子（道兼）が出家なさりはせぬか」と気にかかるあまり、こんなときにふさわしい、思慮分別のある者たち、なんのだれそれという有名な源氏の武者たちを、護衛として添えられたのでした。武者たちは、京の町のうちは隠れ、賀茂川堤《づつみ》の辺りから姿を現してお供申したのでした。とりわけ、寺などでは、「万一だれかが無理強《じ》いをして、粟田殿を剃髪《ていはつ》おさせ申しあげるようなことがないか」と用心して、一尺ばかりの刀を手に手に抜きかけて、お守り申したのでした」

「次の帝《みかど》、花山院《くわさんゐん》天皇と申しき。冷泉院《れいぜいゐん》第一皇子なり。御母、贈皇后宮《ぞうくわうごうぐう》懐子《くわいし》と申す。太政大臣伊尹《これまさ》のおとどの第一御女《むすめ》なり。この帝、安和元年戊辰《つちのえたつ》十月二十六日丙子《ひのえね》、母方の御祖父《おほぢ》の一条の家にて生まれさせたまふとあるは、世尊寺《せそんじ》のことにや。その日は、冷泉院御時の大嘗会御禊《だいじやうゑのごけい》あり。同二年八月十三日、春宮《とうぐう》にたちたまふ。御年二歳。天元《てんげん》五年二月十九日、御元服。御年十五。永観《えいくわん》二年八月二十八日、位《くらゐ》につかせたまふ。御年十七。寛和《くわんな》二年丙戌《ひのえいぬ》六月二十二日の夜《よ》、あさましくさぶらひしことは、人にも知らせさせたまはで、みそかに花山寺におはしまして、御出家入道《にふだう》せさせたまへりしこそ。御年十九。世をたもたせたまふこと二年。その後《のち》二十二年おはしましき。

あはれなることは、おりおはしましける夜は、藤壺《ふぢつぼ》の上《うへ》の御局《つぼね》の小戸《こど》より出《い》でさせたまひけるに、有明《ありあけ》の月のいみじく明《あ》かかりければ、「顕証《けんしよう》にこそありけれ。いかがすべからむ」と仰《おほ》せられけるを、「さりとて、とまらせたまふべきやうはべらず。神璽《しんし》・宝剣《ほうけん》わたりたまひぬるには」と、粟田殿《あはたどの》のさわがし申したまひけるは、まだ帝出でさせおはしまさざりけるさきに、手づからとりて、春宮の御方にわたしたてまつりたまひてければ、かへり入らせたまはむことはあるまじく思《おぼ》して、しか申させたまひけるとぞ。

さやけき影を、まばゆく思し召しつるほどに、月のかほにむら雲《くも》のかかりて、すこしくらがりゆきければ、「わが出家《すけ》は成就するなりけり」と仰せられて、歩み出でさせたまふほどに、弘徽殿《こきでん》の女御《にようご》の御文《ふみ》の、日頃《ひごろ》破り残して御身も放《はな》たず御覧《ごらん》じけるを思《おぼ》し召《め》し出でて、「しばし」とて、取りに入りおはしましけるほどぞかし、粟田殿の、「いかにかくは思し召しならせおはしましぬるぞ。ただ今過《いま》ぎば、おのづから障《さは》りも出でまうできなむ」と、そら泣きしたまひけるは。

さて、土御門《つちみかど》より東《ひんがし》ざまに率《ゐ》て出《い》だしまゐらせたまふに、晴明《せいめい》が家の前をわたらせたまへば、みづからの声にて、手をおびたたしく、はたはたと打ちて、「帝王《みかど》おりさせたまふと見ゆる天変《てんぺん》ありつるが、すでになりにけりと見ゆるかな。まゐりて奏《そう》せむ。車に装束《そうぞく》とうせよ」といふ声聞かせたまひけむ、さりともあはれには思し召しけむかし。「且《かつがつ》、式神一人内裏《だいり》にまゐれ」と申しければ、目には見えぬものの、戸をおしあけて、御後《うしろ》をや見まゐらせけむ、「ただ今、これより過ぎさせおはしますめり」といらへけりとかや。その家、土御門町口《まちぐち》なれば、御道なりけり。

花山寺におはしまし着きて、御髪《みぐし》おろさせたまひて後《のち》にぞ、粟田殿は、「まかり出でて、おとどにも、かはらぬ姿、いま一度見え、かくと案内《あない》申して、かならずまゐりはべらむ」と申したまひければ、「朕《われ》をば謀《はか》るなりけり」とてこそ泣かせたまひけれ。あはれにかなしきことなりな。日頃《ひごろ》、よく、「御弟子《でし》にてさぶらはむ」と契りて、すかし申したまひけむがおそろしさよ。東三条殿《とうさんでうどの》は、「もしさることやしたまふ」とあやふさに、さるべくおとなしき人々、なにがしかがしといふいみじき源氏の武者《むさ》たちをこそ、御送りに添へられたりけれ。京のほどはかくれて、堤《つつみ》の辺《わたり》よりぞうち出でまゐりける。寺などにては、「もし、おして人などやなしたてまつる」とて、一尺《ひとさく》ばかりの刀《かたな》どもを抜きかけてぞまもり申しける」

四 六十六代一条院《いちじょういん》

世継《よつぎ》は語る――「次の帝《みかど》は、一条天皇と申しあげました。このお方は、円融院《えんゆういん》の第一皇子です。御母君は、皇后宮詮子《せんし》と申しました。この方は太政大臣藤原兼家《かねいえ》公の御次女（道長の姉）です。この帝は、天元三年庚辰《かのえたつ》（九八〇）六月一日に、兼家公の東三条《とうさんじょう》の家でお生れになりました。東宮《とうぐう》にお立ちになりましたのは、永観二年（九八四）八月二十八日です、御年五歳。寛和二年（九八六）六月二十三日に天皇の位におつきなさいました、御年七歳。永祚《えいそ》二年庚寅《かのえとら》（九九〇）正月五日、ご元服、御年十一歳。ご在位は二十五年でした」

「次の帝《みかど》、一条院天皇と申しき。これ、円融院第一皇子なり。御母、皇后詮子《せんし》と申しき。これ、太政大臣兼家《かねいへ》のおとどの第二御女《むすめ》なり。この帝、天元《てんげん》三年庚辰《かのえたつ》六月一日、兼家のおとどの東三条《とうさんでう》の家にて生まれさせたまふ。東宮《とうぐう》にたちたまふこと、永観《えいくわん》二年八月二十八日なり。御年五歳。寛《くわん》

和《な》二年六月二十三日、位《くらゐ》につかせたまふ。御年七歳。永祚《えいそ》二年庚寅《かのえとら》正月五日、御元服《げんぶく》。御年十一。世をたもたせたまふこと二十五年」

五 六十七代三条院《さんじょういん》

世継《よつぎ》は語る――「次の帝《みかど》は、三条天皇と申しあげます。このお方は、冷泉院《れいぜいいん》の第二皇子です。御母君は、贈皇后宮超子《ちょうし》と申しました。太政大臣藤原兼家《かねいえ》公のご長女です。この帝は、貞元《じょうげん》元年丙子《ひのえね》（九七六）正月三日にお生れになりました。寛和《かんな》二年七月十六日に東宮にお立ちになりました。その同じ日に、ご元服、御年十一歳。寛弘《かんこう》八年（一〇一一）六月十三日に位におつきになりました、御年三十六歳。ご在位は五年でした。

上皇におなりになられて、お目がお見えになりませんでしたのは、たいそうおいたわしいことでした。他の人が拝見するところでは、少しも普通の人とお変りございませんでしたので、うそのようでいらっしゃいました。お瞳なども本当にきれいに澄んでいらっしゃいました。どういう折にでしょうか、時々はお見えになるときもありました。院は、「あれ、御簾《みす》の編緒《あみお》が見えるよ」などともおっしゃることもおありでして。また、一品宮《いっぽんのみや》（禎子《ていし》内親王。母は道長女の妍子）が参上なさいました時に、弁《べん》の乳母《めのと》がお供としてお付き申しあげていましたが、その乳母が飾り櫛《ぐし》を左に挿しておられましたので、それを「おまえ、どうして櫛を、変なふうに挿しているのかね」と、おっしゃったこともありました。院は、この一品宮を格別におかわいがりになられ、幼い姫君のお髪《ぐし》がたいそうきれいでいらっしゃるのを、手探りでお撫《な》で申されて、「こんなにも美しくいらっしゃるお髪を見ることができないのが、情けない、残念だ」とおっしゃられて、ぽろぽろと涙をおこぼしになったというのは、本当においたわしいことでございました」

「次の帝《みかど》、三条院と申す。これ、冷泉院《れいぜいゐん》第二皇子なり。御母、贈皇后宮超子《てうし》と申しき。太政大臣兼家《かねいへ》のおとど第一御女なり。この帝、貞元《ぢやうげん》元年丙子《ひのえね》正月三日、生まれさせたまふ。寛和二年七月十六日、東宮《とうぐう》にたたせたまふ。同日、御元服。御年十一。寛弘《くわんこう》八年六月十三日、位《くらゐ》につかせたまふ。御年三十六。世をたもたせたまふこと五年。

院にならせたまひて、御目を御覧《ごらん》ぜざりしこそ、いといみじかりしか。こと人《ひと》の見たてまつるには、いささか変はらせたまふことおはしまさざりければ、そらごとのやうにぞおはしましける。御まなこなども、いと清らかにおはしましける。いかなる折にか、時々は御覧ずる時もありけり。「御簾《みす》の編緒《あみを》の見ゆる」なども仰《おほ》せられて。一品宮《いっぽんのみや》ののぼらせたまひけるに、弁《べん》の乳母《めのと》の御供にさぶらふが、さし櫛《ぐし》を左にさされたりければ、「あゆよ、など櫛はあしくさしたるぞ」とこそ仰せられけれ。この宮をことのほかにかなしうしたてまつらせたまうて、御髪《みぐし》のいとをかしげにおはしますを、さぐり申させたまうて、「かくうつくしうおはする御髪を、え見ぬこそ、心憂《こころう》く口惜《くちを》しけれ」とて、ほろほろと泣かせたまひけるこそ、あはれにはべれ」

六 六十八代後《ご》一条《いちじよう》院《いん》

世継《よつぎ》は語る――「次の帝《みかど》は、今上帝《きんじようてい》です。このお方は、一条院の第二皇子です。御母君は、今の入道殿下（道長）のご長女です。皇太后宮彰子《しようし》と申します。こんなことは、ただ今だれ一人不審にお思いになる人がございましょうか。けれども、まずはじめに帝の御事を申しあげるという体裁に反しませんように申しあげるのです。この帝は、寛弘《かんこう》五年戊申《つちのえさる》（一〇〇八）九月十一日に、土御門殿《つちみかどどの》（道長の邸）でお生れになりました。同八年六月十三日に東宮にお立ちになりました、御年四歳。長和《ちょうわ》五年（一〇一六）正月二十九日に践祚《せんそ》なさいました、御年九歳。寛仁《かんにん》二年（一〇一八）正月三日、ご元服、御年十一歳。位におつきになられて後十年におなりでいらっしゃいましょうか。今年は万寿二年乙丑《きのとうし》（一〇二五）の年と申すようです。

同じ帝とは申しましても、この今上帝はご後見役《こうけんやく》が多く、心強くていらっしゃいます。まず御祖父としてただ今の入道殿下（道長）は、出家をなさっていらっしゃいますが、天下の人々の親のようなもので、すべての人をわがひとり子のように目をかけてはぐくんでくださいます。また第一の御叔父、ただ今の関白左大臣（道長の長男頼通《よりみち》）は、天下の政治を執り行っていらっしゃいます。次の御叔父（教通《のりみち》）は、内大臣で左近衛大将《さこんえのたいしょう》を兼ねていらっしゃいます。それに続く御叔父と申す方々は、大納言兼東宮大夫《だいなごんけんとうぐうのだいぶ》（頼宗《よりむね》）、中宮権大夫《ちゅうぐうのごんのだいぶ》（能信《よしのぶ》）、中納言（長家《ながいえ》）などさまざまでいらっしゃいます。このようでいらっしゃいますから、ご後見役が多くおいでになるわけです。昔でも今でも、帝が賢明だと申しましても、臣下が大勢で御位をくつがえし申そうとするときは、滅びておしまいになるものです。それゆえ、今上帝はただもう、天下中みな、帝のご後見役ばかりでいらっしゃいますから、たいそう心強く立派なことです。昔、先帝《せんだい》の一条院がご病気の時におっしゃいますことには、「第一皇子（敦康《あつやす》親王）をこそ東宮とするのが当然であるけれども、後見申すべき適当な人がいないので、考慮の余地がない。そこで、第二皇子（敦成《あつひら》親王）を東宮にお立て申すのである」とおっしゃったという、その第二皇子が、この今上帝の御事ですよ。まったく帝の後見役の重要さというのは、もっともなことですよ」

「次の帝《みかど》、当代《たうだい》。一条院の第二皇子なり。御母、今の入道《にふだう》殿下の第一御女《むすめ》なり。皇太后宮彰子《くわうたいこうぐうしやうし》と申す。ただ今、たれかはおぼつかなく思《おぼ》し思ふ人のはべらむ。されどまづすべらぎの御ことを申すさまにたがへはべらぬなり。寛弘《くわんこう》五年戊申《つちのえさる》九月十一日、土御門殿《つちみかどどの》にて生まれさせたまふ。同八年六月十三日、春宮《とうぐう》にたたせたまひき。御年四歳。長和《ちやうわ》五年正月二十九日、位《くらゐ》につかせたまひき。御年九歳。寛仁《くわんにん》二年正月三日、御元服《げんぷく》。御年十一。位につかせたまて十年にやならせたまふらむ。今年、万寿《まんじゅ》二年乙丑《きのとうし》とこそは申すめれ。

同じ帝王と申せども、御後見《うしろみ》多く頼《たの》もしくおはします。御祖父《おほぢ》にてただ今の入道殿下、出家せさせたまへれど、世の親、一切衆生《いっさいしゅじゃう》を一子のごとくはぐくみ思《おぼ》し召《め》す。第一の御舅《をぢ》、ただ今の関白左大臣《くわんぱくさだいじん》、一天下《いってんが》をまつりごちておはします。次の御舅、内大臣・左近大将にておはします。次々の御舅と申すは、大納言《だいなごん》春宮《とうぐう》の大夫《だいぶ》、中宮権大夫《ちゅうぐうのごんのだいぶ》、中納言など、さまざまにておはします。かやうにおはしませば、御後見多くおはします。昔も今も、帝かしこしと申せど、臣下のあまたして傾《かたぶ》けたてまつる時は、傾きたまふものなり。されば、ただ一天下はわが御後見のかぎりにておはしませば、いと頼もしくめでたきことなり。昔、一条院の御悩《なやみ》の折、仰《おほ》せられけるは、「一の親王をなむ春宮とすべけれども、後見申すべき人のなきにより、思ひかけず。されば二宮をばたてたてまつるなり」と仰せられけるぞ、この当代の御ことよ。げにさることぞかし」

七 帝紀《ていき》から列伝へ

「帝《みかど》のご順序は、取り立てて申しあげないでもよいのでありましょうが、入道殿下（道長）のご栄華が何によって開けなさったのか考えてみますと、（すべて帝とのつながりによるものでありますので）まず最初に、帝や母后の御有様を申しあげたわけです。たとえてみますと、植木というものは根を多く生やさせ、手入れをし、育てあげてやってこそ、枝も茂り実をも結ぶのですよ。ですから、まず天皇のご継承のご順序をお話し申して、次に藤原氏の大臣のご順序を明らかにしようと思うのですよ」と、世継《よつぎ》の翁《おきな》が言いますと、大犬丸《おおいぬまろ》くん（繁樹）が、「いやいやどうも、たいそうすばらしいですなあ。数多い帝のご様子をさえ、鏡に映し出したように明らかにお話しくださったのですから、まして、大臣などの御事は年来闇《やみ》に向っていたも同様だったものが、朝日がうららかにさし出したのに出合ったような気持がすることですよ。また、私どもの妻の手元にある櫛箱《くしばこ》の中の鏡で、姿もはっきりと映りにくく、といって研《と》ごうとする分別も起さないで、櫛箱の中に鏡を挟んだまま放っておいてある、そんな鏡に慣れていて、たまたま明るく磨いてある鏡に向い自分の顔を映してみますと、あまりにもよく映って、一方では、自分の顔が恥ずかしくなり、また一方ではたいそう自分の顔が珍しくも感じられるというのにも、あなたのお話は似てすばらしく感じられますな。いやおもしろいお話です。これで、私はさらにもう十年か二十年の命が今日延びたような気持がいたしますよ」と言って、ひどく愉快がりますのを、見聞く人々は、みっともなく滑稽《こっけい》に思いますが、世継の言い続けるいろいろな話は、いいかげんなものなどではなく、恐ろしいまでに感じられますので、ものも言わず、皆聞いておりました。

「帝王の御次第《しだい》は申さでもありぬべけれど、入道殿下《にふだう》の御栄花《えいぐわ》もなにによりひらけたまふぞと思へば、まづ帝《みかど》・后《きさき》の御有様《ありさま》を申すなり。植木は根をおほくて、つくろひおほしたてつればこそ、枝も茂りて木《こ》の実《み》をもむすべや。しかれば、まづ帝王の御つづきを覚えて、次に大臣のつづきはあかさむとなり」と言へば、大犬丸《おほいぬまろ》をとこ、「いでいで、いといみじうめでたしや。ここらのすべらぎの御有様をだに鏡をかけたまへるに、まして大臣などの御ことは、年頃闇《としごろやみ》に向《むか》ひたるに、朝日のうららかにさし出《い》でたるに

あへらむ心地《ここち》もするかな。また、翁《おきな》が家《いへ》の女《をんな》どものもとなる櫛笥鏡《くしげかがみ》の、影見えがたく、とぐわきも知らず、うち挟《はさ》めて置きたるにならひて、あかく磨《みが》ける鏡に向ひて、わが身の顔を見るに、かつは影はづかしく、また、いとめづらしきにも似たまへりや。いで興《きよう》ありのわざや。さらに翁、いま十二十年の命は、今日《けふ》延びぬる心地しはべり」と、いたく遊戯《ゆげ》するを、見聞く人々、をこがましくをかしけれども、言ひつづくることどもおろかならず、おそろしければ、ものも言はで、皆聞きゐたり。（略）

「この世継《よつぎ》はたいそう恐ろしい翁《おきな》でございますぞ。真実の心をお持ちの方なら、どうして私に対して気後れなさらずにいられましょうか。私は世の中のことをよく見知っており、すっかり暗記してしまっている翁です。ところで、この目にも見、耳にも聞き集めておりますすべてのことの中で、今の入道殿下（道長）のご栄華の御有様は、昔のことを聞き、今のことを見るにつけて、二つとなく三つとなく、比べるものもなく、計り知れないほどすばらしくていらっしゃいます。たとえてみますと、これは一乗《いちじよう》の法《ほう》、すな

わち法華経のようなものです。その御有様が、かえすがえすも称賛すべきことなのです。世間の太政大臣・摂政・関白と申しましたところで、はじめから終りまで立派だということは、とてもおありになるものではありません。経文や聖賢の教えの中にも、譬《たとえ》としてあると聞きますことに、「魚は子がたくさん生れるけれども、一人前の魚に育つことは難しい。菴羅《あんら》という植木があるが、果実を結ぶことはめったにない」とお説きになっているということです。天下の大臣や公卿《くぎょう》の御中で、この宝のような大切な君―入道殿だけは、実に、世にもまれな方でいらっしゃるようです。これから先も、だれがこんなにお栄えあそばしましょうか。まったく珍しいことでございますよ。皆さんどなたも、心を集中して私の話をお聞きください。私は世間に起った出来事で、何事をか見残し聞き残したことがございましょうや。この世継がこれから申しあげるいろいろなことといったら、まあご存じのない方が多くいらっしゃるだろうと、こう思いますよ」

「世次《よつぎ》はいとおそろしき翁《おきな》にはべり。真実の心おはせむ人は、などか恥づかしと思《おぼ》さざらむ。世の中を見知り、うかべたてて持ちてはべる翁なり。目にも見、耳にも聞き集めてはべるよろづのことの中に、ただ今の入道殿《にふだう》

下の御有様《ありさま》、古《いにしへ》を聞き今を見はべるに、二もなく三もなく、ならびなく、はかりなくおはします。たとへば一乗《いちじよう》の法《ほふ》のごとし。御有様のかへすかへすもめでたきなり。世の中の太政大臣・摂政・関白と申せど、始終《はじめをはり》めでたきことは、えおはしまさぬことなり。法文《ほふもん》・聖教《しやうげう》の中にもたとへるなるは、「魚子《うをのこ》多かれど、まことの魚となることかたし。菴羅《あんら》といふ植木あれど、木の実《こみ》を結ぶことかたし」とこそは説きたまへなれ。天下の大臣・公《く》卿《ぎやう》の御中に、この宝《たから》の君《きみ》のみこそ、世にめづらかにおはすめれ。今ゆく末《すゑ》も、たれの人かかばかりはおはせむ。いとありがたくこそはべれや。たれも心をとなへて聞こし召せ。世にあることをば、なにごとをか見残し聞き残しはべらむ。この世次が申すことどもはしも、知りたまはぬ人々多くおはすらむとなむ思ひはべる』（略）

世継《よつぎ》は語る――「わが国創始以来、大臣となった人は左大臣三十人、右大臣五十七人、内大臣十二人であるが、太政大臣は空位の時代もあったほどの特別な位であった」と。

「文徳《もんとく》天皇の末年、斉衡《さいこう》四年丁丑《ひのとうし》（八五七）二月十九日に、天皇の御伯父左大臣従一位《じゅいちい》藤原良房《よしふさ》公が太政大臣になられました、御年五十四歳。このおとどこそ、人臣としてははじめて摂政をもなさいました。そのままこの良房公から今の閑院《かんいん》大臣（公季《きんすえ》）まで、太政大臣が十一人続いていらっしゃいます。ただし、これより以前の大友皇子《おおとものみこ》（天智《てんじ》天皇皇子）と高市皇子《たけちのみこ》（天武《てんむ》天皇皇子）を加えて、十三人の太政大臣です。太政大臣になられた方は、亡くなった後に必ず諡号《おくりな》と申すものがあります。けれども、大友皇子はそのまま天皇になられましたので、太政大臣として御諡号はありません。高市皇子の御諡号は、はっきりしません。また、太政大臣と申しましても、出家してしまいますと、諡号はありません。したがって、この十一人お続きになられた太政大臣のうちで、お二方（兼家《かねいえ》と道長《みちなが》）は出家なさったので、諡号はおありになりません。この十一人の太政大臣の、代々のご順序、ご様子の、はじめから終りまでお話し申そうと思うのです。

さて、仏教の教え「流れる水を汲《く》み、その由《よ》って起る源《みなもと》を尋ね知る」ことこそ、よく事の真相がわかるはずですから、藤原氏のご先祖の大織冠《たいしょくかん》（藤原鎌足《かまたり》をさす）から始め申していくのが当然ですが、それは、あまりにも古くさかのぼりすぎて、こうして私の話をお聞きになろうという方々も、みくびった申し様ではございますが、なんのことやらおわかりにもなりますまい、さりとて、話が長びき、その途中で講師《こうじ》がおいでになったならば、興がさめてしまいましょう、それも残念なことです。ですから、歴代天皇の御事も、文徳天皇の御代から申しあげましたことゆえ、この藤原氏の大臣の話も、その天皇の御祖父（冬嗣《ふゆつぎ》）で、鎌足公から第六代目に当られる、世間の人は藤左子《ふじさし》と申しているようですが、その冬嗣の大臣から申しあげましょう。しかし、それら大臣の中でも、思うに、ただ今の入道殿（道長）が、最もすぐれていらっしゃいます」

「文徳《もんとく》天皇の末《すゑ》の年、斉衡《さいかう》四年丁丑《ひのとうし》二月十九日、帝《みかど》の御舅《をぢ》、左大臣従一《じゆいち》位《ゐ》藤原良房《よしふさ》のおとど、太政大臣になりたまふ、御年五十四。このおとどこそは、はじめて摂政もしたまへれ。やがてこの殿《との》よりして、今の閑院《かんゐん》大臣まで、太政大臣十一人つづきたまへり。ただし、これよりさきの大友皇《おほとものみ》子《こ》・高市皇子《たけちのみこ》くはへて、十三人の太政大臣なり。太政大臣になりたまひぬる人は、うせたまひて後、かならず諡号《いみな》と申すものあり。しかれども、大友皇子やがて帝になりたまふ。高市の皇子の御諡号おぼつかなし。また、太政大臣といへど、出家しつれば、諡号なし。されば、この十一人つづか

せたまへる太政大臣、二所《ふたところ》は出家したまへれば、諡号おはせず。この十一人の太政大臣たちの御次第《しだい》・有様《ありさま》、始終《はじめをはり》申しはべらむと思ふなり。流れを汲《く》みて、源《みなもと》を尋ねてこそは、よくはべるべきを、大織冠《たいしよくくわん》よりはじめたてまつりて申すべけれど、それはあまりあがりて、この聞かせたまはむ人々も、あなづりごとにははべれど、なにごとども思《おぼ》さざらむものから、こと多くて講師《こうじ》おはしなば、こと醒《さ》めはべりなば、口惜《くちを》し。されば、帝王の御ことども、文徳の御時より申してはべれば、その帝の御祖父《おほぢ》の、鎌《かま》足《たり》のおとどより第六にあたりたまふ、世の人は、ふぢさしとこそ申すめれ、その冬嗣《ふゆつぎ》の大臣より申しはべらむ。その中に、思ふに、ただ今の入道殿、世にすぐれさせたまへり」

八 左大臣冬《ふゆ》嗣《つぎ》から太政大臣基《もと》経《つね》まで（概略）

左大臣藤原冬嗣は、右大臣内麿《うちまろ》の三男である。文徳《もんとく》天皇の祖父にあたり、嘉祥《かしよう》三年（八五〇）に贈《ぞう》太政大臣（死後の贈官）となった。閑院《かんいん》（邸《やしき》の名）の大臣《おとど》とも呼ばれた。

太政大臣藤原良房《よしふさ》は、冬嗣の二男である。天安《てんあん》元年（八五七）に藤原氏で初の太政大臣、のちに臣下で初めて摂政となった。諡号《おくりな》忠仁公《ちゅうじんこう》。文徳天皇后《きさき》明子《あきらけいこ》の父、清和《せいわ》天皇の祖父である。官位は兄の長良《ながら》を越えたが、男子がおらず、後の運は長良がまさった（良房は長良の子基経《もとつね》を養子とし、基経の子孫が栄えていく）。

右大臣藤原良相《よしみ》は、冬嗣の五男で、西三条の大臣と呼ばれた。その息男二人が低い官位に終ったのは、良相が弟の身で長兄長良を追い越した科《とが》であろうか。

権中納言従二位《じゅにい》左兵衛督《さひょうえのかみ》藤原長良は、冬嗣の長男である。元慶《がんぎょう》元年（八七七）に太政大臣を追贈された。枇杷《びわ》の大臣と呼ばれた。息男が六人いたが、とくに基経は優れていた。

太政大臣藤原基経は、長良の三男である。息女穏子《おんし》は醍醐《だいご》天皇后で、朱雀《すざく》・村上《むらかみ》両帝を生む。甥《おい》にあたる陽成《ようぜい》天皇の践祚《せんそ》後、摂政となり、仁和《にんな》三年（八八七）に関白となった。諡号昭宣公《しょうせんこう》。堀河《ほりかわ》の大臣と呼ばれた。母藤原乙春《おとはる》が光孝《こうこう》天皇の母后沢子《たくし》と同母姉妹であった縁で、光孝天皇は即位した。長男時平《ときひら》、次男仲平《なかひら》、四男忠平《ただひら》は「三平《さんぺい》」と称された。

九 左大臣時平《ときひら》――菅原道真《すがわらのみちざね》の配流

世継《よつぎ》は語る――「このおとどは、基経公《もとつね》の長男です。御母君は、四品弾正尹人康親王《しほんだんじょうのいんさねやす》のご息女です。醍醐《だいご》天皇の御時に、このおとどは左大臣の官で、年がたいそう若くていらっしゃいました。菅原《すがわら》のおとど（道真《みちざね》）が右大臣の官でいらっしゃいました。そのころは、天皇もまだたいそう年若くていらっしゃいました。天皇は、この左右の大臣に天下の政治を執り行うべき旨の宣旨《せんじ》をお下しあそばされましたが、当時、左大臣は御年二十八、九ほどでした。右大臣の御年は五十七、八でいらっしゃいましたでしょうか。このお二方はご一緒に天下の政治をお執りになりましたが、右大臣は学才がまことにすぐれていらっしゃる上に、ご思慮も格別深くていらっしゃいました。左大臣は年も若く、学才も格段に劣っていらっしゃいましたので、右大臣に対する天皇のご信任も格別におありでして、左大臣は、心おだやかならずお思いになっていらっしゃいますうちに、そうなるべき前世からの運命《さだめ》でもおありになったのでしょうか、右大臣の御身にとってよくないこと（時平が、道真が帝を廃して道真の女婿斉世親王《ときよ》を位につけようとしていると讒言《ざんげん》したこと）が起り、昌泰《しょうたい》四年（九〇一）正月二十五日、大宰権帥《だざいのごんのそち》（九州の大宰府の長官代理）に左遷申して、お流されになりました。

菅原のおとどには、お子様がたくさんいらっしゃって、姫君たちは結婚なさり、男君《おとこぎみ》たちは皆、それぞれの人物器量相応に官位がおありでしたが、その男君たちも皆、方々《ほうぼう》にお流されになって悲しいことでしたのに、ご幼少でいらっしゃった男君や姫君たちが、父君を慕って泣いておられましたので、「小さい者は差し支えなかろう」と朝廷も連れていくのをお許しになられたのですよ。天皇のご処置が極めて厳しいものでしたので、お子様たちを、同じ方面に流すことはなさいませんでした。おとどは、あれやこれやとひどく悲しくお思いになられ、お庭先の梅の花をご覧になって、お詠みになった歌、

東風《こち》吹かばにほひおこせよ梅の花あるじなしとて春を忘るな

――やがて春になり、東風《こち》が吹くころになったなら、おまえの懐かしい香を、風に託して筑紫《つくし》まで届けておくれ、梅の花よ。主人がいないからといって、花を咲かす春を忘れてくれるなよ

また、亭子《ていじ》の帝《みかど》（宇多《うだ》法皇）に次の歌を差し上げなさいました、

流れゆく我は水屑《みくづ》となりはてぬ君しがらみとなりてとどめよ

――配所へ流されて行く私の身は、水中のごみと同じになってしまいました。わが君よ、どうか水屑《みくず》を堰《せ》き止める柵《しがらみ》となって、わが身を救い京にお引き留めくださいまし

無実の罪のためにこのように罰せられなさるのをひどくお嘆きになられ、そのまま途中の山崎（京都府乙訓郡大山崎町）でご出家になられましたが、しだいに都が遠ざかるにつれて、しみじみと心細くお感じになり、お詠みになった歌、

君が住む宿の梢《こずゑ》をゆくゆくとかくるるまでもかへり見しはや

――あなたが住んでいる家の木立の梢を、流罪の道をたどりつつ、すっかり見えなくなるまでも、振り返り振り返りして見たことですよ

また、播磨国《はりまのくに》にお着きになり、明石《あかし》の駅《うまや》という所にお泊りになりましたが、そこの駅長がこの左遷をたいそう驚き悲しんでいる様子をご覧になって、お作りになった詩は、まことに悲しいものでした。

駅長《えきちやう》驚くことなかれ、時の変改《へんがい》　一栄一落《いつえいいつらく》、是《こ》れ春秋《しゆんじう》

――駅長よ、驚くことはないぞ、時勢が変り、今や私が配流の身になって落ちて行くこと

を。春に花咲き、秋に落ち葉するのは、自然の摂理、人の世の栄枯盛衰もまた同じなのだから

こうして、筑紫にお着きになりましたが、何もかも悲しく心細くお感じになられる夕暮、遠く所々に煙が立ち上るのをご覧になって、

夕されば野にも山にも立つ煙なげきよりこそ燃えまさりけり

――夕方になると、野にも山にも煙が立ち上るが、その煙は、私が無実を悲しむ嘆きから、いよいよ激しく立ち上るのだなあ

また、雲が浮かび漂うのをご覧になって、

山わかれ飛びゆく雲のかへり来るかげ見る時はなほ頼《たの》まれぬ

――峰を離れ、飛び去って行った雲が、再び山に帰って来る姿を見ると、やはり頼みに思われることだ。配流の身でいる自分も、あの雲のように、もう一度都へ帰れるのではないかと

いくら何でも、いつかきっと無実の罪が晴れる時もあるだろうと、ご自分の身の上をお思いになられたのでありましょう。月の明るい夜に詠まれた歌、

海ならずたたへる水のそこまでにきよき心は月ぞ照らさむ

――海どころか、もっと深く満々とたたえる水の底までも、澄み渡る月は照らすに違いない。私の心が底の底まで潔白であるのも、あの天上の明月だけは照覧《しょうらん》くださるだろう

この歌はまことに適切にお詠みになったものですなあ。なるほど天の月と太陽だけは潔白な心をお照らしくださるであろうというお気持でありましょう」

「このおとどは、基経《もとつね》のおとどの太郎なり。御母、四品弾正尹人康親王《しほんだんじやうのゐんさねやす》の御女《むすめ》なり。醍醐《だいご》の帝《みかど》の御時、このおとど、左大臣の位《くらゐ》にて年いと若くておはします。菅原《すがはら》のおとど、右大臣の位にておはします。その折、帝御年いと若くおはします。左右の大臣に世の政《まつりごと》を行ふべきよし宣旨《せんじ》下さしめたまへりしに、その折、左大臣、御年二十八九ばかりなり。右大臣の御年五十七八にやおはしましけむ。ともに世の政をせしめたまひしあひだ、右大臣は才世《ざえ》にすぐれめでたくおはしまし、御心《こころ》おきても、ことのほかにかしこくおはします。左大臣は御年も若く、才もことのほかに劣りたまへ

るにより、右大臣の御おぼえことのほかにおはしましたるに、左大臣やすからず思《おぼ》したるほどに、さるべきにやおはしけむ、右大臣の御ためによからぬこと出《い》できて、昌泰《しやうたい》四年正月二十五日、大宰権帥《だざいのごんのそち》になしたてまつりて、流されたまふ。

このおとど、子どもあまたおはせしに、女君達は婿《むこ》とり、男君達は、皆ほどほどにつけて位《くらゐ》どもおはせしを、それも皆方々《かたがた》に流されたまひてかなしきに、幼くおはしける男君・女君達慕ひ泣きておはしければ、「小さきはあへなむ」と、おほやけもゆるさせたまひしぞかし。帝の御おきて、きはめてあやにくにおはしませば、この御子どもを、同じ方《かた》につかはさざりけり。かたがたにいとかなしく思し召して、御前《おまへ》の梅の花を御覧《ごらん》じて、

東風《こち》吹かばにほひおこせよ梅の花あるじなしとて春を忘るな

また、亭子《ていじ》の帝に聞こえさせたまふ、

流れゆく我は水屑《みくづ》となりはてぬ君しがらみとなりてとどめよ

なきことにより、かく罪せられたまふを、かしこく思《おぼ》し嘆きて、やがて山崎《やまざき》にて出家《すけ》せしめたまひて、都遠くなるままに、あはれに心ぼそく思されて、

君が住む宿の梢《こずゑ》をゆくゆくとかくるるまでもかへり見しはや

また、播磨国《はりまのくに》におはしましつきて、明石《あかし》の駅《むまや》といふ所に御宿りせしめたまひて、駅の長《をさ》のいみじく思へる気色《けしき》を御覧《ごらん》じて、作らしめたまふ詩、いとかなし。

駅長《えきちやう》驚くことなかれ、時の変改《へんがい》　一栄一落《いつえいいつらく》、是《こ》れ春秋《しゆんじう》

かくて筑紫《つくし》におはしつきて、ものをあはれに心ぼそく思さるる夕《ゆふべ》、をちかたに所々《ところどころ》煙《けぶり》立つを御覧じて、

夕されば野にも山にも立つ煙なげきよりこそ燃えまさりけれ

また、雲の浮きてただよふを御覧じて、

山わかれ飛びゆく雲のかへり来るかげ見る時はなほ頼《たの》まれぬ

さりともと、世を思し召されけるなるべし。月のあかき夜《よ》、

海ならずたたへる水のそこまでにきよき心は月ぞ照らさむ

これいとかしこくあそばしたりかし。げに月日《つきひ》こそは照らしたまはめとこそはあめれ」（略）

「筑紫では、お住まいになる所のご門を堅く閉ざして謹慎していらっしゃいます。大弐《だいに》（大宰府の次官）のいる役所ははるかに離れていますが、高楼《こうろう》の屋根の瓦《かわら》などが、見るともなくしぜんとお目にとまります上に、また、すぐ近くに観世音寺《かんぜおんじ》という寺がありましたから、その鐘の音をお聞きになられて、お作りになられたのが、次の詩ですよ。

都府楼《とふろう》は纔《わづか》に瓦の色を看《み》る　観音寺は只《ただ》鐘の声を聴《き》く

——はるか遠くに見える大宰府の楼《ろう》は、わずかに屋根の瓦の色を眺めやるばかりだし、近

くの観音寺は詣《もう》でることもせず、ただ鐘の音に耳をかたむけて聞くばかりである

この詩は、『白氏文集《はくしもんじゅう》』にある、白居易《はくきょい》の、「遺愛寺《ゐあいじ》の鐘は枕《まくら》を欹《そばだ》てて聴き、香炉峯《こうろほう》の雪は簾《すだれ》を撥《かか》げて看《み》る」という詩よりもすぐれているほどにお作りになっておられると、昔の学者たちは申しました。また、あの筑紫で、九月九日に、菊の花をご覧になったついでに、まだ、おとど（道真《みちざね》）が京にいらっしゃった時、去年の九月のちょうど今夜、宮中で菊の宴があった折、このおとどがお作りになった詩を帝（醍醐天皇《だいごてんのう》）が甚だしく感動なされて、お召物をお授け下された、それを筑紫にお持ちになって下られましたので、ご覧になると、いよいよその折を思い出されて、お作りになられたのであります。

去年《こぞ》の今夜清涼《こよいせいりやう》に侍《じ》し　愁思《しうし》の詩篇《しへん》に独《ひと》り腸《はらわた》を断《た》ちき
恩賜《おんし》の御衣《ぎよい》は今此《ここ》に在《あ》り　捧《ささ》げ持ちて毎日余香《よかう》を拝したてまつる

——去年の今夜、清涼殿《せいりょうでん》の菊の宴に伺候《しこう》し、「秋思《しゅうし》」という御題で詩一篇を作ったが、自分は感ずるところがあって独りひそかに断腸の思いを述べたのであった。その時、天皇はこの詩をおほめくださって御衣を賜ったが、その御衣は今もなおここにある。毎日捧げ持っては、御衣にたきしめられた香《こう》の残《のこ》り香《が》を拝し、君恩を思い出している

この詩を、人々はたいそう深く感嘆申しあげました」

「筑紫におはします所の御門《みかど》かためておはします。大弐《だいに》の居所《ゐどころ》は遥《はる》かなれども、楼《ろう》の上の瓦《かはら》などの、心にもあらず御覧《ごらん》じやられけるに、またいと近く観音寺《くわんおんじ》といふ寺のありければ、鐘の声を聞こし召して、作らしめたまへる詩ぞかし、

都府楼《とふろう》は纔《わづか》に瓦の色を看《み》る　観音寺は只《ただ》鐘の声を聴《き》く

これは、文集《もんじふ》の、白居易《はくきよい》の「遺愛寺《ゐあいじ》の鐘は枕《まくら》を欹《そばだ》てて聴き、香炉峰《かうろほう》の雪は簾《すだれ》を撥《かか》げて看《み》る」といふ詩に、まさざまに作らしめたまへりとこそ、昔の博士ども申しけれ。また、かの筑紫にて、九月九日菊の花を御覧じけるついでに、いまだ京におはしまししし時、九月の今宵《こよひ》、内裏《だいり》にて菊の宴ありしに、このおとどの作らせたまひける詩を、帝《みかど》かしこく感じたまひて、御衣《おんぞ》たまはりたまへりしを、筑紫に持《も》て下らしめたまへりければ、御覧ずるに、いとどその折思《おぼ》し召《め》し出《い》でて、作らしめたまひける、

去年《こぞ》の今夜《こよひ》清涼《せいりやう》に侍《じ》し　秋思《しうし》の詩篇《しへん》に独《ひと》り腸《はらわた》を断《た》ちき
恩賜《おんし》の御衣《ぎよい》は今此《ここ》に在《あ》り　捧《ささ》げ持ちて毎日余香《よかう》を拝したてまつる

この詩、いとかしこく人々感じ申されき」（略）

そのまま、かの地筑紫《つくし》でお亡くなりになりましたが、おとど（道真《みちざね》）の御霊が、一夜のうちに、この北野《きたの》の地にたくさんの松をお生やしになられて、移り住まわれたその所を、ただ今の北野天満宮（京都市上京区馬喰町）と申して、霊験《れいげん》あらたかな神であられるようですので、天皇も行幸《ぎようこう》されます。たいそう恐れ多いものとして崇《あが》め申しあげていらっしゃるようです。筑紫のご遺体がおさめられた所は安楽寺《あんらくじ》といって、朝廷から別当《べつとう》や所司《しよし》などをご任命になりまして、たいそう尊いお寺です。

内裏《だいり》が炎上して度々ご造営になりましたが、これは、円融院《えんゆういん》の御時のことですが、大工たちが屋根の裏板をじつにみごとに鉋《かんな》をかけて退出して、その翌朝参って見ますと、昨日鉋をかけた裏板に、なにやら煤《すす》けて見える所がありますので、梯子《はしご》に上って見ます

と、一夜のうちに虫が食って文字の形をしていたのでした。その文字は、

つくるともまたも焼けなむすがはらやむねのいたまのあはぬかぎりは

――内裏を幾度造り替えても、また焼けてしまうだろう。この無実の菅原の胸の痛みの傷口が合わぬ限りは

とありました。それも皆、この北野の神がなされたのだともっぱら噂《うわさ》するようでした。

こうして、このおとどは筑紫にいらっしゃったまま、延喜三年癸亥《みずのとい》（九〇三）二月二十五日にお亡くなりになったのですよ、御年五十九歳で。

さて、その後七年ばかりたって、左大臣時平《ときひら》公は、延喜九年四月四日にお亡くなりになりました、御年三十九歳。大臣の位で十一年いらっしゃいました。本院大臣《ほんいんのおとど》と申します。この時平公の姫君の女御《にょうご》さま（仁善子《じんぜんし》）もお亡くなりになりました。また、時平公の御孫の東宮《とうぐう》（慶頼《よしより》王）も、ご長男の八条大将保忠《やすただ》卿も亡くなってしまわれたよ」

――やがてかしこにてうせたまへる、夜のうちに、この北野《きたの》にそこらの松を生《お》ほしたまひて、わたり住みたまふをこそは、ただ今の北野宮と申して、

現人神《あらひとがみ》におはしますめれば、おほやけも行幸《ぎやうかう》せしめたまふ。いとかしこくあがめたてまつりたまふめり。筑紫のおはしまし所は安楽寺《あんらくじ》と言ひて、おほやけより別当《べたう》・所司《しよし》などなさせたまひて、いとやむごとなし。

内裏《だいり》焼けて度々《たびたび》造らせたまふに、円融院《ゑんゆうゐん》の御時のことなり、工《たくみ》ども、裏《うら》板《いた》どもを、いとうるはしく鉋《かな》かきてまかり出《い》でつつ、またの朝《あした》にまゐりて見るに、昨日の裏板にもののすすけて見ゆる所のありければ、梯《はし》に上《のぼ》りて見るに、夜《よ》のうちに、虫の食《は》めるなりけり。その文字は、

つくるともまたも焼けなむすがはらやむねのいたまのあはぬかぎりは

とこそありけれ。それもこの北野のあそばしたるとこそは申すめりしか。

かくて、このおとど、筑紫におはしまして、延喜《えんぎ》三年癸亥《みづのとゐ》二月二十五日にうせたまひしぞかし。御年五十九にて。

さて後《のち》七年ばかりありて、左大臣時平《ときひら》のおとど、延喜九年四月四日うせたまふ。御年三十九。大臣の位《くらゐ》にて十一年ぞおはしける。本院《ほんゐんの》大臣と申

す。この時平のおとどの御女《むすめ》の女御《にようご》もうせたまふ。御孫《まご》の春宮《とうぐう》も、一男八《はち》条大将保忠卿《でうのだいしやうやすただ》もうせたまひにきかし」（略）

「また、北野《きたの》（道真）が雷神におなりになって、たいそう恐ろしく雷が鳴り、稲妻が光って、あわや清涼殿《せいりようでん》に今にも落ちかかりそうに見えたところ、本院《ほんいん》のおとど（時平《ときひら》）は太刀を抜き放ち、「御身《おんみ》は存命中も私の次位におられた。今たとえ、雷神になられても、この世では私に対して遠慮なさるのが当然であろう。どうしてそうしないで済まされましょうぞ」と空の方を向いて睨《にら》んでおっしゃいました。するとその時は雷神もお鎮まりになったと、世間の人も申しておりました。しかし、それはなにもあのおとど（時平）がお偉いからではなく、天皇のご威光が限りなくあらせられるゆえに、道理と非道の分別をお示しになられたのです」

――「また、北野の、神にならせたまひて、いとおそろしく雷《かみ》鳴りひらめき、清涼殿《せいりやうでん》に落ちかかりぬと見えけるが、本院《ほんゐん》のおとど、太刀《たち》を抜きさけて、

「生きてもわが次《つぎ》にこそものしたまひしか。今日、神となりたまへりとも、この世には、我に所置きたまふべし。いかでかさらではあるべきぞ」とにらみやりてのたまひける。一度はしづまらせたまへりけりとぞ、世人、申しはべりし。されど、それは、かのおとどのいみじうおはするにはあらず、王威《わうゐ》のかぎりなくおはしますによりて、理非《りひ》を示させたまへるなり」

一〇 左大臣仲平《なかひら》・太政大臣忠平《ただひら》・太政大臣実頼《さねより》・太政大臣頼忠《よりただ》（概略）

左大臣藤原仲平は、基経《もとつね》の二男で、時平《ときひら》の同母弟、忠平の同母兄である。枇杷《びわ》の大臣《おとど》とも呼ばれた。弟の忠平に大臣位を越されたが、最後に大臣となり、在職十三年であった。

太政大臣忠平は、基経の四男で、時平・仲平の同母弟である。延長《えんちょう》八年（九三〇）に摂政、天慶《てんぎょう》四年（九四一）に関白となった。諡号貞信公《おくりなていしんこう》。小一条《こいちじょう》太政大臣と呼ばれた。朱《す》雀《ざく》院・村上《むらかみ》天皇の伯父にあたる。息男は、長男実頼（小野宮殿《おののみやどの》）、二男師輔《もろすけ》（九条《くじょう》殿）、四男師氏《もろうじ》、五男師尹《もろまさ》（小一条殿）、息女貴子は、醍醐《だいご》天皇皇太子保明親王に嫁した。

太政大臣実頼は、忠平の長男で、小野宮の大臣と呼ばれた。大臣在職二十七年、摂政・関白も務め、諡号清慎公《せいしんこう》。長男の敦敏《あつとし》は早世した。その敦敏の子が、世に聞えた書の名人佐理《すけまさ》である。また、実頼の三男斉敏《ただとし》の子を、祖父実頼が養子としたのが、当代の小野宮の右大臣実資《さねすけ》である。実頼は実資を可愛《かわい》がり、実資はその財産を相続した。

太政大臣頼忠は、実頼の次男で、大臣在職十九年、関白を九年務め、三条殿と呼ばれた。息女遵子《じゅんし》は円融《えんゆう》天皇の中宮、諟子《しし》は花山院《かざんいん》の女御《にょうご》となった。頼忠の息男が三舟の才で知られる公任《きんとう》である。道長主催の船遊びで、漢詩・管絃《かんげん》・和歌の三舟のうち和歌の舟に乗った公任は絶賛を浴びたが、漢詩の舟に乗れば、なお才が発揮できたと嘯《うそぶ》いたという。

二 左大臣師尹《もろまさ》――東宮敦明《あつあきら》親王の退位

左大臣師尹は、忠平《ただひら》の五男で、小一条《こいちじょう》の大臣《おとど》と呼ばれた。安和《あんな》二年（九六九）大宰府《だざいふ》に配流された源高明《たかあきら》の後任の左大臣となったものの急逝した。世間では、師尹が高明の謀《む》叛《ほん》を讒言《ざんげん》したからだと噂《うわさ》した。息女芳子《ほうし》は村上天皇女御《にょうご》、息男済時《なりとき》は左大将となる。

済時の息女娍子《せいし》は三条天皇皇后となり、敦明親王を生む。三条天皇が譲位し、後一条天《ごいちじょう》皇（母は道長長女彰子《しょうし》）が即位すると、敦明親王は東宮に立ったが、突如、東宮を降りてしまう。代わりに東宮となったのが、後一条天皇の同母弟敦良《あつなが》親王である。

この敦明親王の東宮退位について、侍《さぶらい》が、事の真相を知っていると語り出した。それによれば、敦明親王はかねてより、敦良親王に東宮位を奪われるのではと心配していた。そこで、自ら東宮を退位して、道長息女寛子を妃に迎え、道長に厚遇される道を選ぼうとする。親王はその決意を母には知らせず、道長息男の中宮権大夫能信《ちゅうぐうのごんのだいぶよしのぶ》に伝えた。

侍は語る――「東宮は大夫殿（能信）に、「ずっと近く、こちらへ」と仰せられ、「ふだんおいでくださることもないあなたにご足労を申し入れるのも恐縮千万に存じますが、おとど（道長）に申しあげたいことがあり、それを取り次いでくれる人がおりませんので、お住まいがごく近い所ということもあって、便宜かと思い、お便りを差し上げたのです。その趣旨は、こうして私が東宮の位にいることは、本懐でもありますし、また故三条院《さんじょういん》が定めておかれたことに背き申しあげるのも、いろいろな方面に、遠慮されることと思わないわけではありませんが、このままこうしていることを、あれこれと考えてみますと、罪深いこととも思われます。帝《みかど》のご将来はたいそう末遠くていらっしゃいます。自分が帝位につく時期はいつという当てもなく、はかない無常の世の中では、いつまでの命ともはかりにくいことです。この東宮という地位を去って、思いのままに仏道修行もし、神社や寺へのお参りもして、気楽に過ごしたいと思うのですが、ただ単に前東宮《とうぐう》ということで過ごすとすれば、それも不体裁なことでしょう。退位後は院号をいただき、年官年爵（官位の任命権と任命料）に受領給（国司の任命料）を得て過ごしたいのですが、いかがなものでありましょうやと、おとどにお伝え申しあげていただきたいのです」と仰せられましたので、大夫殿は謹みうけたまわってご退出なさいました。

その夜は更けてしまいましたので、翌朝早く父おとどのお邸《やしき》へ参られましたところ、参内《さんだい》なさろうとして御装束をお召しになっておられる最中でしたので、東宮のご伝言を申しあげることがおできになりません。おおかたの人はこの参内のお供を務める人々ですが、そのほかにも、お出ましのまぎわにお目にかかろうとして、大勢の人々が参集し、騒がしい様子なので、ご乗車にお出ましになる時に申しあげようと思い、それまでの間、寝殿の隅《すみ》の間《ま》の格子《こうし》に寄りかかっていらっしゃいますと、源民部卿《げんみんぶきょう》殿（俊賢《としかた》）が、そばへ寄っておいでになり、「どうして、こんなふうにしておられるのかな」とお尋ね申されますので、この殿にはお隠し申しあげるべきことでもなく、「こうこうのことがあるのですが、人々も伺候《しこう》しておりますので、申しあげかねているのです」とおっしゃいますと、お顔色がさっと変り、この殿も、お驚きになります。

「たいそう恐れ多い重大事でありますぞ。何はさておき、おとどのお耳に早くお入れ申しあげなさい。参内してしまわれたならば、お側《そば》にはなお人が多くなり、申しあげることもおできになれますまい」と言われますので、大夫殿は、なるほどとお思いになり、いらっしゃる方へ参られましたところ、あのことであろうとお察しになられ、寝殿の隅の間へおいでになって、「東宮に参上してきたか」とお尋ねになります。そこで、昨夜の東宮のご伝言を詳しく申しあげなさいますと、言うまでもないことですよ、おとどのご心中のお喜びはいい加減なものであるはずはありません。東宮を、むりやりご退位おさせ申すということははばかり多いこと、とお思いになっていらっしゃったところへ、こういうことが向こうからやってきたお喜びは、なんと言っても、言い尽くせることではありませんで、「それにつけても、なんとすばらしい大宮《おおみや》（彰子《しょうし》）のご宿運であることよ」と心中お思いになります』

「いと近く、こち」と仰《おほ》せられて、「ものせらるることもなきに、案内《あない》するもはばかり多かれど、おとどに聞こゆべきことのあるを、伝へものすべき人のなきに、間近《まぢか》きほどなれば、たよりにもと思ひて消息《せうそこ》し聞こえつる。その旨《むね》は、かくてはべることそは本意《ほい》あることと思ひ、故院のしおかせたまへることをたがへたてまつらむも、かたがたにはばかり思はぬにあらねど、かくてあるなむ、思ひつづくるに、罪深くもおぼゆる。内《うち》の御ゆく末《すゑ》はいと遥《はる》かにものせさせたまふ。いつともなくて、はかなき世に命も知りがたし。この有様《ありさま》退《の》きて、心に任せて行ひもし、物詣《ものまうで》をもし、やすらかにてなむあらまほしきを、むげに前東宮《さきのとうぐう》にてあらむは、見ぐるしかるべくなむ。院号《ゐんがう》たまひて、年《とし》に受領《ずりやう》などありてあらまほしきを、いかなるべきことにかと、伝へ聞こえられよ」と仰せられければ、かしこまりてまかでさせたまひぬ。

その夜はふけにければ、つとめてぞ、殿《との》にまゐらせたまへるに、内《うち》へまゐらせたまはむとて、御装束《さうぞく》のほどなれば、え申させたまはず。おほかたには御供《とも》にまゐるべき人々、さらぬも、出《い》でさせたまはむに見参《げざん》せむと、多くまゐり集りて、さわがしげなれば、御車に奉りにおはしまさむに申させむとて、そのほど、寝殿《しんでん》の隅《すみ》の間《ま》の格子《かうし》によりかかりて居《ゐ》させたまへるを、源民部卿《げんみんぶきやう》寄りおはして、「などかくてはおはします」と聞こえさせたまへば、殿には隠し聞こゆべきことにもあらねば、「しかじかのことのあるを、人々のさぶらへば、え申さぬなり」とのたまはするに、御気色《けしき》うち変はりて、この殿もおどろきたまふ。

「いみじくかしこきことにこそあなれ。ただとく聞かせたてまつりたまへ。内にまゐらせたまひなば、いとど人《ひと》がちにて、え申させたまはじ」とあればば、げにと思《おぼ》して、おはします方《かた》にまゐりたまへれば、さならむと御心得《こころえ》させたまひて、隅の間に出でさせたまひて、「春宮《とうぐう》にまゐりたりつるか」と問はせたまへば、よべの御消息《せうそこ》くはしく申させたまふに、さらなりや、おろかに思《おぼ》し召《め》さむやは。おしておろしたてまつらむこと、はばかり思し召しつるに、かかることの出で来《いき》ぬる御よろこびなほ尽きせず、「まづ、いみじかりける大宮《おほみや》の御宿世《すくせ》かな」と思し召す』（略）

道長は東宮敦明《あつあきら》親王に対面する。母宮娍子《せいし》は東宮方がもの騒がしいのを不審に思うが、東宮のもとに誰《だれ》も近づけないよう、通路は厳重に警備されていた。

「東宮は、殿（道長）に対して、年来ずっとお思いになっていたことを詳しく申しあげようと、心に固く決めていらっしゃいましたが、実際にご実行という段になってしまうと、「どうなってしまうことだろうか」と、さすがにお心が乱れるのでした。殿に対座申しあげられた時には、あれやこれやで気後《きおく》れなさってしまわれたのでしょうか、ただ昨日と同じように、いやそれ以上に言葉少なにご退位のことを仰せられます。殿のご返事は、「それにしても、どうして、このように思い付かれたのですか」というふうにおっしゃったことでしょうよ。東宮《とうぐう》のお気の毒なご様子を一方では拝見なさって、さすがにちょっと涙をお拭《ぬぐ》いになって、「それでは、今日は吉日ですので」と言って、東宮を院にお立て申しあげなさいました。そしてすぐさま院の庁の事務始めに着手なさいました。諸事万端お定めになり施行なさいます。院の判官代《ほうがんだい》には、東宮坊の役人たちや蔵人《くろうど》などがそのまま移って代るはずもありません。院の別当《べっとう》には、中宮権大夫《ちゅうぐうのごんのだいぶ》殿（能信《よしのぶ》）をお任じ申されましたので、大夫殿は御殿から階下におりて、拝舞をして任官のお礼をなさいます。こうして諸事取決めが完了しましたから、ご退出になりました。

まことに気の毒でしたことは、殿（道長）がまだ東宮御所に伺候《しこう》していらっしゃった時、母宮（娍子《せいし》）の御殿から、どちらの道からたどってまいったのか、あらわにご覧になっておられるのも気づかぬ様子で、ひどくみすぼらしい格好をした女房が、ぶるぶると震えながら、「どうしてこのように重大なことを決行されてしまわれたのか」と、涙声で申していましたが、「それが、気の毒でもあり、滑稽《こっけい》でもあったよ」と、殿がその後、おっしゃったことでしたよ。ところで、院号を贈る朝廷からの勅使がだれであったとも、確かには聞いておりません。勅使にあげる祝儀などは、急なことでもあり、どうなさったのでしょうね」

「殿には、年頃思《としごろおぼ》し召しつることなどこまかに聞こえむと、心強く思し召しつれど、まことになりぬる折は、「いかになりぬることぞ」と、さすがに御心さわがせたまひぬ。向《む》かひ聞こえさせたまひては、かたがたに臆《おく》せられたまひにけるにや、ただ昨日《きのふ》の同じさまに、なかなか言少《ことずく》なに仰せらるる。御返りは、「さりとも、いかにかくは思し召しよりぬるぞ」などやうに申させたまひけむかしな。御気色《けしき》の心ぐるしさを、かつは見たてまつらせたまひて、少しおし拭《のご》はせたまひて、「さらば、今日《けふ》、吉日《よきひ》なり」とて、院《ゐん》になしたてまつらせたまふ。やがてことども始めさせたまひぬ。よろづのこと定め行はせたまふ。判官代《はうぐわんだい》には、宮司《みやづかさ》ども・蔵人《くらうど》などかはるべきにあらず。別当《べたう》には中宮《ちゆうぐう》の権大夫《ごんのだいぶ》をなしたてまつりたまへれば、おりて拝《はい》し申させたまふ。ことども定まりはてぬれば、出《い》でさせたまひぬ。

いとあはれにはべりけることは、殿のまださぶらはせたまひける時、母《はは》宮《みや》の御方《かた》より、いづかたの道より尋ねまゐりたるにか、あらはに御覧《ごらん》ずるも知らぬ気色《けしき》にて、いとあやしげなる姿したる女房《にようばう》の、わななくわななく、「いかにかくはせさせたまへるぞ」と、声も変はりて申しつるなむ、「あはれにも、またをかしうも」とこそ仰せられけれ。勅使《ちよくし》こそたれともたしかにも聞きはべらね。禄《ろく》など、にはかにて、いかにせられけむ」

大鏡の風景

北《きた》野《の》天《てん》満《まん》宮《ぐう》

①

「月の耀《かかや》くは晴れたる雪の如《ごと》し。梅花《ばいか》は照る星に似たり」

文人の名家に生れた菅原道真《すがわらのみちざね》がわずか十一歳で詠《よ》んだ漢詩である。梅花と漢詩を愛した一人の詩人は、藤原氏台頭のなかでその抑止を目指した宇多《うだ》上皇の信任を受けたために、人々の嫉妬《しっと》を身にまとって大宰府《だざいふ》に左遷《させん》され、二年後に没した。都を離れる時に彼が詠んだ「東風《こち》吹かばにほひおこせよ梅の花あるじなしとて春を忘るな」という歌のとおり、都でにおう梅の香は西国の彼のもとに届いたのだろうか。道真の魂を鎮める北野天満宮には、今もなお梅の香を供物とするべく、春が訪れるたびに約二千本もの梅の木が花を咲かせる。

北野(京都市上京区)の地に自分を祀《まつ》るようにと道真の託宣が下りたのは、彼の死から約四十年後。それまでに落雷が幾度も都を襲い、左遷に関与した人々は次々と命を落としていた。そのため道真は雷神である「天満大自在天神《てんまだいじざいてんじん》」として畏怖《いふ》され、古くから恵みの雨をもたらす雷神の天神社を祀る北野に鎮められたのである。北野天満宮は創建時には鎮護国家の神として、中世には詩文、和歌、連歌、書道などの神として栄え、現在は学問の神さまとして、全国から学問成就を願う人々が押し寄せる。境内の建物の多くは慶長十二年(一六〇七)に豊臣秀頼《とよとみひでより》が造営したもので、拝殿と本殿は桃山美術の絢爛《けんらん》をたたえる国宝。これらはすべて天神となった道真のためのものだが、馥郁《ふくいく》たる梅の香だけは、詩人としての道真を偲《しの》ばせる。

地の巻

一 右大臣師輔《もろすけ》

「このおとどは忠平《ただひら》公のご次男、御母は右大臣源能有《よしあり》のご息女、世間で申しあげる九条《くじょう》殿《どの》でいらっしゃいます。公卿《くぎょう》になられて二十六年、大臣の位に十四年ご在任でした。御孫でいらっしゃる東宮《とうぐう》（憲平《のりひら》親王）、また、第四皇子（為平《ためひら》親王）、第五皇子（守平《もりひら》親王）をあとに残し申しあげてお薨《かく》れになりましたのは、まことに残念な御事ですよ。お年は、まだ六十歳にもおなりにならないのですから、前途は洋々として、ご覧になりたいことが多いに違いないお年ごろでしたなあ」と、世継《よつぎ》はつとめて声を落とし、ひそひそと話していますものの、感慨に堪えぬように手を打って、天を仰いでいます。

「その殿（師輔）にはご子息が十一人、姫君が五、六人いらっしゃいました。第一の姫君（安子《あんし》）は、先帝《せんだい》村上天皇の御時の女御《にょうご》で、数多くの女御・御息所《みやすどころ》の中でも、とりわけご立派でいらっしゃいました。村上天皇も、この女御にはずいぶん恐れはばかりなさって、難しいことをも、この女御の奏上なさることは、お拒みなさるわけにはいかないのでした。ましてそれ以外のことは申すまでもないことです。この女御は少しご性質がきつくて、嫉妬《しっと》などもなさる方のように世間の人からは言われていらっしゃいました」

「このおとどは、忠平《ただひら》の大臣の二郎君、御母、右大臣源能有《うだいじんみなもとのよしあり》の御女《むすめ》、いはゆる九条殿《くでうどの》におはします。公卿《くぎやう》にて二十六年、大臣の位にて十四年ぞおはしましし。御孫《まご》にて、東宮《とうぐう》、また、四・五の宮を見おきたてまつりてかくれたまひけむは、きはめて口惜《くちを》しき御ことぞや。御年まだ六十《むそぢ》にも足《た》らせたまはねば、ゆく末《すゑ》はるかに、ゆかしきこと多かるべきほどよ」と、せめてささやくものから、手を打ちてあふぐ。
「その殿《との》の御君達十一人、女五六人ぞ、おはしましし。第一の御女《むすめ》、村上《むらかみ》の先帝《せんだい》の御時の女御《にょうご》、多くの女御・御息所《みやすどころ》のなかに、すぐれてめでたくお

はしましき。帝《みかど》も、この女御殿にはいみじう怖《お》ぢ申させたまひ、ありがたきことをも、奏《そう》せさせたまふことをば、いなびさせたまふべくもあらざりけり。いはむや自余のことをば申すべきならず。少し御心《こころ》さがなく、御もの怨《うら》みなどせさせたまふやうにぞ、世の人にいはれおはしましし」（略）

そんな中、村上天皇の寵愛《ちょうあい》深い小一条《こいちじょう》の女御芳子《にょうごほうし》に、安子《あんし》が土器《かわらけ》（素焼きの陶器）の欠片《かけら》を投げつけるという事件が起きた。

「このお后《きさき》（安子）のそもそものお気立てはまことにご寛容で、人々に対しても思いやりがおありになり、ご身辺に奉仕する者たちには、その人々に相応する身分に応じて、お見過しなさることなく、なにかとお目をかけておやりになりました。また、他の朋輩《ほうばい》の女御たちに対しても、一方ではご温情をおかけになり、風流の道のご交際をなさったのですが、許容の範囲を超えられたときの、ご嫉妬《しっと》の方面においては、どのようにお思いになってしまわれたのでしょうか。とりわけ、この小一条の女御はたいそうご容貌《ようぼう》がすぐれていらっしゃったためでしょうか、鷹揚《おうよう》にお許しのできないような場合が往々出てまいりますので、ついこうしたことも起ったのでしょうなあ。こうした男女関係の問題ばかりは、お気立てというものにもよらぬものでしょうかな。しかし、こういうことまでは申しますまい、まことに恐れ多いことです」

「おほかたの御心《こころ》はいとひろく、人のためなどにも思ひやりおはしまし、あたりあたりに、あるべきほどほど過ぐさせたまはず、御かへりみあり。かたへの女御《にょうご》たちの御ためも、かつは情《なさけ》あり、御みやびをかはさせたまふに、心よりほかにあまらせたまひぬる時の御もの妬《ねた》みの方《かた》にや、いかが思し召しけむ。この小一条《こいちでう》の女御は、いとかく御かたちのめでたくおはすればにや、御ゆるされに過ぎたる折々の出《い》でくるにより、かかることもあるにこそ。その道は心ばへにもよらぬことにやな。かやうのことまでは申さじ、いとかたじけなし」（略）

「このお后《きさき》の御腹の皇子の中で、式部卿《しきぶきょう》の宮（為平《ためひら》親王）こそは、冷泉院《れいぜい》のお次に、まず東宮《とうぐう》にお立ちになられるのが当然でしたのに、西宮殿《にしのみや》（源高明《たかあきら》）の婿君《むこぎみ》でいらっしゃったので、御弟の次の皇子（守平親王《もりひら》）に東宮の御位を飛び越されてしまわれましたが、その間の種々の出来事などは、実に大変なことでございましたよ。と言いますのは、もし、式部卿の宮が帝《みかど》の御位におつきになってしまわれると、西宮殿の一族に天下の実権が移って、源氏がご繁栄になるに違いないでしょうから、親王の御伯父《おじ》（安子《あんし》の兄弟、伊尹《これまさ》・兼通《かねみち》・兼家《かねいえ》）たちが、思慮深く、無理無体に御弟宮（守平親王）をもり立てて、御兄宮を追い越させ申したのでしたよ。世間でも宮中でも、これら御伯父の殿方が策略をめぐらされたことを、どうして知り得ましょう、人々は「ご兄弟のご順序に従って帝位につかれるだろう」と、式部卿の宮が東宮にお立ちになられるものと思い申しあげましたのに、急に、大入道殿《おおにゅうどうどの》（兼家）が、「若宮《わかみや》（守平親王）のお髪《ぐし》をくしけずりととのえなさい」などと、御乳母《めのと》たちに仰せつけられて、大入道殿が、この親王をお車にお乗せ申し、朔平門《さくへいもん》からご参内《さんだい》なされたなどと、人づてにうけたまわりました。ですから、当然、帝位を継ぐべき正当な理由を持たれた式部卿の宮の側の人たちは、どんなにか残念に思われたことでしょう。

しかも、そのころは、親王がたが、他にも大勢いらっしゃったのに、こともあろうに失意の式部卿の宮に威儀《いぎ》の親王《みこ》という役（威儀を整える役の親王）をさえおさせになられたのですよ。その様子を拝見した人たちも、本当にお気の毒でならなかったと申しておりました。その時の、西宮殿などのお心持は、まあどんなに悔しくお思いになったことでしょう。だからですよ、実に恐ろしく悲しい、ご謀反《むほん》やら左遷などという事件（安《あん》和《な》の変。為平親王を奉じて謀反を企てたとして源高明が大宰権帥《だざいのごんのそち》に流された。一九七頁参照）がいろいろ起ってまいりましたのは。このように申しましても、かえってお話ししないほうがましなくらいで、とても話し尽せるものではありません。それに、このようなことを、人中《ひとなか》で、低い身分の者が、あれこれ申しますのは、たいそうもったいないことです、もうやめることにいたしましょう。とは申せ、やはり、我ながら意地の悪いもので、お話しせずにはいられないもののようでございますな」

「この后の御腹《はら》には、式部卿《しきぶきやう》の宮こそは、冷泉院の御次《つぎ》に、まづ東宮《とうぐう》にもたちたまふべきに、西宮殿《にしのみやどの》の御婿《むこ》におはしますによりて、御弟の次の宮に引き越されさせたまへるほどなどのことども、いといみじくはべり。そのゆゑは、式部卿の宮、帝《みかど》に居《ゐ》させたまひなば、西宮殿の族《ぞう》に世の中うつりて、源氏の御栄えになりぬべければ、御舅《をぢ》たちの魂《たましひ》深く、非道《ひだう》に御弟をば引き越し申させたてまつらせたまへるぞかし。世の中にも宮のうちにも、殿《との》ばらの思《おぼ》しかまへけるをば、いかでかは知らむ、次第《しだい》のままにこそはと、式部卿の宮の御ことをば思ひ申したりしに、にはかに、「若宮《わかみや》の御髪《みぐし》かいけづりたまへ」など、御乳母《めのと》たちに仰せられて、大入道殿《おほにふだうどの》、御車にうち乗せたてまつりて、北《きた》の陣《ぢん》よりなむおはしましけるなどこそ、伝へうけたまはりしか。されば、道理あるべき御方人たちは、いかがは思《おぼ》されけむ。

その頃《ころ》、宮たちあまたおはせしかど、ことしもあれ、威儀《ゐぎ》の親王《みこ》をさへせさせたまへりしよ。見たてまつりける人も、あはれなることにこそ申しけれ。そのほど、西宮殿《にしのみやどの》などの御心地《ここち》よな、いかが思しけむ。さてぞかし、いとおそろしくかなしき御ことども出《い》できにしは。かやうに申すも、なかなかいとどことおろかなりや。かくやうのことは、人中《ひとなか》にて、下臈《げらふ》の申すにいとかたじけなし、とどめさぶらひなむ。されどなほ、我ながら無愛《ぶあい》のものにて、おぼえさぶらふにや』（略）

「だいたい、この九条殿《くじょうどの》（師輔《もろすけ》）は、本当に、常人《じょうじん》ではいらっしゃらぬのでしょうか、お心に考えられる将来のことなども、成就なさらぬことは何一つおありになりませんでした。

残念であったことは、まだごくお若くていらっしゃった時、「夢に、朱雀門《すざくもん》の前で、左右の足をひろげて西と東の大宮通にふんばり、北向きになって内裏《だいり》を抱きかかえて立っているというのが見えたよ」とおっしゃったところ、殿《との》の御前に小利口な女房が控えており、その女房が、「どんなにかお股《また》が痛くていらっしゃったでしょうね」と申しましたので、御夢がはずれ、このようにご子孫がお栄えになっていらっしゃるのに、ご自分はついに摂政・関白になれずに終られたのでした。また、ご子孫にも意想外のご不幸なことがちょいちょい混じりますが、帥殿《そちどの》（伊周《これちか》）ご配流《はいる》のこと（二三五頁参照）なども、この女房の夢の合せ方が外れたためだったとみえます。「すばらしく縁起のよい夢でも、悪く夢合せをしてしまうと外れる」と、昔から申し伝えていることでございます。うっかりと、ものの道理のわからないような人の前で、夢の話などを、ここに私の話をお聞きの皆さんよ、決してなさってはいけませんぞ。現在はもちろん将来も、九条殿のご一族だけが、何かにつけてますますご繁栄になられることでしょう」

「おほかた、この九条殿《くでうどの》、いとただ人にはおはしまさぬにや、思《おぼ》し召《め》しよるゆく末《すゑ》のことなども、かなはぬはなくぞおはしましける。

口惜《くちを》しかりけることは、まだいと若くおはしましける時、「夢に、朱雀《すざく》門《もん》の前《まへ》に、左右《さう》の足を西東《にしひんがし》の大宮《おほみや》にさしやりて、北向きにて内裏《だいり》を抱《いだ》きて立てりとなむ見えつる」と仰《おほ》せられけるを、御前になまさかしき女房《にようばう》のさぶらひけるが、「いかに御股《また》痛くおはしましつらむ」と申したりけるに、御夢違《たが》ひて、かく子孫は栄えさせたまへど、摂政・関白えしおはしまさずなりにしなり。また御末に思はずなることのうちまじり、帥殿《そちどの》の御ことなども、かれが違ひたるゆゑにはべるめり。「いみじき吉相《きつさう》の夢もあしざまにあはせつれば違ふ」と、昔より申し伝へてはべることなり。荒涼《くわうりやう》して、心知らざらむ人の前に、夢語りな、この聞かせたまふ人々、しおはしまされそ。今ゆく末も九条殿の御末のみこそ、とにかくにつけて、ひろごり栄えさせたまはめ」

二 太政大臣《だいじょうだいじん》伊尹《これまさ》――行成《ゆきなり》の逸話

太政大臣伊尹は、師輔《もろすけ》の長男である。太政大臣として三年、若くして没した。息女の一人懐子《かいし》は冷泉《れいぜい》天皇女御《にょうご》で花山《かざん》天皇を生んだ。息男の一人義孝《よしたか》は信仰篤《あつ》い人物であったが、疱瘡《ほうそう》で亡くなった。その義孝の息子が、天下の名筆として名高い行成である。

世継《よつぎ》は語る――「ぜんたい、一条殿（伊尹）ご一族は、蔵人頭《くろうどのとう》の任官争いで、代々敵《かたき》をつくっている家筋でいらっしゃるので、この方（行成）も、はたしていかがでいらっしゃいましょうか。

この件については、どなたもご存じのことですが、朝成《あさひら》の中納言（藤原朝成）と一条摂政（伊尹）とは、かつて、同じ御代の殿上人《てんじょうびと》で、朝成卿は家柄の程度こそ一条殿と同等ではございませんが、一身の学才も世間の人望もともにすぐれた人物でしたから、この人が蔵人頭になるべき順番が来た折、またこの一条殿も、もちろん、当然なるべき人でいらっしゃいましたから、その時、この朝成卿が一条殿に申されたことには、「殿は、今回頭《とう》におなりにならなくとも、世の人が、あれこれとお思い申すこともありますまい。

後々いつでも、お心のままにおなりになることが可能です。しかし、私は、今度なりそこねますと、ひどく辛《つら》いことになってしまいましょうから、この度は、ご希望なさらないでいただけませんか」と申されましたところ、「私もそう思うことであります。それでは、今回の頭は願い出いたしますまい」とおっしゃいましたので、朝成卿は、まことにうれしいことだとお思いになりました。ところが、一条殿はどうお気が変られたのか、そのまま挨拶《あいさつ》もなく、蔵人頭になってしまわれましたので、こんなふうにおだましになることがあるものかと、ひどくいまいましくお思いになり、それ以来は、ご不和の関係で過ごされておりました。そのうちに、朝成卿が、この一条殿の家来とかいう人に対して無礼なことをなさったのを、一条殿が、「頭《とう》を超されて残念だぐらいのことを思おうとも、どうして何かにつけて、我らにこう無礼な仕打ちをするのだ」と腹を立てておられると聞き、朝成卿は、「悪意はなかったと、わけも申しあげよう」と思い、一条殿に参上なさいました。ところで、昔の方は、自分より身分の上の方の所に参上した場合には、先方から「どうぞこちらへ」と案内のないうちは、屋内にも上がらないで、外に立っているものでありましたが、この訪問は、六、七月の、非常に暑くて堪えられないころのことで、参上の旨を取り次がせて、今か今かと中門《ちゅうもん》の所で立って待っているうちに、西日もさしかかり、暑くて堪えがたいなどというどころではありません。病気にもなってしまうに違いないので、「さては、この殿は、自分を焙《あぶ》り殺そうと思し召《おぼめ》しているのであった。わざわざ参ってむだなことをしたものだ」と思うと、およそ憎悪の心が起るなどといった段ではありません。夜になったので、そのままここに立ち尽しているべきでもありませんので、笏《しゃく》を握りしめ立ち去ろうとすると、ぽきんと音を立てて笏が折れたではありませんか。どれほどの憤《いきどお》りの念を起されたのでしょうか。こうして朝成卿は家に帰られて後、「この一族を永久に絶やしてやろう。もし男子なり女子なりがあっても、順調な人生は送らせないぞ。これを気の毒だという者もあれば、それをも恨んでやろう」などと誓ってお亡くなりになったので、一条殿のご子孫代々に祟《たた》る御悪霊とおなりになったのです。

こういうわけで、ましてや、この殿（行成）は近いお血筋でいらっしゃいますから、まことに恐ろしいことです。ある時、殿（道長）の御夢に紫宸殿《ししんでん》の北廂《きたびさし》、そこは清涼殿《せいりょうでん》の殿上の間《てんじょうのま》（殿上人が伺候《しこう》する部屋）に向うときに必ず通る所ですよね、そこに、人が立っていますので、だれかと思って見ますと、顔は戸の上の方に隠れていて、よくも見えません。不思議に思い、「だれだ、だれだ」と幾度も問われますと、「朝成でございます」と答えましたので、夢の中とはいえ非常に恐ろしく思われましたが、こらえて、「なぜこうして立っていらっしゃるのか」とお聞きになったところ、「頭弁《とうのべん》（行成）の参《さん》内《だい》されるのを待っているのでございます」と答える、と御覧になり、はっと目が覚め、「今日は公事《くじ》のある日だから、早朝から参内されるであろう。困った仕儀となった」と思われ、「あなたの御身の上について、私の夢にお見えになったことがあります。今日はご病気欠勤というようなことにでもし、物忌《ものいみ》を厳重にして、なにも参内なさることはありません。詳しくは私自身お目にかかって」と手紙を書いて、急いで差し上げなさいましたが、行き違いになり、頭弁はたいそう早く参内してしまっておられました。

ところが、神仏のご加護が強くおありだったのでしょうか、頭弁はいつもと違い、朔《さく》平門《へいもん》から入り、藤壺《ふじつぼ》と後涼殿《こうろうでん》との間を通って、清涼殿の殿上の間に参られました。すると、殿（道長）は、「これはどうしたことですか。お手紙を差し上げたのは、ご覧になりませんでしたか。こうこういう夢を見ましたのですよ」と言います。と、手をぽんと打ち、どんなふうでしたかと、詳しくお尋ねにもならず、また二言と口もおききにならずにすぐに退出してしまわれました。それから後、ご祈禱《きとう》などをなさって、しばらくは参内もなさいませんでした。

この物《もの》の怪《け》の家、すなわち朝成の家は、三条大路の北、西洞院《にしのとういん》大路の西にあります。今でも、一条殿のご一族はかりそめにも足を踏み入れぬ所です」

「おほかた、この御族《ぞう》の頭争《とうあらそ》ひに、敵《かたき》をつきたまへば、これもいかがおはすべからむ。

皆人《みなひと》知ろしめしたることなれど、朝成《あさひら》の中納言と一条摂政と同じ折の殿《てん》上人《じやうびと》にて、品《しな》のほどこそ、一条殿にひとしからねど、身の才《ざえ》、人《ひと》おぼえ、やむごとなき人なりければ、頭になるべき次第《しだい》いたりたるに、またこの一条殿さらなり、道理の人にておはしけるを、この朝成の君申したまひけるやう、「殿はならせたまはずとも、人わろく思ひ申すべきにあらず。後々《のちのち》にも御心にまかせさせたまへり。おのれは、この度《たび》まかりはづれなば、いみじう辛《から》かるべきことにてなむはべるべきを、この度、申させたまはではべりなむや」と申したまひければ、「ここにもさ思ふことなり。さらば申さじ」とのたまふを、いとうれしと思はれけるに、いかに思《おぼ》しなりにけることにか、やがて問ひごともなく、なりたまひにければ、かく謀《はか》りたまふべしやはと、いみじう心やましと思ひ申されけるに、御仲《なか》よからぬやうにて過ぎたまふほどに、この一条殿のつかまつり人とかやのために、なめきことしたうびたりけるを、「本意《ほい》なしなどばかりは思ふとも、いかに、ことにふれて我などをば、かくなめげにもてなすぞ」と、むつかりたまふと聞きて、「あやまたぬよしも申さむ」とて、まゐられたりけるに、はやうの人は、我より高き所にまうでては、「こなたへ」となきかぎりは、上《うへ》にものぼらで、下《しも》に立てることになむありけるを、これは六七月のいと暑くたへがたき頃《ころ》、かくと申させて、今や今やと、中門《ちゆうもん》に立ちて待つほどに、西日《にしび》もさしかかりて、暑く耐へがたしとはおろかなり。心地《ここち》もそこなはれぬべきに、「はやう、この殿《との》は、我をあぶり殺さむと思すにこそありけれ。益《やく》なくもまゐりにけるかな」と思ふに、すべて悪心《あくしん》おこるとは、おろかなり。夜《よる》になるほどに、さてあるべきならねば、笏《しやく》をおさへて立ちければ、はたらと折れけるは、いかばかりの心をおこされにけるにか。さて家《いへ》に帰りて、「この族《ぞう》ながく絶たむ。もし男子も女子もありとも、はかばかしくてはあらせじ。あはれといふ人もあらば、それをも恨みむ」など誓ひて、うせたまひにければ、代々の御悪霊《あくりやう》とこそはなりたまひたれ。されば、まして、この殿近くおはしませば、いとおそろし。殿の御夢《ゆめ》に、南殿《なでん》の御後《ごご》、かならず人のまゐるに通る所よな、そこに人の立ちたるを、たれぞと見れど、顔は戸の上《かみ》に隠れたれば、よくも見えず。あやしくて、「誰《た》そ誰《た》そ」と、あまた度《たび》問はれて、「朝成《あさひら》にはべり」といらふるに、夢のうちにもいとおそろしけれど、念じて、「などかくては立ちたまひたるぞ」と問ひたまひければ、「頭弁《とうのべん》のまゐらるるを待ちはべるなり」といふと見たまうて、おどろきて、「今日は公事《くじ》ある日なれば、とくまゐらるらむ。不便《ふびん》なるわざかな」とて、「夢に見えたまへることとあり。今日は御病《やまひ》申しなどもして、物忌《ものいみ》かたくして、なにかまゐりたまふ。こまかにはみづから」と書きて急ぎ奉りたまへど、ちがひていととくまゐりたまひにけり。

まもりのこはくやおはしけむ、例《れい》のやうにはあらで、北《きた》の陣《ぢん》より藤壺《ふぢつぼ》、後涼殿《こうらうでん》のはさまより通りて、殿上《てんじやう》にまゐりたまへるに、「こはいかに。御消息《せうそこ》奉りつるは、御覧《ごらん》ぜざりつるか。かかる夢をなむ見はべりつるは」。御手をはたと打ちて、いかにぞと、こまかにも問ひ申させたまはず、また二つもののたまはで出《い》でたまひにけり。さて御祈《いのり》などして、しばしは内《うち》へもまゐりたまはざりけり。

この物《もの》の怪《け》の家は、三条《さんでう》よりは北、西洞院《にしのとうゐん》よりは西なり。今に一条殿の御族《ぞう》あからさまにも入らぬところなり」（略）

「この大納言殿（行成《ゆきなり》）は、少々不得意のことに対しても、ご才気が深くお働きになり、優れて仕上げてしまうご性格で、今の帝《みかど》（後一条天皇《ごいちじょう》）がご幼少でいらっしゃった時、人々に、「玩具《おもちゃ》を持ってまいれ」とおっしゃいましたので、皆がいろいろと、金・銀などで工夫を凝らし、なんとかしてお気に召すような物と願って、意匠を凝らした物をこしらえ、それぞれ持ってまいりました中で、この殿（行成）は独楽《こま》に斑濃《むらご》（濃淡のむらを出した染め方）の紐《ひも》を添えて差し上げられましたところ、「変なかっこうの物だね。これは何か」とお尋ねになりましたので、「これこれの物でございます」と申しあげ、「回してご覧あそばしませ。おもしろい物でございます」と申しあげなさいますと、帝は紫宸殿《ししんでん》にお出ましになられ、お回しになられたところ、たいそう広い御殿の中を、残

らずくるくると回っていきますので、すっかりおもしろがられ、この独楽ばかりをいつもご覧になってお遊びになりましたので、他の献上された玩具は、しぜんと、みんなしまいこまれてしまったことでした。

また殿上人《てんじょうびと》たちが、いろいろな扇《おうぎ》をこしらえて帝に差し上げる折に、ほかの人々は、扇の骨に蒔絵《まきえ》をしたり、あるいは、金・銀・沈《じん》（香木の一種）・紫檀《したん》の扇の骨に、象眼《ぞうがん》を施したり、彫刻をしたり、なんとも言えぬ立派ないろいろの紙に、人の普通には知らない歌や詩や、また、日本六十余国の、歌に詠まれる名所として有名な地の景色などを描いては差し上げました中に、例によって、この殿は、骨の漆《うるし》だけを趣《おもむき》のあるように塗り、黄色の唐紙《からかみ》で地《じ》の絵模様をうっすらとゆかしい程度に描いた扇に、表のほうには楽府《がふ》の文句を端正に楷書《かいしょ》で書き、裏には筆勢に心をこめて、草書《そうしょ》ですばらしく書いて差し上げなさいましたところ、帝は表と裏とを何遍も繰り返しご覧になり、お手箱にお入れになられて、たいせつな御宝物とお思いになっていらっしゃいましたから、他の多くの扇は、ただおもしろくご覧になっただけで、それなりになってしまいました。どれもこれも、帝の感激をいただいたわけで、これにまさる名誉がまたとあるでしょうか」

「少しいたらぬことにも、御魂《たましひ》の深くおはして、らうらうじうしなしたまひける御根性《こんじやう》にて、帝《みかど》幼くおはしまして、人々に、「遊び物どもまゐらせよ」と仰《おほ》せられければ、さまざま、金《こがね》・銀《しろかね》など心を尽くして、いかなることをがなと、風流《ふうりう》をし出《い》でて、持てまゐりあひたるに、この殿《との》は、こまつぶり、むらごの緒《を》つけて奉りたまへりければ、「あやしの物のさまや。こはなにぞ」と問はせたまうければ、「しかじかの物になむ」と申し、「まはして御覧《ごらん》じおはしませ。興《きよう》ある物になむ」と申されければ、南殿《なでん》に出でさせおはしまして、まはさせたまふに、いと広き殿のうちに、のこらずくるべき歩《ある》けば、いみじう興ぜさせたまひて、これをのみ、つねに御覧じあそばせたまへば、こと物《もの》どもは籠《こ》められにけり。

また、殿上人《てんじやうびと》、扇《あふぎ》どもしてまゐらするに、こと人々は、骨に蒔絵《まきゑ》をし、あるは、金・銀・沈《ぢん》・紫檀《したん》の骨になむ筋《すぢ》を入れ、彫物《ほりもの》をし、えもいはぬ紙どもに、人のなべて知らぬ歌や詩や、また六十余国の歌枕《うたまくら》に名あがりたる所々《ところどころ》などを書きつつ、人々まゐらするに、例《れい》の、この殿は、骨の漆ばかりをかしげに塗りて、黄なる唐紙《からかみ》の下絵《したゑ》ほのかにをかしきほどなるに、表《おもて》の方《かた》には楽府《がふ》をうるはしく真《しん》に書き、裏には御筆《ふで》とどめて草《さう》にめでたく書きて奉りたまへりければ、うち返しうち返し御覧じて、御手箱《てばこ》に入れさせたまうて、いみじき御宝《たから》と思《おぼ》し召《め》したりければ、こと扇どもは、ただ御覧じ興ずるばかりにてやみにけり。いづれもいづれも、帝王の御感《ぎよかん》はべるにますことやはあるべきよな」

三 太政大臣兼通《かねみち》

世継《よつぎ》は語る——「このおとどは、これ、九条殿《くじようどの》（師輔《もろすけ》）のご二男で、堀河《ほりかわ》の関白と申しあげました。関白をなさったことが、六年。この御母君のことがなんとも見えませんのは、兄一条殿《いちじようどの》（伊尹《これまさ》）と同じ方でいらっしゃるからでしょうか。弟大入道殿《おおにゆうどうどの》（兼家）が納言《なごん》でいらっしゃった時、御兄ですが、下位の参議で数年過ごされましたが、天禄《てんろく》三年（九七二）二月に中納言になられ、宮中の事を内覧《ないらん》すべき宣旨《せんじ》をお受けになられたのでした。同じ年の十一月、内大臣で関白の宣旨をお受けになり、多くの人を超えられました」

「このおとど、これ、九条殿《くでうどの》の二郎君《じらうぎみ》、堀河《ほりかは》の関白《くわんぱく》と聞こえさせき。関白したまふこと、六年。御母のことのなきは、一条殿《いちでうどの》の同じきにや。大入道殿《おほにふだうどの》、納言《なごん》にておはしますほど、御兄《このかみ》なれど、宰相《さいしやう》にて年頃経《としごろへ》させたまひけるを、天禄《てんろく》三年二月に、中納言になりたまひて、官中事内覧《くわんちゆうのことないらん》すべき宣旨《せんじ》うけたまはらせたまひにけり。同年十一月に、内大臣にて関白の宣旨かぶらせたまひてぞ、多くの人越えたまひける」(略)

兼通には多くの子がいた。その長男顕光《あきみつ》は、息女延子《えんし》を敦明《あつあきら》親王と結婚させていた。敦明親王が東宮となったことから将来を夢見ていたが、敦明親王が東宮を退位したために悲嘆し、死後は死霊となって祟《たた》り、悪霊《あくりよう》の左大臣と呼ばれた。さて、兼通は弟兼家《かねいえ》と不和であった。

「このおとど(兼通)は、総じて異常に冷酷なお心がおありでした。今こんなにもご子孫が末絶えず繁栄していらっしゃる弟の東三条殿《とうさんじようどの》(兼家《かねいえ》)を、理由のないことでご官位を取りあげられたのは、どんなにひどい悪行だったでしょう。天の神もきっと穏やかならず思われたことでしょうよ。その時の帝は円融院《えんゆういん》でいらっしゃいました。東三条殿（兼家）は、こういう不遇の趣《おもむき》を長歌に詠《よ》んで、帝に訴え申されたところ、帝のご返事に、「いなふねの（承知したが、しばらく待つように）」（出羽風俗歌「最上川　のぼればくだる　や稲船のいなにはあらず　やしばしばかりぞや　あの」による）と仰《おお》せられましたので、しばらくの間だけとはいえご悲嘆なされたのでありましたよ」

「このおとど、すべて非常《ひざう》の御心《こころ》ぞおはしし。かばかり末絶えず栄えおはしましける東三条殿《とうさんでうどの》を、ゆゑなきことにより、御官位《つかさくらゐ》を取りたてまつりたまへりし、いかに悪事《あくじ》なりしかは。天道《てんたう》もやすからず思《おぼ》し召《め》しけむを。その折の帝《みかど》、円融院《ゑんゆうゐん》にぞおはしましし。かかる嘆きのよしを長歌《ながうた》に詠《よ》みて、奉りたまへりしかば、帝の御返り、「いなふねの」とこそ仰《おほ》せられければ、しばしばかりを思《おぼ》し嘆きしぞかし」

＊『大鏡』古活字本は、その間の事情をこう語る——兼通と弟の兼家は長年の官位競争の末に不和だった。兼通の病が重くなった時、こちらに向かう兼家の先払いの声がしたの

で、兼通は見舞いに来たのかと思い、待っていたが、行列は邸《やしき》の前を通り過ぎてしまう。なんと薄情者かと憤った兼通が病をおして帝の御前に参上すると、兼家がすでに伺候《しこう》していた。兼家は兼通がすでに亡くなったと聞き、関白の件を奏請しようとしていたのだった。驚く帝と兼家を前に、兼通は最後の除目《じもく》を行う。それは、関白を頼忠《よりただ》に譲り、兼家を大将から降ろすというものであった。そして兼通は内裏《だいり》退出後、まもなく薨去《こうきょ》した。

四 太政大臣為光《ためみつ》・太政大臣公季《きんすえ》（概略）

太政大臣為光は、師輔《もろすけ》の九男で、法住寺《ほうじゅうじ》の大臣《おとど》と呼ばれた。息女忯子《しし》は花山《かざん》天皇女御《にょうご》である。息男のうち、長男誠信《さねのぶ》は、弟斉信《ただのぶ》（俊賢・公任・行成とともに一条朝の四納言《しなごん》と呼ばれた）が先に中納言になったことから、弟を恨み憎んで死んだという。

太政大臣公季《きんすえ》は、師輔の十一男で、閑院《かんいん》の大臣《おとど》と呼ばれた。息女義子《ぎし》は一条天皇女御《にょうご》である。公季の母は醍醐《だいご》天皇第四皇女の康子《こうし》内親王で、公季を生み落として没したため、公季の姉の安子《あんし》（村上天皇中宮）が引き取り、宮中で養育した。

五 太政大臣兼家《かねいえ》──道綱母《みちつなのはは》の話

太政大臣兼家は、師輔《もろすけ》の三男で、東三条《とうさんじょう》の大臣《おとど》と呼ばれた。兄の兼通《かねみち》によって一時大将職剝奪《はくだつ》という憂き目にあったが、摂政、太政大臣となった。藤原中正《なかまさ》の息女時姫《ときひめ》との間に、超子《ちょうし》（冷泉《れいぜい》天皇女御《にょうご》で三条天皇母）、詮子《せんし》（円融《えんゆう》天皇后《きさき》で、一条天皇母）、道隆《みちたか》、道《みち》兼《かね》、道長《みちなが》がいる。対《たい》の御方《おんかた》（『蜻蛉《かげろう》日記』に出る近江《おうみ》か）との間に、三条天皇の尚侍《ないしのかみ》となった綏子《すいし》がいる。倫寧《ともやす》息女（『蜻蛉日記』の作者）との間に、道綱がいる。

世継《よつぎ》は語る──「ご二男は、陸奥守《むつのかみ》藤原倫寧殿の息女の腹にお生れになった方です。道綱と申しあげました。大納言にまでなられ、右近衛《うこんえ》大将を兼ねていらっしゃいました。この大将の母君は、極めつきの和歌の名人でいらっしゃいましたので、この殿（兼家）がお通いになっていらっしゃったころのことや、歌などを書き集めて、「蜻蛉日記《かげろうのにき》」と名づけて、世にお広めになりました。殿がお訪ねになられた時、この女君《おんなぎみ》は門をなかなか開けませんでしたので、度々、従者《ずさ》に来意をお告げさせになられましたところ、女君が、

嘆きつつひとり寝《ぬ》る夜《よ》のあくるまはいかにひさしきものとかはしる

――あなたは門を開けるのが遅いとおっしゃいますが、あなたのおいでが途絶え、嘆きながら一人寝る夜明けまでの間が、どんなに長く思われるものか、ご存じですか

とお詠《よ》みになりましたのを、たいそうおもしろくお思いになって、

げにやげに冬の夜《よ》ならぬ槙《まき》の戸《と》もおそくあくるは苦しかりけり

――なるほど、あなたのいう冬の夜長を待ち明かす辛《つら》さはもちろんだが、槙の戸の開くのが遅いというのも、実に辛いものだよ

そんなわけで、この女君の御腹にできた君ですよ、この道綱卿は」

「二郎君、陸奥守倫寧《みちのくにのかみともやす》のぬしの女《むすめ》の腹《はら》におはせし君なり、道綱《みちつな》と聞こえし、大納言までなりて、右大将《うだいしやう》かけたまへりき。この母君、きはめたる和歌の上手《じやうず》におはしければ、この殿《との》の通はせたまひけるほどのこと、歌など書き集めて、「かげろふの日記《にき》」と名づけて、世にひろめたまへり。殿の

おはしましたりけるに、門《かど》をおそく開けければ、度々《たびたび》御消息《せうそこ》言ひ入れさせたまふに、女君《をんなぎみ》、

嘆きつつひとり寝《ぬ》る夜《よ》のあくるまはいかにひさしきものとかはしる

いと興《きよう》ありと思《おぼ》し召《め》して、

げにやげに冬の夜《よ》ならぬ槙《まき》の戸《と》もおそくあくるは苦しかりけり

されば、その腹の君ぞかし」

六 内大臣道隆《みちたか》

世継《よつぎ》は語る――「このおとどは、東三条《とうさんじよう》のおとど（兼家《かねいえ》）のご長男です。御母君は、女院《にょういん》（詮子）と同じ方（時姫《ときひめ》）です。関白になりお栄えなされて六年ばかりご在世であられたでしょうか、あの疫病大流行の年（正暦六年〈九九五〉）にお亡くなりになりました。しかし、その疫病ではなくて、お酒の飲み過ぎによるご病気でいらっしゃったのです。

男というものは、上戸《じょうご》をもって一興《いっきょう》だとしますが、度の過ぎたのはまことに不都合な場合もありますなあ。ある年の賀茂祭《かものまつり》の斎院《さいいん》ご帰還の儀をご見物なさるとのことで、小《こ》一条《いちじょう》大将（済時《なりとき》）や閑院《かんいん》大将（朝光《あさみつ》）とご同車で、紫野《むらさきの》（京都市北区の南部。斎院の本院があった）へお出かけになりました。おとど（道隆）は、烏《からす》のとまっている形に瓶《へい》子《じ》（徳利）をお作らせになり、それがお気に入られて、何かという折には、それに御酒《ごしゅ》を入れて召し上がられました。その日もそれで召し上がられます。よいご機嫌で盛んにやりとりしていらっしゃるうちに、しだいに深くお過ごしなされて、しまいには、お車の前後の簾《すだれ》をすっかり巻き上げて、お三方とも、冠《かんむり》を脱いで、髻《もとどり》まる見えの素頭《すあたま》でいらっしゃったのは、まことにどうも見苦しいものでしたなあ。だいたい、この二人の大将たちが、お邸《やしき》へ参上なされた時に、しらふのままでお帰りになることを、おとど（道隆）はたいそう物足りず、残念なことであると、お思いになっておられました。そして、正体《しょうたい》もなく、御装束《しょうぞく》も取り乱し、お車を寄せさせ、人の肩に助けられてお乗りになるのを、たいへんおもしろいこととなさっていました」

――「このおとどは、これ東三条《とうさんでう》のおとどの御一男なり。御母は、女院《にょうゐん》の御同じ腹なり。関白《くわんぱく》になり栄えさせたまて六年ばかりやおはしけむ、大疫癘《おほえきれい》の年こそうせたまひけれ。されど、その御病《やまひ》にてはあらで、御酒《みき》のみだれさせたまひにしなり。

男《をのこ》は、上戸《じやうご》、一《ひと》つの興《きよう》のことにすれど、過ぎぬるはいと不便《ふびん》なる折《をり》はべりや。祭のかへさ御覧《ごらん》ずとて、小一条《こいちでう》大将・閑院《かんゐん》大将と一つ御車《くるま》にて、紫野《むらさいの》に出《い》でさせたまひぬ。烏《からす》のつい居《ゐ》たるかたを瓶《かめ》につくらせたまひて、興あるものに思《おぼ》して、ともすれば御酒入れて召す。今日《けふ》もそれにてまゐらする。もてはやさせたまふほどに、やうやう過ぎさせたまて後《のち》は、御車の後《しり》・前《まへ》の簾《すだれ》皆上げて、三所《みところ》ながら御髻《もとどり》はなちておはしましけるは、いとこそ見ぐるしかりけれ。おほかた、この大将殿たちのまゐりたまへる、世《よ》の常《つね》にて出でたまふをば、いと本意《ほい》なく口惜《くちを》しきことに思し召したりけり。ものもおぼえず、御装束《さうぞく》も引きみだりて、車さし寄せつつ、人にかかれて乗りたまふをぞ、いと興あることにせさせたまひける」(略)

「そのお酒好きのお心は、やはり死に際までもお忘れになられなかったのでしょうか、ご病気になられてお亡くなりになられます時に、人々が介添え申して西方極楽浄土《さいほうごくらくじょうど》の方角へお向かせ申しあげ、「ご念仏をお唱えあそばしませ」と、お勧め申しあげますと、「済時《なりとき》や朝光《あさみつ》なども、極楽に行こうと思うだろうか」とおっしゃったとは、心打たれますよ。いつも、お心の中に三人でお酒を飲むことばかり考える習慣がついていらっしゃったからでしょうか。あの、地獄の釜《かま》の縁《ふち》に頭をぶつけた拍子に、いつものごとく南無《なむ》三宝《さんぼう》と唱えたとかいう人のような話でありますなあ。

このおとどは、ご容貌《ようぼう》が実におきれいでいらっしゃいました。おとどご病気の間、御子息の帥殿《そちどの》（伊周《これちか》）に、天下の政治を行えとの宣旨《せんじ》をお伝え申すため、この民部卿《みんぶきょう》殿（俊賢《としかた》）が、頭弁《とうのべん》で勅使として参向なさいましたところ、「ご病状がたいそう重く、ご正装の袍《ほう》をお召しになることもできませんでしたので、平服の御直衣《のうし》姿で御簾《みす》の外へ膝《しっ》行《こう》してお出になりましたが、長押《なげし》を下《お》りなやまれながらも、被物《かずけもの》（禄）の女の装束をお手に取られ、作法どおり、使いの私の肩にお掛け下さいましたのは、まことに感慨深いことでした。もしほかの人がそれほど重態になったとしたら、気味の悪い感じがするものですのに、この殿は、やはりふだんと変らず、たいへんさっぱりと高貴な気品を備えていらっしゃったので、病気にかかったときこそ美貌というものは必要なものだとつくづく感じたよ」と、民部卿殿は、いつも仰せられるそうです」

「その御心《こころ》の、なほ終りまでも忘れさせたまはざりけるにや、御病《やまひ》づきてうせたまひける時、西にかき向けたてまつりて、「念仏《ねんぶつ》申させたまへ」と、人々のすすめたてまつりければ、「済時《なりとき》・朝光《あさみつ》なんどもや極楽《ごくらく》にはあらむずらむ」と仰せられけるこそ、あはれなれ。つねに御心に思《おぼ》しならひたることなればにや。あの、地獄の鼎《かなへ》のはたに頭《かしら》うちあてて、三宝《さんぼう》の御名思ひ出でけむ人のやうなることなりや。

御かたちぞいと清らにおはしましし。帥殿《そちどの》に天下執行《しゆぎやう》の宣旨《せんじ》下したてまつりに、この民部卿殿《みんぶきやうどの》の、頭弁《とうのべん》にてまゐりたまへりけるに、「御病いたくせめて、御装束《さうぞく》もえ奉らざりければ、御直衣《なほし》にて御簾《みす》の外《と》にゐざり出でさせたまふに、長押《なげし》をおりわづらはせたまて、女装束《をんなさうぞく》御手にとりて、かたのやうにかづけさせたまひしなむ、いとあはれなりし。こと人《ひと》のいとさばかりなりたらむは、ことやうなるべきを、なほいとかはらかにあてにおは

「せしかば、病づきてしもこそかたちはいるべかりけれ、となむ見えし」と
こそ、民部卿殿はつねにのたまふなれ」（略）

道隆《みちたか》には何人かの妻がいたが、そのうち高階貴子《たかしなのきし》との間に息男三人、息女四人をもうけた。長女定子《ていし》は十五歳の時、当時十一歳の一条天皇に入内《じゅだい》し、中宮となった。

「さてこの中宮（定子）は、御父君の関白殿（道隆）などがお亡くなりになられて後、皇子お一人と皇女お二人をお生み申されました。第一皇女（脩子《しゅうし》内親王）は、入道《にゅうどう》の一《いっ》品宮《ぽんのみや》（出家したことからの称）と申し、三条にいらっしゃいます。第二皇女（媄子《びし》内親王）は、九歳でお亡くなりになりました。男皇子《おとこみこ》は、式部卿《しきぶきょう》の宮敦康《みやあつやす》親王と申しあげました。この方は、第一皇子にお生れになりながら、度々、東宮《とうぐう》にお立ちになるべきご期待が外れまして、世の中をご悲嘆なさって、お亡くなりになってしまいました。御年は二十歳で、なんともお気の毒な状態で終られたことでしたよ。冷泉院《れいぜいいん》の皇子たち（為《ため》尊《たか》・敦道《あつみち》親王）などのように、軽薄でいらっしゃったならば、お気の毒だと思うのも一通りの程度に、世間の人が思い申しあげたでもありましょうに。この宮は、御学才がた

いそうすぐれ、お気立てもまことにご立派でいらっしゃいました」

「さて、関白殿などうせさせたまひて後《のち》に、男皇子《をとこみこ》一人・女皇女《をんなみこ》二人うみたてまつらせたまへりき。女一宮は、入道《にふだう》の一品宮《いつぽんのみや》とて、三条におはします。女二宮《をんなにのみや》は、九にてうせたまひにき。男親王《をとこみこ》、式部卿《しきぶきやう》の宮敦康《みやあつやす》の親王とこそ申《ま》ししか。度々《たびたび》の御思ひ違《たが》ひて、世の中を思《おぼ》し嘆きてうせたまひにき。御年二十にて、あさましうてやませたまひにしかは。冷泉院《れいぜいゐん》の宮達などのやうに、軽々《きやうきやう》におはしまさましかば、いとほしさもよろしくや、世の人思ひ申《ま》さまし。御才《ざえ》いとかしこう、御心《こころ》ばへもいとめでたうぞおはしましし」（略）

二女原子《げんし》は東宮（三条天皇）に入内《じゆだい》したが、父道隆薨去《みちたかこうきよ》後すぐに没した。三女は冷泉院第四皇子敦道《あつみち》親王を婿に迎えた。四女は定子亡き後、敦康親王の母代りとなった。息男のうち、藤原守仁《もりひと》の息女の生んだ長男道頼《みちより》は道隆薨去の年に没した。貴子の生んだ隆円《りゆうえん》と伊周《これちか》に話は及ぶ。

「皇后宮（定子）とご同腹の男君（隆円）は、法師で、十幾つかのころに、父君が僧都《そうず》にしてあげられましたが、その方も三十六歳でお亡くなりになりました。もうお一方は、小千代君《こちよぎみ》（伊周）と申しあげ、あの腹違いの大千代君《おおちよぎみ》（道頼）に比べ、はるかに官位を追い越してご昇進し、二十一歳でいらっしゃった時、父関白（道隆）が、内大臣に任じ申しあげなさいました。ご自身がお亡くなりになった年、すなわち長徳元年（九九五）のことですが、ご病気が重くなる際《きわ》に、参内《さんだい》なさり、「私がこのように病が重くなってしまいました折、この内大臣伊周公に、百官を統《す》べ、天下の大政を執行すべき宣旨《せんじ》を賜りとう存じます」という旨を奏請《そうせい》なさり、勅許《ちょっきょ》をいただかれて後、ご自身は出家なさってしまいました。そこでこの内大臣（伊周）を関白殿と申しあげ、世間の人々もお邸《やしき》に参集しておりましたが、（父道隆が亡くなると）関白の職が粟田殿《あわたどの》（道兼《みちかね》）のほうへ渡ってしまいましたので、まるで手に据えた鷹《たか》を逃してしまわれたような有様で、お嘆きになっていました。家中みんなも、一大事とお悲しみになっていらっしゃるうちに、その関白の移った方（道兼）も、夢のようにはかなくお亡くなりになってしまわれました。

そこで今の入道殿（道長）が、その年の五月十一日から、天下の政治をお執りになられたのですが、そのため、かの殿（伊周）は、いっそう不体裁でいらっしゃいましたが、その翌年、花山院《かざんいん》不敬事件（為光《ためみつ》三女に通っていた伊周が、為光四女に通っていた花山院のことを恋敵と誤解して、伊周と隆家の従者が花山院に矢を射かけた不敬事件。二二七頁参照）が起きて、ご官位をとられ、ただの大宰権帥《だざいのごんのそち》に左遷されて、長徳二年（九九六）四月二十四日に、大宰府にお下りになりました。時に御年二十三歳でした。どんなにか、哀れに悲しい出来事であったことでしょう

「皇后宮《くわうごうぐう》と一腹《ひとつはら》の男君、法師にて、十あまりのほどに僧都《そうづ》になしたてまつりたまへりし、それも三十六にてうせたまひにき。いま一所《ひとところ》は、小千代《こちよ》君《ぎみ》とて、かの外腹《ほかばら》の大千代君《おほちよぎみ》にはこよなくひき越し、二十一におはせし時、内大臣になしたてまつりたまて、我うせたまひし年、長徳《ちやうとく》元年のことなり、御病《やまひ》重くなるきはに、内《うち》にまゐりたまひて、「おのれかくまかりなりにてさぶらふほど、この内大臣伊周《これちか》のおとどに、百官 并《ならびに》 天下執行《しゆぎやう》の宣旨《せんじ》賜《た》ぶべき」よし、申し下さしめたまて、我は出家《すけ》せさせたまひてしかば、

この内大臣殿を関白殿とて、世の人集まりまゐりしほどに、粟田殿《あはたどの》にわたりにしかば、手に据《す》ゑたる鷹《たか》をそらいたらむやうにて嘆かせたまふ。一家にいみじきことに思《おぼ》しみだりしほどに、その移りつる方《かた》も夢のごとくにてうせたまひにしかば、今の入道殿、その年の五月十一日より世をしろしめししかば、かの殿《との》いとど無徳《むとく》におはしまししほどに、またの年《とし》、花山院《くわさんゐん》の御こと出できて、御官位《つかさくらゐ》とられたまひて、ただ大宰《だざい》の権帥《ごんのそち》になりて、長徳二年四月二十四日にこそは下りたまひにしか。御年二十三。いかばかりあはれにかなしかりしことぞ」（略）

「この殿《との》（伊周《これちか》）も、ご学識が日本には過ぎていらっしゃったゆえ、このような禍《わざわい》もおありになったのでございますよ。さてその後、式部卿《しきぶきょう》の宮《みや》（敦康親王《あつやす》）がお生れになったお祝いにより、特に罪を赦《ゆる》されて、お召し還《かえ》されなさったのです。それから、大臣待遇の宣旨《せんじ》をお受けになって、外出なさったそのご様子も、あまり落ち着いているとは思われませんでした。ずいぶんと不体裁なことばかりを、どんなにかまあ噂《うわさ》されたもので

して。

ある日、帥殿《そちどの》（伊周）が参内《さんだい》なさった時、朔平門《さくへいもん》からお入りになり、西の方へおいでになりますと、ちょうど入道殿（道長）も参上なされていた時ですので、梅壺《うめつぼ》（内裏《だいり》の殿舎の一つ）の東の塀の外側の狭い所に、入道殿の下人《げにん》たちがたいそう大勢おりました。それを、帥殿のお供の人々が、下人たちをひどく追い払いますと、行き場がなく、梅壺の塀の内へばらばらと入りますのを、これはいったいどうしたことかと、殿（道長）はご覧になります。けしからんとお供の人も見ておりますが、さすがに帥殿（伊周）に遠慮してよう手出しもできないでいますと、何某《なにがし》といった入道殿の御随身《みずいじん》が、そ知らぬ顔をして、下人たちを梅壺から乱暴に手厳しく追い出しましたので、追い出された下人どもは、また外の方へどやどやとなだれ出てきました。しかし、帥殿のお供の人々も、今度は追い払いきれませんので、それに帥殿は太っていらっしゃる方でして、さっさと歩み退《の》くこともおできになれず、筋向いにある登花殿《とうかでん》の細殿《ほそどの》の前の小蔀《こじとみ》（垣根）に押しつけられてしまわれ、「これこれ」とはおっしゃったものの、狭い所で、その上、雑人《ぞうにん》たちはたいへん大ぜい追い払われて、入道殿の供人から押しかけられ申したので、帥殿は急に退《の》くこともならず、まったくもって不体裁なことでしたよ。それは確かに帥殿のご過失だというわけではありませんが、ただ派手なお出歩きやお振舞などをなさらなければ、こんな軽んじられる羽目《はめ》にあわれるはずがないと、人々は申しましたよ。

また入道殿（道長）が金峰山《きんぷせん》（奈良県吉野郡吉野町）にご参詣《さんけい》なさった時、途中、帥殿（伊周）方から不穏な動きがしかけられるらしいという噂があり、いつもよりも特に警戒されて、無事にご帰京になりました。帥殿のほうも、「こういう噂がお耳に入っておられる」と人が申しあげましたので、噂をたいそう苦々しくお思いになりましたが、そうは言っても、そのまま済ましてもおけませんので、ご挨拶《あいさつ》に参上なさいました。入道殿は御参詣の道中の話などをなさいますが、帥殿がひどく気後《きおく》れしていらっしゃるご様子がはっきりわかり、それがおかしくもあり、またそうは言うものの気の毒にもお思いになられ、「久しく双六《すごろく》をいたしませずひどく物足りませんので、今日はお相手くださいませ」とおっしゃって、双六の盤《ばん》をお取り寄せになり、盤の面をお拭《ふ》きになりますと、帥殿のご表情はすっかり直ってお見えになりました。そこで、入道殿をはじめとして、参上されていた方々は、かわいそうにとお見申しあげたことでした。

あれほどの噂をお聞きになられたからには、少しは冷たく扱われるのが当りまえですのに、入道殿はどこまでも思いやりのおありになるご性質で、他人が、きっと冷遇なさるであろうと思うようなことを、逆に親愛の情でお接しになられるのです。このお二人の博奕《ばくち》の双六は、打つことに夢中になってしまわれると、お二方とも、肌脱ぎになり、衣を腰にからませなさって、夜半、明け方までもおやりになります。「帥殿はお心が幼稚でいらっしゃる方だから、なにか具合の悪いことが起きると大変だ」と、入道殿方のご家来はご賛成申しあげませんでした」

「この殿《との》も、御才《ざえ》日本にはあまらせたまへりしかば、かかることもおはしますにこそはべりしか。さて、式部卿《しきぶきやう》の宮《みや》の生まれさせたまへる御よろこびにこそ召し返させたまひつれ。さて、大臣になずらふる宣旨《せんじ》かぶらせたまひて歩《あり》きたまひし御有様《ありさま》も、いと落《お》ち居《ゐ》ても覚えはべらざりき。いと見ぐるしきことのみ、いかに聞こえはべりしものとて。

内《うち》にまゐらせたまひけるに、北《きた》の陣《ぢん》より入らせたまひて、西ざまにおはしますに、入道殿もさぶらはせたまふほどなれば、梅壺《うめつぼ》の東《ひんがし》の塀《へい》の外《と》のはさまに、下人《げにん》どもいと多く居《ゐ》たるを、この帥殿《そちどの》の御供《とも》の人々いみじう払へば、行くべき方《かた》のなくて、梅壺の塀のうちにはらはらと入りたるを、これはいかにと、殿御覧《ごらん》ず。あやしと人々見れど、さすがにえともかくもせぬに、なにがしといひし御随身《みずいじん》の、そら知らずして、荒らかにいたく払ひ出《い》だせば、また外《と》ざまに、いとらうがはしく出づるを、帥殿の御供の人々、この度《たび》はえ払ひあへねば、太りたまへる人にて、すがやかにもえ歩《あゆ》み退《の》きたまはで、登花殿《とうくわでん》の細殿《ほそどの》の小蔀《こじとみ》に押し立てられたまひて、「やや」と仰《おほ》せられけれど、狭《せば》き所に雑人《ざふにん》はいと多く払はれて、おしかけられたてまつりぬれば、とみにえ退かで、いとこそ不便《ふびん》にはべりけれ。それはげに御罪《つみ》にあらねど、ただはなやかなる御歩《あり》き・振舞《ふるまひ》をせさせたまはずは、さやうに軽々《かろがろ》しきことおはしますべきことかはとぞかし。

　また、入道殿、御嶽《みたけ》にまゐらせたまへりし道にて、帥殿《そちどの》の方《かた》より便《びん》なきことあるべしと聞こえて、常《つね》よりも世をおそれさせたまひて、たひらかに帰らせたまへるに、かの殿《との》も、「かかること聞こえたりけり」と人の申せば、いとかたはらいたく思《おぼ》されながら、さりとてあるべきならねば、まゐりたまへり。道のほどの物語などせさせたまふに、帥殿いたく臆《おく》したまへる御気色《けしき》のしるきを、をかしくもまたさすがにいとほしくも思されて、

「ひさしく双六《すぐろく》つかまつらで、いとさうざうしきに、今日《けふ》あそばせ」とて、双六の枰《ばん》を召して、おしのごはせたまふに、御気色こよなうなほりて見えたまへば、殿をはじめたてまつりて、まゐりたまへる人々、あはれになむ見たてまつりける。

さばかりのことを聞かせたまはむには、少しすさまじくももてなさせたまふべけれど、入道殿は、あくまで情《なさけ》おはします御本性《ほんじやう》にて、かならず人のさ思ふらむことをば、おしかへし、なつかしうもてなさせたまふなり。この御博奕《ばくやう》は、うちたたせたまひぬれば、二所《ふたところ》ながら裸《はだか》に腰からませたまひて、夜半《よなか》・暁《あかつき》まであそばす。「心幼くおはする人にて、便《びん》なきこともこそ出《い》でくれ」と、人はうけ申《ま》さざりけり」（略）

「この帥殿《そちどの》（伊周《これちか》）とご同腹の方で、十七歳で中納言になったりして、天下のやんちゃ坊主といわれなさった殿《との》（隆家《たかいえ》）が、ご幼名は阿古君《あこぎみ》ですよ、この方は、兄君のご騒動（一二七頁参照）に連座して、出雲権守《いずものごんのかみ》に左遷され、罪が減じられ但馬国《たじまのくに》にいらっしゃ

いました。その後、帥殿が許されてご帰還なさった時、この殿（隆家）も許されて上京なさり、もとの中納言に復任されたり、また兵部卿《ひょうぶきょう》などとも申しあげました。この方も、たいそう才幹がおありになる方と、世間の人に思われていらっしゃいました。

左遷の結果、多くの人々に官位を超えられ、あれやこれやで、おもしろくなくお思いになりながらも、世間づきあいをしていらっしゃったころ、殿（道長）の御賀茂詣《かもも う》でにお供をお務めになったことがありました。その時ご身分がらひどく後ろの位置に下っていらっしゃるのを、殿はお気の毒にお思いになり、ご自分のお車にお乗せ申されて、ねんごろにお話をなさいましたが、その機会に、「『あの先年の配流《はいる》のことは、私が奏請して執行したというように、世間では言っております。あなたもそうお思いでしたでしょう。しかし、そんな事実はなかったのですよ。宣旨《せんじ》にないことを、この私が一言《ひとこと》でも加えておりましたら、どうしてこの賀茂のお社《やしろ》に、こうして平気で参詣できましょうや。天の神もご照覧しておられるでしょう。とても恐ろしいことですよ』などと、真剣におっしゃったのには、かえって、合わせる顔がなく、恥ずかしくて困ってしまったよ」と、後日、中納言殿（隆家）がおっしゃったことでした。それも、相手がこの殿でいらっしゃるからこそ、入道殿はそのようにおっしゃったのですよ。帥殿（伊周）には、そんなにまで弁解なさったでしょうか。

この中納言（隆家）は、このようにやむを得ないことのある折々にのみ出歩きなさって、あまり以前のように、ご交際なさることはありませんでしたが、ある日、入道殿の土御門殿《つちみかどどの》で、ご遊宴が催された時、「こういう催しに、権中納言（隆家）のいないのは、やはり物足らないなあ」とおっしゃって、わざわざご案内申されましたが、その間、杯の数も重なって、人々は酩酊《めいてい》なさり、お召物の紐《ひも》を解き、くつろいでおいでのところへ、この中納言が参上されました。そこで、その座はきちんと改まり、居ずまいを正したりなどなさいました。すると、入道殿が、「早くお召物の紐をお解きになりなさい。せっかくの興が冷めてしまいましょう」とおっしゃったので、恐縮してためらっていらっしゃるのを、公信卿《きんのぶ》が後ろから、「私がお解き申しあげよう」と言って、近寄られると、中納言殿はご機嫌が悪くなり、「この隆家は、不運な境遇にあるとはいえ、そなたたちに、こんな振舞をされるべき身でもない」と、荒々しくおっしゃったので、人々はお顔色を変えられましたが、中でも、今の民部卿殿《みんぶきょうどの》（俊賢《としかた》）は、上気して、一座のお顔をあれこれ見まわしながら、「ひと騒ぎはじまるぞ、とんでもないことになった」と思っておられます。入道殿はからからとお笑いになって、「今日は、そのような冗談事はなしに願いたいものです。そのお紐は道長がお解き申しましょう」とおっしゃって、お側へ寄られ、さらさらとお解き申しあげられますと、中納言は、「このお扱いこそ願っていたものですよ」とおっしゃって、ご機嫌も直られ、前に置かれてあった杯《さかずき》をお取りになり杯《はい》を重ねられて、いつもよりも羽目を外して興を尽されました。その有様など、好ましいご態度でいらっしゃいました。入道殿もたいへんご歓待申しあげなさいました。

さて、中納言は、式部卿《しきぶきょう》の宮（敦康《あつやす》親王）の立太子を、いくらなんでもそのうちにはとひたすら待っていらっしゃいましたが、一条天皇のご病気が重くなられた折、帝《みかど》の御前に参られ、ご内意をいただかれたところ、「あのことは、とうとううまくゆかなかった」とおっしゃったので、「思わず、『ああ、なんという人でなしか』と申しあげたいくらいだったよ」と、後で人に話されたことでした。それから宮中を退出なさって、ご自分のお邸《やしき》の日隠《ひがくし》の間《ま》（寝殿の中央正面にある階段を昇ったところにある間）に腰をかけるや、無念そうに手をぱたぱたと打っておられたのです。世間の人は、「もし宮（敦康親王）がご即位され、この殿（隆家）がご後見でもなされたならば、天下の政治はきっと整い治るだろう」と、期待申しあげていたようですが、この入道殿のご栄華は、ほかに分けられるようなものではなかったのでしょう。

三条天皇ご即位の大嘗会《だいじようえ》の御禊《ごけい》の日に、この殿（隆家）がきらびやかに装われた様子などは、いつもよりも際だっておりました。世間の人が「この際は、いくらなんでもしょげていらっしゃるだろう」と予想しておりましたところを、逆に出てやろうとお思いになったかのように見えます。このお方は、そのような意地っぱりのところがおありだったのです。節会《せちえ》や行幸《ぎようこう》に供奉《ぐぶ》する際には、掻練《かいねり》の下襲《したがさね》（濃い紅の内着）は召されぬことになっておりますのに、それをお召しになり、裏に青色の単衣《ひとえ》をお付けになりましたので、長い裾《きよ》が紅葉襲《もみじがさね》のように見えました。さらに、表《うえ》の御袴《はかま》が竜胆《りんどう》模様を織り出した二重《ふたえ》織物で、まことにすばらしくきれいで輝くほどに着飾っていらっしゃいました」

「この帥殿《そちどの》の御一腹《ひとつばら》の、十七にて中納言になりなどして、世の中のさがなき者といはれたまひし殿《との》の、御童名《わらはな》は阿古君《あこぎみ》ぞかし、この兄殿《あにどの》の御ののしりにかかりて、出雲権守《いづものごんのかみ》になりて、但馬《たじま》にこそはおはせしか。さて、帥殿の帰りたまひし折、この殿《との》も上《のぼ》りたまひて、もとの中納言になりや、また兵部卿《ひやうぶきやう》などこそは聞こえさせしか。それも、いみじう魂《たましひ》おはすとぞ、世人《よひと》に思はれたまへりし。

あまたの人々の下﨟《げらふ》になりて、かたがたすさまじう思《おぼ》されながら歩かせたまふに、御賀茂詣《かもまうで》につかうまつりたまへるに、むげに下《くだ》りておはするがいとほしくて、殿の御車《くるま》に乗せたてまつらせたまて、御物語こまやかなるついでに、『一年《ひととせ》のことは、おのれが申し行ふとぞ、世の中に言ひはべりける。そこにもしかぞ思《おぼ》しけむ。されど、さもなかりしことなり。宣旨《せんじ》ならぬこと、一言にてもくはへてはべらましかば、この御社《やしろ》にかくてまゐりなましや。天道《てんたう》も見たまふらむ。いとおそろしきこと』とも、まめやかにのたまはせしなむ、なかなかに面置《おもてお》かむかたなく、術《ずち》なくおぼえし」とこそ、後《のち》にのたまひけれ。それも、この殿におはすれば、さやうにも仰《おほ》せらるるぞ。帥殿には、さまでもや聞こえさせたまける。

この中納言は、かやうにえさりがたきことの折々ばかり歩《あり》きたまひて、いといにしへのやうに、まじろひたまふことはなかりけるに、入道殿の土《つち》御門殿《みかどどの》にて御遊びあるに、「かやうのことに、権《ごん》中納言のなきこそ、なほさうざうしけれ」とのたまはせて、わざと御消息《せうそく》聞こえさせたまふほど、杯《さかづき》あまた度《たび》になりて、人々乱れたまひて、紐《ひも》おしやりてさぶらはるるに、この中納言まゐりたまへれば、うるはしくなりて、居直《ゐなほ》りなどせられければ、殿、「とく御紐解《と》かせたまへ。ことやぶれはべりぬべし」と仰せられければ、かしこまりて逗留《とうりう》したまふを、公信卿《きんのぶ》、うしろより、「解きたてまつらむ」とて寄りたまふに、中納言御気《け》色《しき》悪《あ》しくなりて、「隆家《たかいへ》は不運なることこそあれ、そこたちにかやうにせらるべき身にもあらず」と、荒らかにのたまふに、人々御気色変はりたまへるなかにも、今の民部卿殿《みんぶきやうどの》は、うはぐみて、人々の御顔《かほ》をとかく見たまひつつ、「こと出《い》できなむず。いみじきわざかな」と思《おぼ》したり。入道殿、うち笑はせたまて、「今日《けふ》は、かやうのたはぶれごとはべらでありなむ。道長《みちなが》解きたてまつらむ」とて、寄らせたまひて、はらはらと解きたてまつらせたまふに、「これらこそあるべきことよ」とて、御気《け》色《しき》なほりたまて、さし置かれつる杯《さかづき》とりたまひてあまた度《たび》召し、常《つね》よりも乱れ遊ばせたまけるさまなど、あらまほしくおはしけり。殿《との》も、いみじうぞもてはやし聞こえさせたまうける。

さて、式部卿《しきぶきやう》の宮《みや》の御ことを、さりともさりともと待ちたまふに、一条院の御悩《なやみ》重《おも》らせたまふきはに、御前にまゐりたまひて、御気《き》色《そく》たまはりたまひければ、「あのことこそ、つひにえせずなりぬれ」と仰せられけるに、『あはれの人非《にんぴ》人《にん》や』とこそ申さまほしくこそありしか」とこそのたまうけれ。さて、まかでたまうて、わが御家《いへ》の日隠《ひがくし》の間《ま》に尻《しり》うちかけて、手をはたはたと打ちゐたまへりける。世の人は、「宮の御ことありて、この殿、御後見《うしろみ》もしたまはば、天下の政《まつりごと》はしたたまりなむ」とぞ、思ひ申しためりしかども、この入道殿の御栄えの分けらるまじかりけるにこそは。

三条院の大嘗会御禊《だいじやうゑのごけい》に、きらめかせたまへりしさまなどこそ、常《つね》よりもことなりしか。人の、「このきはは、さりともくづほれたまひなむ」と思ひたりしところを、違《たが》へむと思《おぼ》したりしなめり。さやうなるところのおはしまししなり。節会《せちゑ》・行幸には、掻練襲《かいねりがさね》奉らぬことなるを、単衣《ひとへ》を青くてつけさせたまへれば、紅葉襲《もみぢがさね》にてぞ見えける。表《うへ》の御袴《はかま》、竜胆《りんだう》の二重《ふたへ》織《おり》物《もの》にて、いとめでたくけうらにこそ、きらめかせたまへりしか」

世継《よつぎ》は語る――「このおとどは、大入道殿《おおにゅうどうどの》（兼家《かねいえ》）のご三男で、粟田殿《あわたどの》と申しあげたようです。長徳元年乙未《きのとひつじ》（九九五）五月二日に関白の宣旨《せんじ》をいただかれ、同じ月の八日にお亡くなりになりました。大臣の位で五年、関白と申しあげて、たった七日間その職にいらっしゃったのですよ。この殿たちのご一族のうちには、そのままついに摂政・関白として政治を行うということのない方々はたくさんいらっしゃいますが、またとありますまいよ、たった七日間で夢のようにはかなく終ってしまわれたような方は。

出雲守相如殿《いずものかみすけゆきどの》の御家に、方違《かたたが》えのために一時移っておられた時に、関白の宣旨が下りましたから、この家の主人がどんなにお喜びだったかは、ご推量ください。この家が狭く、関白就任の儀式作法ができなかろうということで、ご自邸にお立ちなさいましたその日、参内《さんだい》して任官の御礼をも言上《ごんじょう》なさいました。その初参内の関白（道兼）の御前駆《ごぜんく》には、飛び抜けてすぐれた者ばかりを選り抜かれましたが、北の方が、二条町尻《にじょうまちじり》のご本邸にお帰りになられるお供の人々は、身分の高い者も低い者も、数えきれないほど大勢で、中には布衣《ほうい》（狩衣《かりぎぬ》）などを着ているような者も混じっており、関白殿がお見送り申しあげて、二条のご本邸へご帰還なされました。その時の御殿の内のにぎやかさ、人々の喜びの様子は、とても言い尽しがたく、ただもうご想像ください。騒ぎがあまりにもひどすぎると、眉《まゆ》をひそめて見る人もありましたよ。

　ご参内にあたって、ご気分が少し変だとお思いになりましたが、「たまたまちょっと具合が悪いだけなのだろう。これぐらいのことで、縁起悪く、今日のこのめでたい御礼言上《ごんじょう》は取りやめまい」とお思いになって、我慢して参内なされたところ、いよいよ苦しくなられましたので、清涼殿《せいりょうでん》の殿上《てんじょう》の間《ま》からはご退出できず、御湯殿の馬道《めどう》の戸口の所に御前駆の者を呼んで、その肩に寄りかかって、朔平門《さくへいもん》からご退出なさいますので、これはどうしたことかと、人々は驚いて見申しあげます。一方、二条のご本邸では、いつもよりも特にあれこれと準備に励み、お待ち申しあげていらっしゃいますと、人の肩に寄りかかって、御冠もだらしなくゆるみ、御装束の紐《ひも》を解き放って、ひどく苦しげに、お車からお降りなされたのを、ご覧申されるお気持は、お出ましになられた折とは雲泥《うんでい》の違いです。しかし、「まさかどうこう言うこともあるまい」と、家中の人々は、ご病状が気がかりで、しきりにひそひそ話をして胸はふさがりながらも、うわべはお互いに愉快そうに装っていました。ですから、世間には、そんなにご容態がひどいようにも伝わりませんでした。

　今の小野宮《おののみや》の右大臣殿（実資《さねすけ》）が、お祝いに参上されたのを、母屋《もや》の御簾《みす》を下ろして、関白殿はお呼び入れ申しあげなさいました。そして、お休みになったまま御簾越しにご対面になり、「気分のすぐれぬこと甚だしく、御簾の外へもまかり出られませんので、失礼ながら、このままでお話し申しあげるのです。長年、ちょっとしたことにつけても、心の中で感謝申しあげていることがございましたが、格別の身分にもならぬうちはと、一々お礼を申しあげることもできずそのまま過ごしてまいりました、が、今こうして関白の身分にもなったことですから、公私につけ、お報い申すつもりです。また、大小の事をも何かとご相談申しあげたいと存じますので、失礼をも顧みず、このような取り乱した所へご案内申しあげたのです」などと、ねんごろにおっしゃいますが、言葉もとぎれとぎれで、ただ当て推量で、こんなことをおっしゃっているのであろうと、聞き取られるぐらいで、「その御息づかいなどがたいそう苦しそうでいらっしゃるのを、本当にどうも心配なことだなあと思っておりますと、風が御簾《みす》を吹き上げましたので、そのすきまから中を見ましたところ、なにしろあれほど重病におかかりになってしまわれたのですから、お顔色も変って、ふだんの、あの威容の立派な方とも思われず、意外にひどく、正体もないご様子になってしまわれたものだ、とお見受けされました。それなのに、末長かるべきことをいろいろとおっしゃったのは、まことにお気の毒であった」と、後に、小野宮殿がお話しなさったことでした」

「このおとど、これ、大入道殿《おほにふだうどの》の御三郎、粟田殿《あはたどの》とこそは、聞こえさすめりしか。長徳《ちやうとく》元年乙未《きのとひつじ》五月二日関白の宣旨《せんじ》かうぶらせたまひて、同月の八日うせさせたまひにき。大臣の位《くらゐ》にて五年、関白と申して七日ぞおはしまししかし。この殿《との》ばらの御族《ぞう》に、やがて世をしろしめさぬたぐひ多くおはすれど、またあらじかし、夢のやうにてやみたまへるは。

出雲守相如《いづものかみすけゆき》のぬしの御家《みいへ》に、あからさまにわたりたまへりし折、宣旨は下りしかば、主《あるじ》のよろこびたうびたるさま、推《お》しはかりたまへ。狭《せば》うて、ことの作法《さほふ》えあるまじとて、たたせたまふ日ぞ、御よろこびも申させたまふ。殿の御前《ごぜん》は、えもいはぬ者のかぎりすぐられたるに、北の方の二条《にでう》に帰りたまふ御供人《ともびと》は、よきもあしきも、数知らぬまで、布衣《ほい》などにてあるもまじりて、殿《との》の出《い》だしたてたてまつりて、わたりたまひしほどの、殿のうちの栄え、人の気色《けしき》は、ただ思《おぼ》しやれ。あまりにもと見る人もありけり。御心地《ここち》は少し例《れい》ならず思されけれど、「おのづからのことにこそは。いまいましく、今日《けふ》の御よろこび申しとどめじ」と思して、念《ねん》じて内《うち》にまゐらせたまへるに、いと苦しうならせたまひにければ、殿上《てんじやう》よりはえ出でさせたまはで、御湯殿《おゆどの》の馬道《めだう》の戸口に、御前《ごぜん》を召して、かかりて、北《きた》の陣《ぢん》より出でさせたまふに、こはいかにと人々見たてまつる。殿には、常《つね》よりもとり経営《けいめい》して待ちたてまつりたまふに、人にかかりて、御冠《かうぶり》もしどけなくなり、御紐《ひも》おしのけて、いといみじう苦しげにておりさせたまへるを見たてまつりたまへる御心地、出《い》でたまうつる折にたとしへなし。されど、ただ、「さりとも」とささめきにこそささめけ、胸はふたがりながら、心地よ顔《がほ》をつくりあへり。されば、世にはいとおびたたしくも聞こえず。

今の小野宮右大臣殿《をののみやのうだいじんどの》の御よろこびにまゐりたまへりけるを、母屋《もや》の御簾《みす》をおろして、呼び入れたてまつりたまへり。臥《ふ》しながら御対面《たいめ》ありて、「乱《みだ》れ心地《ごこち》、いとあやしうはべりて、外《と》にはえまかり出でねば、かくて申しはべるなり。年頃《としごろ》、はかなきことにつけても、心のうちによろこび申すことなむはべりつれど、させることなきほどは、ことごとにもえ申しはべらでなむ過ぎまかりつるを、今はかくまかりなりてはべれば、公《おほやけ》私《わたくし》につけて、報《ほう》じ申すべきになむ。また、大小のことをも申し合《あ》はせむと思うたまふれば、無礼《むらい》をもえはばからず、かくらうがはしき方《かた》に案内《あない》申しつるなり」などこまやかにのたまへど、言葉もつづかず、ただ推《お》しあてにさばかりなめりと聞きなさるるに、「御息《いき》ざしなどいと苦しげなるを、いと不便《ふびん》なるわざかなと思ひしに、風の御簾を吹き上げたりしはさまより見入れしかば、さばかり重き病《やまひ》をうけとりたまひてければ、御色も違《たが》ひて、きららかにおはする人ともおぼえず、ことのほかに不覚《ふかく》になりたまひにけりと見えながら、ながかるべきことどものたまひしなむ、あはれなりし」とこそ、後《のち》に語りたまひけれ」

道兼《みちかね》には、多くの子女がいたが、これといった子孫もなく終ってしまった。

世継《よつぎ》は語る——「この殿（道兼）は、父おとど（兼家《かねいえ》）の御喪中には、土殿《つちどの》（服喪中に籠《こも》る部屋）などにもお籠りにならず、暑さにかこつけて、お部屋の御簾《みす》を全部巻き上げて、ご念誦《ねんず》などもなさらず、しかるべき人々を呼び集め、『後撰《ごせん》集』や『古今集』を広げて、即興の冗談を言っておもしろがったり、遊び戯れたりして、ちっともお嘆きになりませんでした。それというのは、「花山院《かざんいん》を自分がうまくおだまし申して、御位をお降ろし申しあげたのだ、だから、父上は、関白の職もこの自分にお譲りになるのが当然であるのに」というお恨みからなのでした。世間に通用しない非常識なお話ですなあ。そのほかにも、いろいろとよくないお噂《うわさ》が世間に伝わったことでした。ところで、傅殿《ふのとの》（道綱《みちつな》）と、この入道殿（道長）のお二方は、定めどおり、追善供養を営み申されたとうけたまわりました」

「この殿《との》、父おとどの御忌《いみ》には、土殿《つちどの》などにも居《ゐ》させたまはで、暑きにことつけて、御簾《みす》ども上げわたして、御念誦《ねんず》などもしたまはず、さるべき人々呼び集めて、後撰《ごせん》・古今《こきん》ひろげて、興言《きようげん》し、遊びて、つゆ嘆かせたまはざりけり。そのゆゑは、花山院《くわさんゐん》をば我こそすかしおろしたてまつりたれ、されば、関白をも譲らせたまふべきなり、といふ御恨みなりけり。世《よ》づかぬ御ことなりや。さまざまよからぬ御ことどもこそ聞こえしか。傅殿《ふのとの》、この入道殿二所《ふたところ》は、如法《によほふ》に孝《けう》じたてまつりたまひけりとぞ、うけたまはりし」

人の巻――太政大臣道長

一 道長《みちなが》、若くして執政者となる

世継《よつぎ》は語る――「このおとどは、法興院《ほこいん》のおとど（兼家《かねいえ》）の御五男で、御母君は、従《じゅ》四位上摂津守《つのかみ》・右京大夫《うきょうのだいぶ》藤原中正朝臣《なかまさあそん》の息女（時姫《ときひめ》）です。その中正朝臣は、従二位中納言山蔭《やまかげ》卿の七男です。この道長公は、今の入道殿下《にゅうどうでんか》がこの方でいらっしゃいます。一条院・三条院の御叔父で、今上帝《きんじょう》（後一条天皇）、東宮《とうぐう》（敦良《あつなが》親王。のちの後朱雀《ごすざく》天皇）の御祖父でいらっしゃいます。

この殿は参議にはおなりにならずに、ただちに権中納言《ごんちゅうなごん》になりになりました、御年二十三歳。その年（九八八年）、上東門院《じょうとうもんいん》（彰子《しょうし》）さまがお生れでした。四月二十七日に従二位に昇られました、御年二十七歳。関白殿（頼通）がお生れになった年（九九二年）です。長徳元年乙未《きのとひつじ》（九九五）四月二十七日、左近衛《さこんえ》大将を兼任なさいました。

その年の賀茂祭《かものまつり》の前ごろから、世間が、伝染病の大流行で、ひどく落ち着きを失いましたが、その翌年はいよいよはげしく勢いづいてしまったことですよ。まずもって大臣・公卿《くぎょう》が大ぜい亡くなられましたが、まして四位・五位程度の人で亡くなったのは、数えることもできないほどでした。

まず、その年に亡くなられた殿方の数といったら……。閑院大納言《かんいんのだいなごん》（朝光《あさみつ》）は三月二十八日。中関白殿《なかのかんぱくどの》（道隆《みちたか》）は四月十日。もっともこれは、その世間流行の悪疫《あくえき》でお亡くなりになったのではありませんで、ただ偶然に時がさし合っただけのことです。小一条《こいちじょう》左大将済時《なりとき》卿は四月二十三日。六条左大臣殿（重信《しげのぶ》）、粟田《あわた》右大臣殿（道兼《みちかね》）、桃園《ももぞの》中納言保光《やすみつ》卿、この三人は五月八日にいっぺんにお亡くなりになりました。山井《やまのい》大納言殿（道頼《みちより》）は、六月十一日でしたよ。またとはありますまい、ずっと昔の世にも、このように大臣や公卿が七、八人も、二、三か月のうちにすっかりお亡くなりになるなんていうことは。希代《きだい》の珍事でした。しかしそれというのも、ただもうこの入道殿のご幸運が、絶頂をお極めになるためなのでございましょう。これらの殿方が、もし順序どおりに久しく長生きなさっておられましたら、まったくこのような栄華を極めてはいらっしゃらなかったでしょう。

第一には、帥殿《そちどの》(伊周《これちか》)のお心遣いがあちらこちらに行き届いていらっしゃったならば、父おとど(道隆)のご病気の間、天下の政治を執り行うようにとの宣旨《せんじ》がお下りになったのですから、しぜん、引き続き政治をお預りしてもおられたでありましょう。それに加えて、おとど(道隆)が亡くなられてしまいましたから、どうして乳児のような殿(伊周)が天下の政治をなされようかということで、関白職は粟田殿(道兼)に移ってしまったのですよ。

粟田殿の関白就任は、そうなるべきご順序であって当然なことです。ところが、驚いたことに、まるで夢か何かのように、急にお亡くなりになってしまわれたのですが、こんなことって、あってよいことでしょうかね。この今の入道殿(道長)は、その折は大納言・中宮大夫《ちゆうぐうのだいぶ》と申して、お年がたいそう若く、将来にたっぷりご期待なさることのできるお年頃《としごろ》、すなわち三十歳で、五月十一日に、関白の宣旨(史実は内覧《ないらん》の宣旨)をお受けになって、ご栄華への一歩を踏み出されたそのままに、天下執政の職は、またと他家には移らないことになったのですよ。今後もこのままであることでございましょう。

「このおとどは、法興院《ほこゐん》のおとどの御五男、御母、従四位上摂津守右京大夫藤原中正朝臣《ぶふぢはらのなかまさあそん》の女《むすめ》なり。その朝臣は従二位中納言山蔭卿《やまかげ》の七男なり。この道長のおとどは、今の入道殿下《にふだうてんが》これにおはします。一条院・三条院の御舅《をぢ》、当代《たうだい》・東宮《とうぐう》の御祖父《おほぢ》にておはします。

この殿《との》、宰相《さいしやう》にはなりたまはで、ただちに権《ごん》中納言にならせたまふ。御年二十三。その年、上東門院《じやうとうもんゐん》生まれたまふ。四月二十七日、従二位したまふ。御年二十七。関白殿《くわんばくどの》生まれたまふ年なり。長徳《ちやうとく》元年乙未《きのとひつじ》四月二十七日、左近大将《さこんのだいしやう》かけさせたまふ。

その年の祭の前《まへ》より、世の中きはめてさわがしきに、またの年、いとどいみじくなりたちにしぞかし。まづは、大臣・公卿《くぎやう》多くうせたまへりしに、まして、四位・五位のほどは、数やは知りし。

まづその年うせたまへる殿《との》ばらの御数。閑院《かんゐん》大納言、三月二十八日。中関白殿《なかのくわんばくどの》、四月十日。これは世の疫《え》にはおはしまさず、ただ同じ折のさしあはせたりしことなり。小一条《こいちでう》左大将済時《なりとき》卿は四月二十三日。六条左大臣殿、粟田《あはた》右大臣殿、桃園《ももぞの》中納言保光《やすみつ》卿、この三人は五月八日、一度にうせたまふ。山井《やまのゐ》大納言殿、六月十一日ぞかし。またあらじ、あがりての世にも、かく大臣・公卿七八人、二三月の中にかきはらひたまふこと。希有《けう》なりしわざなり。それもただこの入道殿の御幸《さいは》ひの、上をきはめたまふにこそはべるめれ。かの殿ばら、次第《しだい》のままにひさしく保《たも》ちたまはましかば、いとかくしもやはおはしまさまし。

まづは帥殿《そちどの》の御心用《こころもち》ゐのさまざましくおはしまさば、父おとどの御病《やまひ》のほど、天下執行《しゆぎやう》の宣旨《せんじ》下りたまへりしままに、おのづからさてもやおはしまさまし。それにまた、おとど亡《う》せたまひにしかば、いかでか、嬰児《みどりこ》のやうなる殿の、世の政《まつりごと》したまはむとて、粟田殿にわたりにしぞかし。

さるべき御次第にて、それまたあるべきことなり。あさましく夢などのやうに、とりあへずならせたまひにし、これはあるべきことかはな。この今の入道殿、その折、大納言中宮大夫《ちゆうぐうのだいぶ》と申して、御年いと若く、ゆく末《すゑ》待ちつけさせたまふべき御齢《よはひ》のほどに、三十にて、五月十一日に、関白の宣旨うけたまはりたまうて、栄えそめさせたまひにしままに、また外《ほか》ざまへも分かれずなりにしぞかし。今々も、さこそははべるべかんめれ。

二 顕信《あきのぶ》の出家

道長には、倫子《りんし》と明子《めいし》という二人の夫人がいた。倫子は源雅信《まさのぶ》の息女で、二男四女をもうけた――彰子《しょうし》は一条天皇后《きさき》、妍子《けんし》は三条天皇中宮、威子《いし》は今上帝《きんじょうてい》（後一条天皇）后、嬉子《きし》は東宮《とうぐう》（のちの後朱雀《ごすざく》天皇）女御《にょうご》、頼通《よりみち》は関白左大臣、教通《のりみち》は内大臣である。高松《たかまつ》殿《どの》の上《うえ》と呼ばれた明子は源高明《たかあきら》の息女で、四男二女をもうけた――寛子《かんし》は小一条院《こいちじょういん》（敦《あつ》明《あきら》親王）女御、尊子《そんし》は源師房《もろふさ》の妻、頼宗《よりむね》は東宮大夫《とうぐうのだいぶ》、能信《よしのぶ》は中宮権大夫《ごんのだいぶ》、長家《ながいえ》は中納言、顕信は右馬頭《うまのかみ》であったが出家した。

「この方は、寛弘九年壬子《みずのえね》（一〇一二）正月十九日に出家なさって、以来十余年の間は、仏のように道心堅固に仏道修行しておられます。思いもかけない、感慨深い御事です。ご本人の極楽往生のためには申すまでもなく、父おとど（道長）の御ためにもまたよいことで、おとどは、法師になられたお子様のいらっしゃらないのが残念で、何か一つ事足らぬようでいらっしゃいましたが、こうして出家なさったのを、「では、すぐに一挙に僧正に任じてさしあげよう」と、おっしゃったとかうけたまわりましたが、さてそれはいかがなりましたでしょうか。見事な法服を、ごきょうだいの宮様方からもお贈りになり、父おとどからは麻のご法衣を差し上げられたということですのに、それらを、いらぬことのように申されて、ご辞退なさったということで、これにはおとども、ひどくがっかりなさいました。

お邸《やしき》をお出になられた時には、緋色《ひいろ》の御衵《あこめ》がたくさんありましたのを、「この衵を何枚も重ねて着るのはわずらわしい。綿をまとめて一つの衵に入れ、一枚だけを着ていたい。そうしてくれ」とおっしゃったので、御乳母《めのと》が、「あれこれとほぐして仕立てなすのも面倒ですから、別の衵を綿を厚くして新調いたしましょう」と申しあげたところ、「それでは時間も長くかかってしまうだろう。ただ、すぐにと思うんだよ」とおっしゃったので、何かそうお考えになるわけがおありなのだろうと思い、何枚かの衵の綿を一枚に入れて差し上げたところ、その衵をお召しになって、その夜、邸をお出になられたのでした。ですから、御乳母は、「出家なさるおつもりでおっしゃったのに、なんだって、おっしゃるままにして差し上げたのでしょう」と言い、「いつもと違って、変だと気がつかなかったなんて、なんという思慮のなさよ」と言って、取り乱して泣かれたそうですが、本当に無理もないことで、お気の毒なことですよ。こともあろうに、ご出家を、祖のためにお思いとどまりになるかのようにねえ。ご出家なされたとお聞きになられるや、そのまま御乳母は気を失って、悲嘆のあまり死人のようになっておられるのを、人々は「あなたがこんなふうだとお聞きになられたら、ふびんだとお思いになって、顕信殿のご道心がお乱れになることでしょう」と言い、また、「いまさら嘆いてもしかたのないことです。このご出家こそ結構なこと。もし殿が仏になおなりになられたら、あなたご自身のためにも、後世が安楽でいらっしゃり、結局これがいちばんいいことですよ」と、言いましたところ、御乳母は、「私は殿が仏におなりになるのもうれしくはありません。自分の後世《ごせ》を助けていただこうとも思っておりません。このただ今の悲しみよりほかのことはありません。奥方さま（明子《めいし》）も、ほかに大勢のお子がおいでですから、まことに結構でしょう。この悲しみはただもう私一人だけのことなのですよ」と言って、伏し転げて泣かれました。まことにもっともなことですなあ。仏道心のないような人は、後世のことまでも考えるはずがありませんからね。

以前、高松殿《たかまつ》（明子《めいし》）の御夢の中で、顕信殿の左の方のお髪《ぐし》を、中ほどから剃《そ》り落とされたとご覧になりましたが、このご出家のことがあって後に、それが前兆として夢に見えたのだったと気づかれて、「夢解きに吉夢《きちむ》に変えさせ、祈禱《きとう》などをもすればよかったものを」とおっしゃったのでした。

顕信殿は、皮堂《かわどう》（京都市中京区の行願寺。革堂《こうどう》とも）でご剃髪《ていはつ》なさって、そのまま、その夜、比叡山《ひえいざん》へお登りになりましたが、「賀茂川《かもがわ》を渡った時、水がたいそう冷たく感じられたのが、いささか悲しかった。今は、このように川など徒歩《かち》渡りするのが当然の身の上なのだと思いつつね」と、おっしゃいました」

「寛弘《くわんこう》九年壬子《みずのえね》正月十九日、入道したまひて、この十余年は、仏のごとくして行はせたまふ。思ひかけず、あはれなる御ことなり。みづからの菩提《ぼだい》を申すべからず、殿の御ためにもまた、法師なる御子のおはしまさぬが口惜《くちを》しく、こと欠けさせたまへるやうなるに、「されば、やがて一度に僧正《そうじやう》になしたてまつらむ」となむ仰せられけるとぞうけたまはるを、いかがはべらむ。うるはしき法服《ほふぶく》、宮々よりも奉らせたまひ、殿よりは麻《あさ》の御衣《ころも》奉るなるをば、あるまじきことに申させたまふなるをぞ、いみじく侘《わ》びさせたまひける。

出《い》でさせたまひけるには、緋《ひ》の御衵《あこめ》のあまたさぶらひけるを、「これがあまた重ねて着たるなむうるさき。綿《わた》を一つに入れなして一つばかりを着たらばや。しかせよ」と仰せられければ、「これかれそそきはべらむもうるさきに、異《こと》を厚くしてまゐらせむ」と申しければ、「それはひさしくもなりなむ。ただとくと思ふぞ」と仰せられければ、思《おぼ》し召《め》すやうこそはと思ひて、あまたを一つにとり入れてまゐらせたるを奉りてぞ、その夜は出でさせたまひける。されば、御乳母《めのと》は、「かくて仰せられけるものを、なにしにしてまゐらせけむ」と、「例《れい》ならずあやしと思はざりけむ心のいたりのなさよ」と、泣きまどひけむこそ、いとことわりにあはれなれ。ことしもそれに障《さは》らせたまはむやうに。かくと聞きつけたまひては、やがて絶え入りて、なき人《ひと》のやうにておはしけるを、「かく聞かせたまはば、いとほしと思して、御心《こころ》や乱れたまはむ」と、「今さらに由《よし》なし。これぞめでたきこと。仏《ほとけ》にならせたまはば、わが御ためも、後《のち》の世《よ》のよくおはせむこそ、つひのこと」と、人々の言ひければ、「我《われ》は仏にならせたまはむもうれしからず。わが身の後の助けられたてまつらむもおぼえず。ただ今の悲しさよりほかのことなし。殿《との》の上《うへ》も、御子《おほんこ》どもあまたおはしませば、いとよし。ただ我一人《ひとり》がことぞや」とぞ、伏《ふ》しまろびまどひける。げにさることとなりや。道心《だうしん》なからむ人は、後の世までも知るべきかはな。

高松殿《たかまつどの》の御夢にこそ、左の方《かた》の御髪《みぐし》を、なからより剃《そ》り落とさせたまふと御覧《ごらん》じけるを、かくて後にこそ、これが見えけるなりけりと思ひさだめて、「違《ちが》へさせ、祈《いのり》などをもすべかりけることを」と仰せられける。

皮堂《かはだう》にて御髪おろさせたまひて、やがてその夜《よ》、山へ登らせたまひけるに、「鴨河《かもがは》渡りしほどのいみじうつめたくおぼえしなむ、少しあはれなりし。今はかやうにてあるべき身ぞかしと思ひながら」とこそ仰せられけれ」（略）

「入道殿《にゅうどうどの》（道長）は、「悔んでもせんないことだ。ひどく嘆いていると耳に入れたくない。そんなことで道心が乱されるのも、あの子に気の毒だ。法師にした子がなかったのだから、やむを得ぬことと、あきらめよう。幼いころにも出家させようと思ったのだが、本人が嫌がったので見合せたのだった」とおっしゃって、ただ、普通に定められた作法による出家者のようにお取り扱い申されました。

顕信殿《あきのぶ》の受戒《じゅかい》の儀式には、早速、殿も比叡山《ひえいざん》にお登りになり、人々は我も我もと御供に参られて、まことに美々しい行列でした。威儀僧にはこの上もない立派な僧たちを選抜なさいました。ご先導としては、有職《うしき》（已講《いこう》、内供《ないぐ》、阿闍梨《あじゃり》など）・僧綱《そうごう》（僧正、僧都《そうず》、律師《りつし》などの高僧）の高貴な僧たちがうけたまわりました。比叡山の役僧や殿の御随身《みずいじん》たちが声高く人払いをして、顕信殿は戒壇院にお登りになりました。が、そのほどのことは、父入道殿は御覧になれませんでした。出家なさるご自身は、盛儀を不本意に、気恥ずかしいとお思いになっていらっしゃいました。座主《ざす》が手輿《たごし》に乗って、頭上に白い絹張りの天蓋《てんがい》をさしかけさせて、戒壇院のほうに登られましたが、まことにあっぱれ、天台座主《てんだいざす》（比叡山の最高位）、授戒の和尚《わじょう》の第一の人よ、とお見えになりましたよ。これは、この世継《よつぎ》の隣家に住んでいる者で、その際に参り合せて拝見いたした者が、私に話してくれたのです」

「入道殿は、「益《やく》なし。いたう嘆きて聞かれじ。心乱れせられむも、この人のためにいとほし。法師子《ほふしご》のなかりつるに、いかがはせむ。幼くてもなさむと思ひしかども、すまひしかばこそあれ」とて、ただ例《れい》の作法《さほふ》の法師

の御やうにもてなし聞こえたまひき。

受戒《じゆかい》には、やがて殿《との》のぼらせたまひ、人々我《われ》も我もと御供《とも》にまゐりたまひて、いとよそほしげなりき。威儀僧《ゐぎそう》には、えもいはぬ者ども選《え》らせたまひき。御先《さき》に、有職《うしき》・僧綱《そうがう》どものやむごとなきさぶらふ。山の所司《しよし》、殿の御随身《みずいじん》ども、人払《ひとはら》ひののしりて、戒壇《かいだん》にのぼらせたまひけるほどこそ、入道殿はえ見たてまつらせたまはざりけれ。御みづからは、本意《ほい》なくかたはらいたしと思《おぼ》したりけり。座主《ざす》の、手輿《たごし》に乗りて、白蓋《びやくがい》ささせてのぼられけるこそ、あはれ天台座主《てんだいざす》、戒和尚《かいわじやう》の一や、とこそ見えたまひけれ。世次《よつぎ》が隣《となり》にはべる者の、そのきはにあひて見たてまつりけるが、語りはべりしなり」（略）

三 道長の出家

「さて、殿《との》の御前《おまえ》（道長）は、三十歳から関白におなりになって、一条院・三条院のご在位中、政治をお執りになり、何事も御心《みこころ》のままでいらっしゃった上に、さらにまた、今上帝《きんじようてい》（後一条天皇）が九歳でご即位あそばされましたから、御年五十一歳で摂政をなさいました。その年、ご自身は太政大臣《だいじようだいじん》におなりになって、摂政をおとど（頼通《よりみち》）にお譲り申しあげなさり、御年五十四歳におなりになった時、寛仁三年己未《つちのとひつじ》（一〇一九）三月二十一日にご出家なさいましたけれども、さらにまた、同年五月八日に、准三宮《じゆさんぐう》（太皇太后、皇太后、皇后に準じる称）のご待遇になられて、年官年爵《ねんかんねんしやく》（年給）をお受けになりました。天皇・東宮の御祖父、三人の后宮《きさいのみや》・関白左大臣・内大臣、その他大勢の納言の御父でいらっしゃいます。天下の政治をお執りになること、こうして三十一年ほどにおなりでいらっしゃいましょうか。今年は六十歳でいらっしゃいますから、尚侍《ないしのかみ》さま（嬉子《きし》）のお産の後、御賀があるだろうと、世間でお噂《うわさ》申しております。その時はまた、高貴な方々がおそろいでご出席になって、どんなにかご立派でありましょう」

「ただし、殿の御前《とのおまへ》は三十より関白《くわんばく》せさせたまひて、一条院・三条院の御時、世をまつりごち、わが御ままにておはしましに、また当代《たうだい》の九歳にて位につかせたまひにしかば、御年五十一にて摂政せさせたまふ年、わが御身は太政大臣にならせたまひて、摂政をばおとどに譲りたてまつらせたまひて、御年五十四にならせたまふに、寛仁《くわんにん》三年己未《つちのとひつじ》三月二十一日、

御出家《すけ》したまひつれど、なほまた同じき五月八日、准三宮《じゅさんぐう》の位《くらゐ》にならせたまひて、年官年爵《ねんくわんねんしやく》得させたまふ。帝《みかど》・東宮《とうぐう》の御祖父《おほぢ》、三后・関白左大臣・内大臣、あまたの納言《なごん》の御父にておはします。世をたもたせたまふこと、かくて三十一年ばかりにやならせたまひぬらむ。今年《ことし》は満六十におはしませば、督《かん》の殿《との》の御産《ごさん》の後《のち》、御賀《が》あるべしとぞ人《ひと》申す。いかにまたさまざまおはしまさへて、めでたくはべらむずらむ」

四 道長の栄華

「ぜんたい、世間にはまたとないことですよ、大臣がご息女三人を、后宮《きさいのみや》として同時にお立て申しあげなさるということは（二九二頁参照）。この入道殿下のご一門から、太皇太后宮・皇太后宮・中宮のお三方がお出になったのですから、まことに極めて稀なご幸運です。皇后宮（済時《なりとき》女娍子《せいし》）お一人だけは家筋が別でいらっしゃるとはいいますものの、それすらも貞信公《ていしんこう》（忠平《ただひら》）のご子孫（済時は忠平五男師尹の子）でいらっしゃいますから、このお方を他人と思い申しあげてよいものでしょうか。ですから、ただもう天下は、この入道殿下のご威光の及ばないということはありませんが、この春、皇后宮がお亡くなりになってしまいましたから、いよいよ、この入道殿下のお三方の后宮だけが、いらっしゃるようです」

「おほかた、また世になきことなり、大臣の御女《むすめ》三人、后《きさき》にてさし並《なら》べたてまつりたまふこと。この入道殿下の御一門《ひとつかど》よりこそ、太皇太后宮《たいくわうたいこうぐう》・皇太后宮・中宮《ちゆうぐう》、三所《みところ》出《い》でおはしましたれば、まことに希有希有の御幸《さいは》ひなり。皇后宮一人《ひとり》のみ、筋《すぢ》分かれたまへりといへども、それそら貞信公《ていしんこう》の御末《すゑ》におはしませば、これをよそ人《びと》と思ひ申すべきことかは。しかれば、ただ世の中は、この殿《との》の御光《ひかり》ならずといふことなきに、この春こそはうせたまひにしかば、いとどただ三后のみおはしますめり」

五 詩歌の才

「この殿《との》（道長）が事ある折にお作りになった漢詩や和歌などは、白居易《はくきよい》、柿本人麻呂《かきのもとのひとまろ》、凡河内躬恒《おおしこうちのみつね》、紀貫之《きのつらゆき》などであっても、こうはよう思いつかなかったろうと思われます。

さて、春日《かすが》神社（奈良市の春日大社）への行幸《ぎょうこう》は、先の一条院の御代《みよ》から始まったものですね。そこでまた、今上帝《きんじようてい》（後一条天皇）はご幼少でいらっしゃいましたが、必ず行われるべきこととして始まり、前例となっていましたから、大宮《おおみや》（道長女彰子《しょうし》）が帝《みかど》の御輿《みこし》にご同乗申しあげられておいでになりました。そのご盛儀の様子は、見事であるなどというのはありきたりの表現です。帝の御祖父としてお付き添い申しあげられた殿のご風采《ふうさい》・ご容貌《ようぼう》などが、いささかなりとも世間並であられたならば、物足らない気がしたかもしれませんな。大勢集まっている地方の人民みなが、これこそはただまじまじと眺め申しあげたことでしょう、まったくあの転輪聖王《てんりんじょうおう》（古代インドの聖王）などと申すは、かくもあろうかと、光るばかりでいらっしゃいますので、仏を拝み申しあげているように、額《ひたい》に手をあてて、夢中になって拝んでいました。その様子は、まことにもっともなことです。大宮が赤色の御扇でお顔をさし隠していらっしゃいましたが、お肩の辺りなどは少しお見えになりました。これほどの高貴なご身分におなりになられた方は、いささかの透《す》き影《かげ》もふさぎ、それでも見えはしないかと心配してお隠し申しあげるものですが、物事には程度がありますから、今日はこの美々しい晴れのお姿も、少しは人々が拝見しても、どうして悪いことがあろうかとでもお思いになったのでしょうか。殿（道長）も大宮も、たとえようもなく、すっかりご満足に思《おぼ》し召されたことは、私どもにも推量されますよ。ですから、殿が大宮に贈られた御歌は、

そのかみや祈りおきけむ春日野《かすがの》のおなじ道にもたづねゆくかな

――その昔、父殿（兼家《かねいえ》）がこの春日明神に一門の繁栄を祈っておかれた、その験《しるし》によるものでありましょう。今日こうして一家そろって、今上帝の行幸に供奉《ぐぶ》して同じ道をたどり、お社《やしろ》に参りますのは

ご返歌は、

曇《くも》りなき世の光にや春日野のおなじ道にもたづねゆくらむ

――曇りなき当代のご威光、ひいては父上のお陰で、こうして先代と同じ道をたどって、春日明神にお参りできるのでしょう

こんなふうに歌のご贈答をなさいますが、いずれも、いかにもごもっともに聞えて結構でございました。中でも、大宮がお詠《よ》みになったお歌、

三笠山《みかさやま》さしてぞ来《き》つる石上《いそのかみ》ふるきみゆきのあとをたづねて

——先帝の行幸なされた先例を尋ねて、三笠山の春日神社をさして、はるばると参ったことです

このお歌こそは、私ども老人なんぞのとても思い及ばないものでしょうね。昔にさかのぼっても、これほどの秀歌はございますまい。行幸という特別のその日のことですから、春日明神も大宮さまに乗り移って、お詠みになったと思われます。今日このような秀歌が光彩を添えるに違いないと予想されて、先の一条院の御代《みよ》に、大入道殿（兼家《かねいえ》）が春日行幸を奏請《そうせい》し執り行われたのかとさえ、解釈されるのですよ。

総じて、幸運に恵まれていらっしゃる方が、和歌の道で劣っておられたなら、せっかくのことも、もう一つ引き立たないことでしょう。この殿（道長）は、機会あるごとに、必ずこのような秀歌をお詠みになって、催し事に光彩をお添えになります。先年の北《きた》の政所《まんどころ》（道長妻倫子《りんし》）の六十の御賀の折にお詠みになったお歌は、

ありなれし契りは絶えでいまさらに心けがしに千代《ちよ》といふらむ

——長年連れ添うた夫婦の契りは絶えてないからか、ともに出家した身なのに、六十の賀

だからと聞くと、未練がましく「千代までも」などと、月並に祝ってしまうらしい

また、この一品宮《いっぽんのみや》（禎子内親王《ていしないしんのう》）がお生れになった時の産養《うぶやしない》を、母后《ははきさき》（妍子《けんし》）の御姉君の大宮（彰子）がなさった夜の道長公のお詠みになったお歌は、お聞きになりましたか。それこそ実におもしろくお詠みになりました。これは、とても普通の人では思いもつかない和歌の姿です。

妹宮《おとみや》の産養を姉宮《あねみや》のしたまふ見るぞうれしかりける

——妹の后宮が御子《みこ》をお産みになられたその産養を、姉の后宮がなさるのを見るのは、二人の親たる自分にとって、まことにうれしいことだ

とお詠みになったとかお聞きしました」と言って、世継《よつぎ》の翁《おきな》は、いい気分でにこにこしています。

「四条の大納言（公任《きんとう》）が、あのとおりに、何事にもすぐれ、ご立派でいらっしゃるのを、大入道殿（兼家）が、「どうしてあのように諸芸に達しているのであろうか。うらやましいことだ。わが子たちが彼の影法師さえ踏めそうもないのは残念なことだ」と、申されましたので、中関白殿《なかのかんぱくどの》（道隆《みちたか》）や粟田殿《あわたどの》（道兼《みちかね》）などは、本当にそうも思ってい

らっしゃるのだろうと、恥ずかしそうなご様子で、ものもおっしゃいません。それなのに、この入道殿は、その時はごくお若くいらっしゃる御身で、「影法師などは踏まないが、あの面をば踏まずにおくものか」と、おっしゃったことでした。本当にそのお言葉どおりになっていらっしゃるようです。大納言はご息女の婿でいらっしゃる内大臣殿（教通《のりみち》）をさえ、近々とはようご対面申しあげなさらぬことですよ」

「この殿、ことにふれてあそばせる詩・和歌など、居易《きよい》、人丸《ひとまろ》、躬恒《みつね》、貫《つら》之《ゆき》といふとも、え思ひよらざりけむとこそ、おぼえはべれ。

春日行幸《かすがのぎやうかう》、さきの一条院の御時よりはじまれるぞかしな。それにまた、当代《たうだい》幼くおはしませども、かならずあるべきことにて、はじまりたる例になりにたれば、大宮御《おほみやみ》輿《こし》に添《そ》ひ申させたまひておはします。めでたしなどはいふも世《よ》の常《つね》なり。すべらぎの御祖父《おほぢ》にて、うち添ひつかうまつらせたまへる殿の御有様《ありさま》・御かたちなど、少し世の常にもおはしまさましかば、あかぬことにや。そこら集まりたる田舎世《ゐなかせ》界《かい》の民百姓《たみひやくしやう》、これこそは、たしかに見たてまつりけめ、ただ転輪聖王《てんりんじやうわう》などはかくやと、光るやうにおはしますに、仏見たてまつりたらむやうに、額に手を当てて拝みまどふさま、ことわりなり。大宮の、赤色の御扇《あふぎ》さし隠して、御肩のほどなどは、少し見えさせたまひけり。かばかりにならせたまひぬる人は、つゆの透影《すきかげ》もふたぎ、いかがとこそはもて隠したてまつるに、ことかぎりあれば、今日《けふ》はよそほしき御有様も、少しは人の見たてまつらむも、などかはともや思《おぼ》し召《め》しけむ。殿も宮も、いふ由《よし》なく、御心ゆかせたまへりけること、推《お》しはかられはべれば、殿、大宮に、

そのかみや祈りおきけむ春日野《かすがの》のおなじ道にもたづねゆくかな

御返し、

曇《くも》りなき世の光にや春日野のおなじ道にもたづねゆくらむ

かやうに申しかはさせたまふほどに、げにげにと聞こえて、めでたくはべりしなかにも、大宮のあそばしたりし、

三笠山《みかさやま》さしてぞ来《き》つる石上《いそのかみ》ふるきみゆきのあとをたづねて

これこそ、翁《おきな》らが心およばざるにや。あがりても、かばかりの秀歌《しうか》えさぶらはじ。その日にとりては、春日の明神《みやうじん》も詠《よ》ませたまへりけるとおぼえはべり。今日かかることどもの栄《は》えあるべきにて、さきの一条院の御時にも、大入道殿《おほにふだうどの》、行幸《ぎやうかう》申し行はせたまひけるにやとこそ、心得られはべれな。

おほかた、幸《さいは》ひおはしまさむ人の、和歌の道おくれたまへらむは、ことの栄えなくやはべらまし。この殿《との》は、折節《をりふし》ごとに、かならずかやうのことを仰《おほ》せられて、ことをはやさせたまふなり。一年《ひととせ》の、北《きた》の政所《まんどころ》の御賀《が》に、詠ませたまへりしは、

ありなれし契りは絶えでいまさらに心けがしに千代《ちよ》といふらむ

また、この一品宮《いつぽんのみや》の生まれおはしましたりし御産養《うぶやしなひ》、大宮のせさせたまへりし夜《よ》の御歌は、聞きたまへりや。それこそいと興《きよう》あることを。ただ人《びと》は思ひよるべきにもはべらぬ和歌の体《てい》なり。

妹宮《おとみや》の産養を姉宮《あねみや》のしたまふ見るぞうれしかりける

とかや、うけたまはりし」とて、こころよく笑《ゑ》みたり。

「四条大納言《しでうのだいなごん》のかく何事《なにごと》もすぐれ、めでたくおはしますを、大入道殿、「いかでかかからむ。うらやましくもあるかな。わが子どもの、影だに踏むべくもあらぬこそ口惜《くちを》しけれ」と申させたまひければ、中関白殿《なかのくわんばくどの》・粟田殿《あはたどの》などは、げにさもとや思《おぼ》すらむと、恥づかしげなる御気色《けしき》にて、ものたまはぬに、この入道殿は、いと若くおはします御身にて、「影をば踏まで、面《つら》をや踏まぬ」とこそ仰せられけれ。まことにこそさおはしますめれ。内大臣殿をだに、近くてえ見たてまつりたまはぬよ」

六 花山院《かざんいん》の御代《みよ》の肝《きも》だめし

「栄華を掌中にするほどの方は、お若いころから、ご胆力が強く、神仏のご加護も強いものらしいと思われることですよ。

花山院のご在位の時、五月下旬の闇夜《やみよ》に、五月雨《さみだれ》といっても程度がひどく、たいそう気味悪くはげしく雨の降る夜のこと、天皇は手持ち無沙汰《ぶさた》で寂しくお思いになられたのでしょうか、殿上《てんじょう》の間《ま》（清涼殿南庇《せいりょうでんみなみびさし》の殿上人が伺候《しこう》する部屋）にお出ましになられ、殿上人たちと管絃《かんげん》の遊びなどしていらっしゃって、人々がお話し申しあげておられるうちに、いつしか昔のいろいろと恐ろしかったことなどに話が移っていきました。その時、帝《みかど》が、「今夜はひどく気味の悪い感じのする晩だな。こんなに人が大勢いてさえ、不気味な感じがする。まして、遠く離れた人気のない所などはどんなものだろう。そんな所へ一人で行けるだろうか」とおっしゃいました。

皆が「とても参れますまい」と申しあげなさったのに、入道殿は、「どこへなりとも参りましょう」と申されましたから、そうしたことをおもしろがられるご性格のおありの帝ですので、「まことにおもしろい。それならば行け。道隆《みちたか》は豊楽院《ぶらくいん》、道兼《みちかね》は仁寿殿《じじゅうでん》の塗籠《ぬりごめ》（周囲を壁で塗り込めた部屋）、道長は大極殿《だいごくでん》へ行け」（九頁大内裏図参照）と仰せられたので、関わりのない君達《きんだち》は、「道長殿はつまらぬことをも奏上したことよ」と思っています。また一方、勅命をうけたまわられた殿たちお二人は、お顔色が変って、「困ったことだ」と思っていらっしゃるのに、入道殿は、とんとそのようなご様子もなく、「私個人の従者は連れていきますまい。この近衛府《このえふ》の舎人《とねり》なり、滝口《たきぐち》の武士なり、だれか一人に、『昭慶門《しょうけいもん》まで送れ』という勅命をお下し願います。その昭慶門から内へは、私一人で入りましょう」と申しあげられました。すると帝は、「それでは証拠がないことだ」とおっしゃいましたので、「そう仰せられるのもごもっとも」と、帝が御手箱に入れておおきになった小刀をお借りして、お出かけになりました。ほかのお二方も、苦々《にがにが》しいお顔で、それぞれお出かけになりました。

「子《ね》四つ（午前零時半頃《ごろ》）」という時を奏上する声を聞いてから、こういう仰せがあって相談していているうちに、丑《うし》の刻（午前一時頃）にもなってしまっていたでしょう。帝は、「道隆は右衛門《えもん》の陣から出よ。道長は承明門《しょうめいもん》から出よ」と、道筋まで別々におさせになられたので、三人は勅命のとおりお出かけになりました。が、中関白殿《なかのかんぱくどの》（道隆）は、右衛門の陣まで我慢していらっしゃったものの、宴《えん》の松原の辺りで、なんとも得体《えたい》の知れぬ声々が聞えたので、どうしようもなくて、戻ってこられました。粟田殿《あわたどの》（道兼）は、紫宸殿《ししんでん》の北の露台《ろだい》（屋根のない板敷の台）の外まで、震え震えおいでになりましたところ、仁寿殿の東側の敷石の辺りに、軒に届くほどの丈《たけ》の高い人がいるようにご覧になりましたので、無我夢中で、「命があってこそご奉公も勤まるというものだ」と言って、それぞれ引き返してこられました。ですから帝は、御扇をたたいて、お笑いになりましたが、入道殿はたいそう長くお見えにならないので、「どうしたのか」とお思いになっていらっしゃる、ちょうどその時に、まことに平然と、なんでもないというようなご様子で帰っておいでになりました。

帝が、「どうであった、どうであった」とお尋ねになりますと、まことに落ち着いて、御小刀に、削られた物をそろえて差し上げなさいます。「これはなんだ」と仰せられますと、「何も持たずに帰ってまいりましては、証拠がございませんから、高御座《たかみくら》（大極殿にある玉座）の南側の、大極殿の柱の下の所を削り取ってまいったのでございます」と、平気な顔をして申しあげられたので、帝もあまりのことに、あきれていらっしゃいました。ほかのお二方のお顔色は、なんとしてもやはり直らず、この殿がこのように帰ってこられましたのを、帝をはじめ、人々が口々に褒めそやされましたが、このお二方は、うらやましいのでしょうか、それともまたどういう気持なのでしょうか、ものも言わずに控えていらっしゃいました。帝は、それでもやはり、疑わしいとお思いになりまして、その翌朝、「蔵人《くろうど》に、削り屑《くず》を当てがわせてみよ」と、仰せになりましたので、持っていって押し当ててごらんになりますと、寸分違わなかったのでした。その削り跡は、今でも、はっきりと残っているようです。後の世にも、それを見る人は、やはり、驚くばかりのことと申したものでしたよ」

「さるべき人は、とうより御心魂《こころだましひ》のたけく、御まもりもこはきなめりとおぼえはべるは。

花山院《くわさんゐん》の御時に、五月下《しも》つ闇《やみ》に、五月雨《さみだれ》も過ぎて、いとおどろおどろしくかきたれ雨の降る夜、帝《みかど》、さうざうしとや思《おぼ》し召《め》しけむ、殿上《てんじやう》に出《い》でさせおはしまして遊びおはしましけるに、人々、物語申しなどしたまうて、昔恐ろしかりけることどもなどに申しなりたまへるに、「今宵《こよひ》こそいとむつかしげなる夜なめれ。かく人がちなるだに、気色《けしき》おぼゆ。まして、もの離れたる所などいかならむ。さあらむ所に一人往《ひとりい》なむや」と仰《おほ》せられけるに、「えまからじ」とのみ申したまひけるを、入道殿は、「いづくなりともまかりなむ」と申したまひければ、さるところおはします帝にて、「いと興《きよう》あることなり。さらば行け。道隆《みちたか》は豊楽院《ぶらくゐん》、道兼《みちかね》は仁寿殿《じじゆうでん》の塗籠《ぬりごめ》、道長は大極《だいこく》殿《でん》へ行け」と仰せられければ、よその君たちは、便《びん》なきことをも奏《そう》してけるかなと思ふ。また、うけたまはらせたまへる殿《との》ばらは、御気色変はりて、益《やく》なしと思したるに、入道殿は、つゆさる御気色もなくて、「私《わたくし》の従者《ずさ》をば具《ぐ》しさぶらはじ。この陣《ぢん》の吉上《きちじやう》まれ、滝口《たきぐち》まれ、一人《ひとり》を、『昭慶門《せうけいもん》まで送れ』と仰せ言賜《た》べ。それよりうちには一人入りはべらむ」と申したまへば、「証《そう》なきこと」と仰せらるるに、「げに」とて、御手箱《てばこ》に置かせたまへる小刀《こがたな》申して立ちたまひぬ。いま二所《ふたところ》も、苦《にが》む苦む各《おのおの》おはさうじぬ。

「子四《ねよ》つ」と奏して、かく仰せられ議《ぎ》するほどに、丑《うし》にもなりにけむ。「道隆は右衛門陣《ゑもんのぢん》より出でよ。道長は承明門《しょうめいもん》より出でよ」と、それをさへ分《わ》かたせたまへば、しかおはしましあへるに、中関白殿《なかのくわんばくどの》、陣まで念じておはしましたるに、宴《えん》の松原《まつばら》のほどに、そのものともなき声どもの聞こゆるに、術《ずち》なくて帰りたまふ。粟田殿《あはたどの》は、露台《ろだい》の外《と》まで、わななくわななくおはしたるに、仁寿殿《じじゆうでん》の東面《ひんがしおもて》の砌《みぎり》のほどに、軒《のき》とひとしき人のあるやうに見えたまひければ、ものもおぼえで、「身のさぶらはばこそ、仰せ言もうけたまはらめ」とて、おのおのたち帰りまゐりたまへれば、御扇《あふぎ》をたたきて笑はせたまふに、入道殿はいとひさしく見えさせたまはぬを、いかがと思《おぼ》し召《め》すほどにぞ、いとさりげなく、ことにもあらずげにてまゐらせたまへる。「いかにいかに」と問はせたまへば、いとのどやかに、御刀に、削《けづ》られたる物を取《と》り具《ぐ》して奉らせたまふに、「こは何《なに》ぞ」と仰せらるれば、「ただにて帰りまゐりてはべらむは、証《そう》さぶらふまじきにより、高御座《たかみくら》の南面《みなみおもて》の柱のもとを削りてさぶらふなり」と、つれなく申したまふに、いとあさましく思し召さる。こと殿達の御気色《けしき》は、いかにもなほ直《なほ》らで、この殿のかくてまゐりたまへるを、帝よりはじめ感じののしられたまへど、うらやましきにや、またいかなるにか、ものも言はでぞさぶらひたまひける。なほ、うたがはしく思し召されければ、つとめて、「蔵人《くらうど》して、削り屑《くづ》をつがはしてみよ」と仰せ言ありければ、持《も》て行きて押しつけて見たうびけるに、つゆ違《たが》はざりけり。その削り跡は、いとけざやかにてはべめり。末《すゑ》の世にも、見る人はなほあさましきことにぞ申ししかし」

七 道隆《みちたか》、道兼《みちかね》、伊周《これちか》、道長《みちなが》の相《そう》比べ

「今は亡き女院《にょういん》（詮子《せんし》）が、御加持祈禱《かじきとう》を修せられ、飯室《いいむろ》の権僧正《ごんのそうじょう》（師輔男尋禅《もろすけじんぜん》）が導師としておいであそばしましたが、その時の伴僧《ばんそう》で、観相《かんそう》をよくする者がついてきたのを、女房たちが呼んで、人相を見てもらいましたが、そのついでに、「内大臣殿（道隆）

はどういう相でいらっしゃいますか」などと尋ねますと、「まことに立派な人相でいらっしゃいます。天下を取る相がおありです。しかし中宮大夫殿《ちゅうぐうのだいぶどの》（道長）の相こそ、まったくすばらしくていらっしゃいます」と言います。

今度は粟田《あわた》殿《どの》（道兼）のことをお尋ね申しますと、「それもまたたいそう立派な人相でいらっしゃいます。大臣になる相がおありになります」そう言って、また「ああ、それにしても中宮大夫殿の相こそ、まことにすばらしくていらっしゃいます。今度は、権大納言殿（伊周）のことをお尋ね申しますと、「それもたいへん高貴な相でいらっしゃいます。雷《いかずち》の相がおありです」と申しましたので、「雷の相とは、どういうことか」と問いましたところ、「ひとしきりは、たいへん高く鳴る、つまり一時は権勢も強いが、最後まで成し遂げることがないという相です。ですから、そのお後《あと》はどのようにお過ごしかと危ぶまれます。中宮大夫殿の相こそ、限りなくすぐれてお栄えになる相でいらっしゃいます」と、ほかの人のことをお尋ね申すたびに、必ず今の入道殿（道長）を並べ申しては、おほめ申しあげます。

「どんなご人相でいらっしゃるというので、このようにそのたびに中宮大夫殿をお引き合いに出しておっしゃるのですか」と聞きますと、「最高の人相としては、『虎子如《とらのこのふかきやまの》渡深山峰《みねをわたるがごとし》』と、この道のほうで申しておりますが、それに少しも違わずにいらっしゃるのでこう申すのでございます。この譬《たとえ》は、虎の子が険しい山の峰を渡るようだと申します。中宮大夫殿のご容貌《ようぼう》・ご容姿はまるで毘沙門天王《びしゃもんてんのう》の生きた見本をお見申しあげるようでいらっしゃいます。御相がかくのごとくすばらしいからには、他のどなたよりも、すぐれていらっしゃいます」と申したことでした。

すばらしい観相の名人でしたよ。その後、相人から言い当てられた運勢と違われたことがおありだったでしょうか、みなそのとおりとなりました。帥《そち》のおとど（伊周）が、大臣まではあんなにすらすらとおなりになったのを、相人は、「はじめはよい」とは言ったのでしょう。雷の相と言われましたが、雷は落ちてしまっても、再び天空に返りますから、むしろ、星が地に落ちて隕石《いんせき》となるのにたとえるべきですかね。それこそは落ちたら二度と天へ返り上がることはないのですよ」

「故女院《にようゐん》の御修法《みずほふ》して、飯室《いひむろ》の権僧正《ごんのそうじやう》のおはしましし伴僧《ばんぞう》にて、相人《さうにん》のさぶらひしを、女房どもの呼びて相《さう》ぜられけるついでに、「内大臣殿はいかがおはす」など問ふに、「いとかしこうおはします。天下《てんか》とる相おはしま

す。中宮大夫殿《ちゆうぐうのだいぶどの》こそいみじうおはしませ」と言ふ。

また、粟田殿《あはたどの》を問ひたてまつれば、「それもまた、いとかしこくおはします。大臣の相《さう》おはします」。また、「あはれ中宮の大夫殿こそいみじうおはしませ」と言ふ。また、権大納言殿を問ひたてまつれば、「それも、いとやむごとなくおはします。雷《いかづち》の相なむおはする」と申しければ、「雷はいかなるぞ」と問ふに、「ひときはは、いと高く鳴れど、後遂《のちと》げのなきなり。されば、御末《すゑ》いかがおはしまさむと見えたり。中宮の大夫殿こそ、かぎりなくきはなくおはしませ」と、異人《ことひと》を問ひたてまつる度《たび》には、この入道殿をかならず引き添へたてまつりて申す。

「いかにおはすれば、かく毎度《たびごと》には聞こえたまふぞ」と言へば、「第一相には、虎《とら》の子《こ》の深き山の峰を渡るがごとくなるを申したるに、いささかも違《たが》はせたまはねばかく申しはべるなり。この譬《たと》ひは、虎の子のけはしき山の峰を渡るがごとしと申すなり。御かたち・容体《ようてい》は、ただ毘沙門《びしやもん》の生本《いきほん》見たてまつらむやうにおはします。御相かくのごとしと言へば、誰《たれ》よりもすぐれたまへり」とこそ申しけれ。

いみじかりける上手《じやうず》かな。当て違はせたまへることやはおはしますめる。帥《そち》のおとどの大臣までかくすがやかになりたまへりしを、「はじめよし」とは言ひけるなめり。雷は落ちぬれど、またもあがるものを、星の落ちて石となるにぞたとふべきや。それこそ返りあがることなけれ」

八 伊周《これちか》との競射

「世の中の光でいらっしゃる入道殿（道長）が、一か年ほど（正暦《しょうりゃく》五年〈九九四〉八月に伊周《これちか》が道長を超えて内大臣になってから、長徳元年〈九九五〉四月に道隆《みちたか》が薨去《こうきょ》するまで）、不遇に心おだやかならずお過ごしになりましたよ。どのようにまあ、天はご照覧なさったでありましょうか。しかしそういう逆境にあっても、少しでも臆《おく》し恐れたり、動転なされたりするようなことがありましたでしょうか。公的面での公事《くじ》や儀式だけは、帥殿《そちどの》（伊周）の下輩《かはい》として分相応にふるまい、時間どおりにきちんとお勤めになりましたが、私的な場では帥殿にご遠慮申しあげなさることなどありませんでした。

帥殿が、父おとど（伊周の父、道隆）の東三条殿《とうさんじょうどの》の南院で、人々を集めて、弓の競射をなさった時に、入道殿がおいでになりましたので、これは思いもよらず不思議なことだと中関白殿《なかのかんぱく》（道隆）はびっくりなさって、たいそう歓待なされご機嫌をおとりになりました。帥殿より下級の位でいらっしゃったのに先の順番にお立て申し、先に射《い》させ申されたところ、帥殿の射当てた矢数が、二つ負けてしまわれました。中関白殿も、また御前にお付きしている人々も、「もう二番お延ばしなさいませ」と申して決着をひき延ばさせなさったので、入道殿は心中穏やかでなくなり、「それなら、お延ばしなさい」とおっしゃって、また射ようとしておっしゃるには、「この道長の家から、天皇・后《きさき》がお立ちになるはずならば、この矢当れ」とおっしゃって、矢を放たれたところ、同じ当るといっても、なんと、的のど真ん中に当ったではありませんか。その次に帥殿が射られたところ、たいそう気後《きおく》れなさり、お手も震えたためでしょうか、的の辺り近くにさえいかず、まったくの見当違いのところを射られましたので、御父の関白殿は顔色が真っ青になってしまいました。さらにまた、入道殿が射られるとて、「この私が将来、摂政・関白になるのが当然ならば、この矢当れ」とおっしゃって、矢を放たれたところ、最初と同じように、的が割れるほどに、同じ真ん中を射通されてしまいました。こうなるとおもてなしをなさったり、お取り持ち申しあげていらっしゃった興も覚め、気まずくなってしまいました。父おとどは帥殿に、「どうして射るのか。射るな、射るな」とお止めになられて、その場は白けてしまいました」

「世間の光にておはします殿《との》の、一年《ひととせ》ばかり、ものをやすからず思し召したりしよ。いかに天道御覧《てんたうごらん》じけむ。さりながらも、いささか逼気《ひけ》し、御心《こころ》やは倒させたまへりし。おほやけざまの公事《くじ》・作法《さほふ》ばかりにはあるべきほどにふるまひ、時違《たが》ふことなく勤《つと》めさせたまひて、うちうちには、所も置き聞こえさせたまはざりしぞかし。

帥殿《そちどの》の、南院《みなみのゐん》にて人々集めて弓あそばししに、この殿わたらせたまへれば、思ひかけずあやしと、中関白殿《なかのくわんばくどの》思しおどろきて、いみじう饗応《きやうおう》し申させたまうて、下臈《げらふ》におはしませど、前《まへ》に立てたてまつりて、まづ射《い》させたてまつらせたまひけるに、帥殿の矢数《やかず》いま二つ劣りたまひぬ。中関白殿、また御前にさぶらふ人々も、「いま二度延《の》べさせたまへ」と申して、延べさせたまひけるを、やすからず思しなりて、「さらば、延べさせたまへ」と仰《おほ》せられて、また射させたまふとて、仰せらるるやう、「道長が家より帝《みかど》・

后《きさき》立ちたまふべきものならば、この矢あたれ」と仰せらるるに、同じものを中心《なから》にはあたるものかは。次に、帥殿射たまふに、いみじう臆《おく》したまひて、御手もわななく故《け》にや、的《まと》のあたりにだに近く寄らず、無《む》辺《へん》世《せ》界《かい》を射たまへるに、関白殿、色青くなりぬ。また、入道殿射たまふとて、「摂政・関白すべきものならば、この矢あたれ」と仰せらるるに、はじめの同じやうに、的《まと》の破るばかり、同じところに射させたまひつ。饗応し、もてはやし聞こえさせたまひつる興《きよう》もさめて、こと苦《にが》うなりぬ。父おとど、帥殿に、「なにか射る。な射そ、な射そ」と制したまひて、ことさめにけり」

九 詮子《せんし》の愛情と道長の幸運

「女院《にょういん》（一条天皇母で、道長姉の詮子）は、この入道殿（道長）を特別に目をおかけになり、たいそうお愛し申しあげられたので、帥殿《そちどの》（伊周《これちか》。詮子の甥）は、この女院に対してはよそよそしい態度をおとりになっていらっしゃいました。帝《みかど》（一条天皇）が、皇后宮（定子《ていし》）を心からご寵愛《ちょうあい》なさっていらっしゃる、その兄君という縁で、帥殿はいつも帝の御前にお仕え申していらっしゃいました。そして、入道殿のことはいうまでもなく、御母后《ははきさき》の女院をも何かにつけてあしざまに申しあげられるのを、しぜん女院もお気づきになっておられたのでありましょう、まことに不本意なことだとお思いになっていらっしゃいましたが、それはごもっともですな。こんなわけで、入道殿が政治をお執りになるということを、帝はたいへんお渋りになりました。帝は皇后宮が、御父（道隆《みちたか》）も亡くなられて世の情勢の一変してしまわれることをたいそう気がかりにお思いになって、粟田殿《あわたどの》（道兼《みちかね》）に対しても、すぐには関白の宣旨《せんじ》をお下しになられませんでした。

けれども女院が、道理にかなう兄弟順（道兼から弟道長へ）にとお考えになり、また帥殿に対しても不快にお思いになっていらっしゃいましたから、帝は入道殿に政治をお執らせになることをひどくお渋りになりましたけれども、「どうして、そのようにお考えになって、おっしゃるのですか。大臣を先んじられたことだけでも、本当に気の毒なことでしたのに、これは父おとど（道隆）がむりやりに強行しましたことですから、陛下もお断りにはなれずにしまわれたのでございましょう。関白の宣旨を、粟田殿に対してはお下しになりながら、この殿にはお下しにならないとしたら、本人に気の毒だというより、陛下ご自身にとってもまことに不都合なことだと、世間の人も非難申しあげることでございましょう」などと、語気強く申しあげられました。ですから帝は面倒であると思《おぼ》し召したのでしょうか、その後は女院《にょういん》の御方にお渡りになることがありませんでした。

そこで女院は、清涼殿《せいりょうでん》の上《うえ》の御局《みつぼね》においでになり、帝に「こちらへ」とはお迎えにならずに、自ら帝のご寝所にお入りになって、泣く泣く関白のことをお説きふせなさいます。その日は、入道殿は上の御局に控えていらっしゃいます。たいそう長い間お出ましにならないので、胸もしめつけられる思いでいらっしゃいますと、しばらくして、夜の御殿《おとど》の戸を押し開けてお出ましになりました。その女院のお顔は赤らみ、涙に濡《ぬ》れて光っていらっしゃりながら、お口の辺りは喜ばしげにほほえまれて、「ああ、やっと宣旨が下りましたよ」と仰せられたことでした。世の中のことは、どんなに些細《ささい》なことでも、前世の宿縁で決るということですから、ましてやこれほど重大なご事態は、入道殿はどうしのとかくのお考えでお決りになるはずのものでもありませんけれども、一、二の人て、女院をおろそかにお思い申しあげなさいましょうや。その中でも、当然のこと以上にご恩報じを務められ、お仕えなさったことでした。女院のご葬送には、ご遺骨までも首におかけなさってお務めをなさいました」

「女院《にようゐん》は、入道殿を取り分きたてまつらせたまひて、いみじう思ひ申させたまへりしかば、帥殿《そちどの》は、うとうとしくもてなさせたまへりけり。帝《みかど》、皇后宮をねんごろにときめかさせたまふゆかりに、帥殿はあけくれ御前にさぶらはせたまひて、入道殿をばさらにも申さず、女院をもよからず、ことに触れて申させたまふを、おのづから心得《こころえ》やせさせたまひけむ、いと本意《ほい》なきことに思《おぼ》し召《め》しける、ことわりなりな。入道殿の世をしらせたまはむことを、帝いみじうしぶらせたまひけり。皇后宮、父おとどおはしまさで、世の中をひき変はらせたまはむことを、いと心ぐるしう思し召して、粟田《あはた》殿《どの》にも、とみにやは宣旨《せんじ》下させたまひし。

されど、女院の道理のままの御ことを思し召し、また帥殿をばよからず思ひ聞こえさせたまうければ、入道殿の御ことを、いみじうしぶらせたまひけれど、「いかでかくは思し召し仰《おほ》せらるるぞ。大臣越えられたることだに、いといとほしくはべりしに、父おとどのあながちにしはべりしことなれば、否《いな》びさせたまはずなりにしこそはべれ。粟田のおとどにはせさせたまひて、これにしもはべらざらむは、いとほしさよりも、御ためなむ、いと便なく、世の人も言ひなしはべらむ」など、いみじう奏《そう》せさせたまひけれぱ、むつかしうや思し召しけむ、後《のち》にはわたらせたまはざりけり。

されば、上《うへ》の御局《みつぼね》にのぼらせたまひて、「こなたへ」とは申させたまはで、我、夜《よる》の御殿《おとど》に入らせたまひて、泣く泣く申させたまふ。その日は、入道殿は上の御局にさぶらはせたまふ。いとひさしく出《い》でさせたまはねば、御胸つぶれさせたまひけるほどに、とばかりありて、戸を押し開けて出でさせたまひける。御顔は赤み濡《ぬ》れつやめかせたまひながら、御口はこころよく笑《ゑ》ませたまひて、「あはや、宣旨下《くだ》りぬ」とこそ申させたまひけれ。いささかのことだに、この世ならずはべるなれば、いはむや、かばかりの御有様《ありさま》は、人の、ともかくも思し置かむによらせたまふべきにもあらねども、いかでかは院をおろかに思ひ申させたまはまし。その中にも、道理すぎてこそは報《ほう》じたてまつりつかうまつらせたまひしか。御骨をさへこそは懸けさせたまへりしか」

大鏡の風景 ②

東三条殿《ひがしさんじょうどの》

京都の二条城に程近い、押小路通《おしこうじどおり》と釜座通《かまんざどおり》が交わる西北角に、少し傾いた石碑がぽつんとある――「此付近、東三条殿址」(写真左)。

この住宅街の一角に、かつて広大な寝殿造《しんでんづくり》が威容を誇っていた。二条大路に接して南北二町を占めていた東三条殿は、平安初期に皇族以外で初めて摂政となった藤原良房《よしふさ》が営んで以来、その子孫に伝領された。兼家の時に東三条第として新造された際には、西の対《たい》が内《だい》裏《り》の清涼殿《せいりょうでん》に模して造られたため、世の非難を浴びたという。ここで兼家の長女超子《ちょうし》はのちの三条天皇を生み、二女の詮子《せんし》はのちの一条天皇を生んだ。兼家の死後は子の道隆《みちたか》が伝領し、その弟の道長《みちなが》が継いだ際に新たに造り替えた。道長自身は倫子《りんし》との結婚によって得た土御門《つちみかど》殿を住居とし、東三条殿には姉の詮子(東三条院)が住み、一条、三条天皇の里内裏《さとだいり》などにあてられ、藤原家と皇族との結びつきを象徴する邸となった。道長の子の頼通《よりみち》が伝領すると、藤原氏の重要な儀式を行う場としての性格を帯びていく。そのため多くの日記や絵巻に描かれ、唯一復元が可能な寝殿造となった。壮麗な殿舎と雅びやかな池泉《ちせん》式の庭園を蘇らせた模型(写真上)から、当時の貴族たちの美意識を感じとることができる。東三条殿はその後も藤原家の氏長者に伝えられたが、十二世紀半ばに焼失してから再建されることはなかった。それは摂関家の落日も意味していた。

一〇　道長の法成寺《ほうじょうじ》造営

世継《よつぎ》は次に、藤原氏十三代の系譜（藤原鎌足《かまたり》から頼通《よりみち》まで）を語り、さらに天皇の祖父となった人々について述べる。そして、歴代の寺院造営の話から、道長の法成寺造営の話に及ぶ。

世継は語る――「こうした人々の寺院発願の話をいろいろと見聞いたしましたが、やっぱり、この入道殿（道長）が、世にすぐれ、ぬきんでていらっしゃいます。天地の神に受け入れられていらっしゃるのは、この殿でいらっしゃいます。何事でも催されなさるときには、ひどい大風が吹き、長雨が降っていても、実に、その二、三日前から、空が晴れ、土が乾くようです。こんなふうですから、ある人は、聖徳太子が生れ変られたのだと申し、ある人は、弘法大師《こうぼうだいし》が仏法興隆のために生れ変られたのだとも申すようです。本当にそのとおりで、入道殿はこの老人どもの鋭く欠点《あら》を探す目にも、普通の人間とはお見えなさいません。やはり、神仏の化身でいらっしゃるに違いないと、仰ぎ見申しあげております。

このような権者《ごんじや》たる入道殿がお治めなさるのですから、今の御時世の楽しいことは、この上なしです。なぜかと申せば、昔は殿方や宮様方の馬飼《うまかい》や牛飼《うしかい》どもが、何々の御霊《ごりよう》会《え》だとか、何々の祭の費用だとかいって、銭《ぜに》や紙や米などを大騒ぎしてせびり歩き、野山の草をさえ自由に刈り取らせもしなかったものです。また、仕丁《じちよう》やお物持ちがやってきて、人の物をかすめ取るようなことが今はすっかりなくなりました。また、里の役人や村の当番役がやってきて、火祭だなんだと言って、うるさく祭の費用を徴収しましたが、そんなことも今は聞きません。これほど安らかで平和なご時世には、またとあうことがあろうかと思いますよ。この老人どもの粗末な家でも、帯・紐《ひも》を解き、門の戸締りさえせずに、安心して手足を伸ばして寝ていますから、年も若返り、寿命も延びたというわけですよ。だいいち、北野《きたの》や賀茂《かも》河原《がわら》に作ってある豆やささげや瓜《うり》や茄子《なす》などの類《たぐい》は、今より少し前の時代にはしじゅう盗《と》られて、まったくどうしようもなかったものですよ。ところが、この数年来はすっかり豊かに富んでいます。人が盗らないのはもちろんのことで、馬や牛さえも食いません。ですから、それらの畑はそのままほったらかしにしておけるのですよ。こんなにも安楽な、弥勒《みろく》菩薩《ぼさつ》が出現されたとも申すべき世の中によくも生れあわせたものですよ」と世継は言うようですが、繁樹《しげき》が、「そうは言いますが、今のところ、この御堂《みどう》（法成寺）建立の人夫役をしきりに徴発されることだけは、世間の人も辛《つら》く苦しげに申しているようです。あなたは、そうはお聞きになりませんか」と言うようです。

世継は、「そうそう、それは確かにそうですよ。二、三日おきに召しますな。しかし、それも、参ってみると悪くはないのですよ。なぜならば、極楽浄土が新たにこの現世に出現なさるために召すのだと存じられますので、どうかして、お役に立つものならば、参ってご奉仕いたしたい、その功徳で、死後にはあの御堂の草木となりたいものだと、こう思うのです。ですから、ものの道理をわきまえているような人は、自分から志願しても参るべきですよ。そんなわけで、この老人は、こういうよい機会は二度とあるまいと思って、召集には一度も欠かさず人夫を差し出しておるのです。そうして、参ってみますと、悪いことなんかありましょうか。ご飯《はん》・お酒は度々くださるし、御堂に献上された果物類をさえ恵んでくださるし、その上、常に奉仕する者には、衣類をまでお手当てくださいます。ですから、参上する下人《げにん》も、たいへんいそいそと自分から進んで集まってくるようです」と言います。

「かやうのことども聞き見たまふれど、なほ、この入道殿、世にすぐれ抜け出《い》でさせたまへり。天地にうけられさせたまへるは、この殿《との》こそはおはしませ。何事《なにごと》も行はせたまふ折に、いみじき大風吹き、長雨《ながあめ》降れども、まづ二三日《ふつかみか》かねて、空晴れ、土乾《かわ》くめり。かかれば、あるいは聖徳太子《しやうとくたいし》の生まれたまへると申し、あるいは弘法大師《こうぼふだいし》の仏法興隆《ぶつぽふこうりゆう》のために生まれたまへるとも申すめり。げにそれは、翁《おきな》らがさがな目にも、ただ人《びと》とは見えさせたまはざめり。なほ権者《ごんじや》にこそおはしますべかめれとなむ、仰《あふ》ぎ見《み》たてまつる。

かかれば、この御世《みよ》の楽しきことかぎりなし。そのゆゑは、昔は、殿ばら・宮《みや》ばらの馬飼《うまかひ》・牛飼《うしかひ》、なにの御霊会《ごりやうゑ》、祭の料《れう》とて、銭《ぜに》・紙・米など乞《こ》ひののしりて、野山の草をだにやは刈《か》らせし。仕丁《じちやう》、おものもち出で来て、人のもの取り奪ふこと絶えにたり。また、里の刀禰《とね》・村の行事《ぎやうじ》出で来て、火祭《ひまつり》やなにやと煩《わづら》はしく責《せ》めしこと、今は聞こえず。かばかり安穏泰平《あんをんたいへい》なる時にはあひなむやと思ふは。翁らがいやしき宿りも、帯・紐《ひも》を解き、門《かど》をだに鎖《さ》さで、やすらかに偃《のいふ》したれば、年も若え、命も延びたるぞかし。まづは、北野《きたの》・賀茂河原《かもがはら》に作りたる豆・大角豆《ささげ》・瓜・茄子《なすび》といふもの、この中頃《なかごろ》は、さらに術《ずち》なかりしものをや。この年頃《としごろ》は、いとこそたのしけれ。人の取らぬをばさるものにて、馬・牛だにぞ食《は》まぬ。されば、ただまかせ捨てつつ置きたるぞかし。かくたのしき弥勒《みろく》の世にこそあひてはべれや」と言ふめれば、いま一人《ひとり》の翁《おきな》、「ただ今は、この御堂《みだう》の夫《ぶ》を頻《しきり》に召すことこそは、人は堪《た》へがたげに申すめれ。それはさは聞きたまはぬか」と言ふめれば、世次、「しかしか、そのことぞある。二三日《ふつかみか》まぜに召すぞかし。されど、それ、まゐるに悪《あ》しからず。ゆゑは、極楽浄土のあらたにあらはれ出《い》でたまふべきために召すなり、と思ひはべれば。いかで、力堪《た》へば、まゐりて仕うまつらむ、ゆく末《すゑ》に、この御堂の草木《くさき》となりにしがなとこそ思ひはべれ。されば、ものの心知りたらむ人は、望みてもまゐるべきなり。されば、翁ら、またあらじ、一度欠《か》かず奉りはべるなり。さてまゐりたれば、悪しきことやはある。飯《いひ》・酒しげく賜《た》び、持ちてまゐる果物をさへ恵み賜び、つねに仕うまつるものは、衣裳《いしやう》をさへこそ宛《あ》て行はしめたまへ。されば、まゐる下人《げにん》も、いみじういそがしがりてぞ、すすみ集《つど》ふめる」

二　世継《よつぎ》の夢見

世継は、「さて、今年万寿《まんじゅ》二年（一〇二五）は天空に変動がしきりに起り、世間に不気味なデマなども流布しているようです。尚侍殿《ないしのかみどの》（道長四女嬉子《きし》）がこのようにご懐妊になっておりますし、小一条院《こいちじょういん》の女御《にょうご》（明子所生の道長息女寛子《かんし》）が、いつもの御病気のうちにも、今年になってからは小康もない有様でいらっしゃるそうだなどと、恐ろしいことにうけたまわります。いやもう、このようなことをそれからそれとお話し続けていると、昔のことがほんについ今日ただ今のことのように思われます」と言って、老人たちは互いに顔を見交し、繁樹《しげき》が言いますには、「いやはや、このようにいろいろと結構なことなど、またあわれ深いこともたくさん見聞きいたしましたが、やはり私の大切なご主君貞信公《ていしんこう》（忠平）に先立たれ申した時ほど、もの悲しく思われた時はございません。天暦《てんりやく》三年（九四九）八月十日過ぎのことでしたから、季節までがまことにしみじみとして、『古今集』の「時しもあれ秋やは人の別るべきあるを見るだに恋しきものを」の歌のように、なぜ悲しい秋にお別れしなければならぬのかと、思われましたよ」と言って、鼻を度々かんで、ようも言い続けられず、ひどく悲しいと思っている様子は、本当に貞信公薨去《こうきょ》のその当時もこうであったろうと思われたことでした。

繁樹が「その当時は、一日、半時も生きて世間に立ち交じり長らえる気持もいたしませんでしたが、これほど長生きしているのは、私に、ご子孫のいよいよ広がり、ご繁栄なさるのをお見申しあげ、お喜びを申しあげさせようとするがためでありましょう。さて、その翌年五月二十四日にこそ、冷泉院《れいぜいいん》がご誕生なさったのでした。それにつけても、貞信公の亡くなられたことがまことに残念で、しかもその折のうれしさもまた無上でいらっしゃいました」などと言いますと、世継も、「さよう、さよう」と相槌《あいづち》を打ち、いかにも愉快そうな様子は並一通りではありません。「朱雀院《すざくいん》・村上天皇などが、引き続いてお生れになった当時は、これまた、いかがお感じになりましたか」などと言い出すので、そら恐ろしくなります。

また、「この世継の思っていることがあります。こういう席で不都合なことを申すようですが、明日とも知れぬ老いの身でございますから、ざっくばらんに申してしまいましょう。それは、今の一品宮《いっぽんのみや》（道長次女妍子《けんし》所生の三条天皇皇女禎子《ていし》内親王）の行く末いかがと知りたい感じでいらっしゃるにつけ、また命が惜しく思われるのですよ。こう申すわけは、一品宮がご誕生なさろうとするころ、たいそうすばらしい夢のお告げを受けたのです。そう私が感じたのは、その夢が、故女院《にょういん》（一条天皇の母后詮子《せんし》）や、今の大宮《おおみや》（後一条天皇の母后彰子《ははきさきしょうし》）などが、母君の御腹にお宿りになろうとして見えた夢と、すっかり同じ趣の夢でございましたのです。それによって、何事も推量申しあげられます、おめでたいご将来の御有様ですよ（禎子内親王はのちに後朱雀《ごすざく》天皇に入内《じゅだい》し、後三条天皇を生み、治暦五年〈一〇六九〉陽明門院となった）。この夢想のことを、御母后の皇太后宮（妍子）に、どうかして申しあげたいと思っているのですが、その宮の近侍《きんじ》の方にお会いできないのが残念で、これだけたくさん集まっていらっしゃる中には、ひょっとしたらいらっしゃりはしまいかと思い、かたがた、このように申しあげるのですよ。後々になって、「あの老人は、よく言い当てたものだなあ」と思い当られることでもございますでしょう」と言った時、私（世継たちの話を聞いている人物）は、「皇太后宮の者なら、ここにおりますよ」と言って、飛び出したい気がしたことでした。

「さて、今年《ことし》こそ天変頻《てんぺんしき》りにし、世の妖言《えうげん》などよからず聞こえはべるめれ。督《かん》の殿《との》のかく懐妊《くわいにん》せしめたまふ、院《ゐん》の女御殿《にようごどの》の常《つね》の御悩《なやみ》のなかにも、今年となりては、ひまなくおはしますなるなどこそ、恐ろしううけたまはれ。いでや、かうやうのことをうち続け申せば、昔のことこそ、ただ今のやうにおぼえはべれ」。見かはして、重木《しげき》が言ふやう、「いであはれ、かくさまざまにめでたきことども、あはれにもそこら多く見聞きはべれど、なほ、わが宝《たから》の君《きみ》に後《おく》れたてまつりたりしやうに、ものの悲しく思うたまへらる折こそはべらね。八月十日あまりのことにさぶらひしかば、折さへこそあはれに、「時しもあれ」とおぼえはべりしものかな」とて、鼻度々《たびたび》かみて、えも言ひやらず、いみじと思ひたるさま、まことにその折もかくこそと見えたり。

「一日片時《ひとひかたとき》生きて世にめぐらふべき心地《ここち》もしはべらざりしかど、かくまでさぶらふは、いよいよひろごり栄えおはしますを見たてまつり、よろこび申させむとにはべめり。さて、またの年《とし》五月二十四日こそは、冷泉院《れいぜいゐん》は誕生せしめたまへりしか。それにつけていとこそ口惜《くちを》しく、折のうれしさは、はかりもおはしまさざりしか」など言へば、世次も、「しか、しか」と、こころよく思へるさま、おろかならず。朱雀院《すざくゐん》・村上などの、うちつづき生まれおはしまししは、またいかが」など言ふほど、あまりに恐ろしくぞ。

また、「世次が思ふことこそはべれ。便《びん》なきことなれど、明日《あす》とも知らぬ身にてはべれば、ただ申してむ。この一品宮《いつぽんのみや》の御有様《ありさま》のゆかしくおぼえさせたまふにこそ、また命惜しくはべれ。そのゆゑは、生まれおはしまさむとて、いとかしこき夢想《むさう》見たまへしなり。さおぼえはべりしことは、故女院《にようゐん》、この大宮《おほみや》など孕《はら》まれさせたまはむとて見えし、ただ同じさまなる夢にはべりしなり。それにて、よろづ推《お》しはかられさせたまふ御有様なり。皇太后宮《くわうたいこうぐう》にいかで啓《けい》せしめむと思ひはべれど、その宮の辺の人に、え会ひはべらぬが口惜《くちを》しさに、ここら集まりたまへる中《なか》に、もしおはしましやすらむと思うたまへて、かつはかく申しはべるぞ。ゆく末《すゑ》にも、よく言ひけるものかなと、思《おぼ》し合はすることもはべりなむ」と言ひし折こそ、「ここにあり」とて、さし出《い》でまほしかりしか。

大鏡の風景 ③

九体阿弥陀仏《くたいあみだぶつ》と法成寺《ほうじょうじ》

「観無量寿経」《かんむりょうじゅきょう》によれば、極楽往生の仕方も生前の功徳によって九段階に分れるという。最も尊い「上品上生」《じょうぼんじょうしょう》の者はダイアモンドの台に乗って瞬《また》く間に仏国土《ぶっこくど》に生れ変り、最も低い「下品下生」《げぼんげしょう》の者は死に際に現れる指導者に従い阿弥陀仏《あみだぶつ》の名を称えることで往生する。それらは平安時代中期に源信《げんしん》の著した『往生要集』《おうじょうようしゅう》にも記され、この書に傾倒した道長《みちなが》は、出家後に自宅の土御《つちみ》門《かど》殿の東に「無《む》量寿院《りょうじゅいん》」を建立し、各段階を表す九体の阿弥陀仏を並べた。これを初例に、鎌倉時代までに三十以上の九体阿弥陀仏の造立《ぞうりゅう》が文献に見られ、一種のブームとなったことが知られる。無量寿院は金堂の完成により「法成寺」と名を改め、五大堂、薬師堂など二十以上の堂塔が次々と建立されて「御堂《みどう》」と称され、道長自身も御堂殿と呼ばれた。道長の死後に焼亡すると子の頼通《よりみち》がすぐに再建したが、鎌倉時代に入ると徐々に荒廃し、南北朝期に書かれた兼好《けんこう》の『徒然草』《つれづれぐさ》には、金堂は倒壊したまま、阿弥陀堂ばかりが残っている様子が描かれる。兼好いわく、「栄えた人の遺跡ほどはかなく感じられるもの」。現在は京都御所の東、鴨沂《おうき》高校の敷地に石碑を残すばかり(写真左)。平安期にブームに乗って造られた九体仏もことごとく失われ、京都府木津川市の浄瑠璃寺《じょうるりじ》の九体阿弥陀如来像のみが唯一残された作例である(写真上)。

栄花物語

山中裕・秋山虔・池田尚隆・福長進［校訂・訳］

栄花物語

あらすじ

人の世が始まって以来、この国の帝《みかど》は六十余代になった。宇多《うだ》・醍醐《だいご》・朱雀《すざく》に続き即位した村上《むらかみ》天皇は、醍醐《だいご》天皇とならぶ聖帝であった。村上天皇の後宮には多くの女御《にょうご》がおり、藤原師輔《ふじわらのもろすけ》息女の安子が立后《りっこう》し、その皇子憲平《のりひら》親王（のちの冷泉《れいぜい》天皇）は東宮となった。村上天皇が崩御し、冷泉天皇が即位、安子腹の守《もり》平《ひら》親王（のちの円融《えんゆう》天皇）が東宮となった。守平親王の同腹の兄宮為平《ためひら》親王は立太子できず、舅《しゅうと》の源《みなもとの》高明《たかあきら》は不満を抱く。高明がそれを根にもって朝廷を転覆《てんぷく》させようとしているという噂《うわさ》がたち、高明は左遷された。冷泉天皇が譲位、円融天皇が即位し、師輔次男の兼通《かねみち》が、摂政、太政大臣となった。兼通は、不仲であった弟の兼家《かねいえ》を治部卿《じぶきょう》に降格させたが、兼家は兼通薨去《こうきょ》後、右大臣となり、その息女詮子《せんし》が円融天皇に入内《じゅだい》した。円融天皇が譲位し花山《かさん》天皇が即位する。懐妊中の女御忯子《しし》が亡くなり、失意にくれる天皇は花山寺（元慶寺《がんけいじ》）で出家、詮子腹の懐仁《やすひと》親王が即位し、一条《いちじょう》天皇となった。兼家は摂政、詮子は皇太后となり、兼家息男道隆《みちたか》・道兼《みちかね》・道長《みちなが》はそれぞれ昇進した。なかでも道長は抜きん出ていた。道長は源雅信《まさのぶ》の息女倫子《りんし》と結婚し、彰子《しょうし》が誕生した。また道長は、源高明の息女明子《めいし》とも結婚した。一条天皇は元服し、道隆の長女定子《ていし》が入内《じゅだい》。兼家が出家して、道隆が摂政となり、定子が立后した〔第一部〕。

詮子が病悩により出家し、初の女院《にょういん》となった。やがて道隆は関白に、その息男伊周《これちか》は内大臣となったが、道隆は病のため出家、薨去した。道隆弟の道兼は関白の宣旨《せんじ》を受けたがほどなく薨去、七日関白と呼ばれた。その後、その弟の道長に内覧《ないらん》の宣旨がくだった。折しも、伊周が、自分の通う藤原為光《ためみつ》の三女に花山院も通っていると誤解したことから、弟隆家《たかいえ》とともに花山院に矢を射かける事件が起った。また、伊周が詮子を呪って大元帥法《だいげんのほう》を行なったという噂《うわさ》もたち、伊周は大宰権帥《だざいのごんのそち》に、隆家は出雲権守《いずものごんのかみ》に配流された。懐妊していた定子は、兄弟二人の出立後に出家し、脩子《しゅうし》内親王を出産した。なお寵愛《ちょうあい》を受ける定子は、その後再び懐妊し、一条天皇の第一皇子となる敦康《あつやす》親王を出産、その恩赦で伊周・隆家は召還された。長保《ちょうほう》元年（九九九）、道長の長女彰子は十二歳で一条天皇に入内、藤壺《ふじつぼ》に入った。翌年、彰子は立后して中宮となり、定子は皇后となった。定子はまた懐妊し、媄子《びし》内親王を出産するが、崩御した〔第二部〕。

寛弘五年（一〇〇八）九月、彰子は道長の土御門邸《つちみかどてい》で敦成《あつひら》親王を出産した。道長の喜びはこのうえなく、十月に一条天皇の行幸があり、十一月に盛大な五十日《いか》の祝いが催された。翌年、ふたたび懐妊した彰子は敦良《あつなが》親王を出産、道長の喜びはひとしおであった。道長二女妍子《けんし》が東宮居貞《いやさだ》親王に参入した。寛弘八年、一条天皇は病のために譲位、居貞親王が即位し、三条天皇となった。東宮に立ったのは敦康親王ではなく、敦成親王であった。長和《ちょうわ》元年（一〇一二）、妍子は立后し懐妊、翌年に禎子《ていし》内親王を出産した。長和五年、三条天皇は病から譲位を決意、敦成親王が即位し後一条天皇となった。東宮に娍子《せいし》腹の敦明《あつあきら》親王が立った。寛仁元年（一〇一七）、道長は左大臣を辞し、内大臣となった頼通に摂政を譲った。東宮敦明親王は退位、敦良親王が東宮となった。翌二年、道長三女威子《いし》が後一条天皇に入内し立后、道長息女三人が后《きさき》に立った。暮れに敦康親王が薨去した。寛仁三年、道長は病を患い出家、仏事に勤《いそ》しむ。治安《じあん》元年（一〇二一）、道長四女嬉子《きし》が東宮に参入し、翌二年には、法成寺金堂供養《ほうじょうじこんどうくよう》が盛大に行われた。万寿《まんじゅ》二年（一〇二五）、嬉子が親仁《ちかひと》親王を出産し薨去した。四年に皇太后妍子が崩御し、その法要の後、道長は薨去した〔第三部〕。

第一部　天皇家と藤原氏

巻第一「月の宴」

一　宇多《うだ》・醍醐《だいご》・朱雀《すざく》天皇

神々の世ならぬ人の世が始まってからこのかた、この国の帝《みかど》は六十余代におなりあそばしたけれど（六十二代村上天皇）、その間の推移の一部始終を書き尽すことはとてもできるものではないから、ここでは当今に近い時世についてのみしるすことにしよう。

この世を治《し》ろしめして、宇多天皇と申す帝がおわしました。その帝の皇子皇女がたくさんいらっしゃったそのなかに、第一皇子の敦仁《あつひと》親王と申したお方が、帝の位におつきあそばしたのだが（醍醐天皇）、まさにこのお方こそ世間では醍醐の聖帝と申しあげて、最高にすぐれた帝の例として称《たた》え申すとのことである。即位あそばして、三十三年にわたってご在位あそばしたのだが、その間、多くの女御《にょうご》たちが伺候《しこう》しておられたこととて、皇子が十六人、それに皇女も大勢いらっしゃったのであった。

その頃《ころ》の太政大臣《だいじょうだいじん》、基経《もとつね》の大臣《おとど》（藤原基経）と申した方は、宇多天皇の御代《みよ》に亡くなられた。中納言長良《ながよし》（藤原長良《ながら》）と申した方は、太政大臣冬嗣《ふゆつぎ》のご長男でいらっしゃって、後《のち》には贈太政大臣《ぞうだいじょうだいじん》と申しあげたのだったが、基経の大臣はその方のご三男でいらっしゃったのである。その基経の大臣がお亡くなりになって、後の御おくり名を昭宣公《しょうせんこう》と申しあげたのであった。

その基経の大臣には、ご子息が四人おありであった。長男は時平《ときひら》と申しあげた。左大臣にまでなられて、三十九歳で亡くなられたのだった。二男は仲平《なかひら》と申しあげた方で、左大臣にまでなられて、七十一歳で亡くなられた。三男は兼平《かねひら》と申しあげたが、三位《さんみ》どまりでいらっしゃった。四男の忠平《ただひら》の大臣、この方は太政大臣にまでおなりになって、多年にわたりその地位を保たれたのであった。その基経の大臣の御女《むすめ》で醍醐天皇の女御であられた方（穏子《おんし》）の御腹に、皇子皇女がたくさんおありであったが、その第十一皇子、寛明《ひろあきら》親王と申しあげたお方が、帝の位におつきあそばして（朱雀天皇）、十六年の間、ご在位ののち、ご譲位になり上皇であられたのを、朱雀院《すざくのいん》の帝と申しあげた。その次に、同腹の弟宮、すなわち同じ女御の御腹にお生れの第十四皇子、成明《なりあきら》親王と申しあげたお方が、引き続いて帝の位におつきになったのだった。天慶《てんぎよう》九年（九四六）四月十三日に即位あそばしたのである（村上天皇）。

世《よ》始りて後《のち》、この国の帝《みかど》六十余代にならせたまひにけれど、この次第書きつくすべきにあらず、こちよりてのことをぞしるすべき。世の中に宇多《うだ》の帝と申す帝おはしましけり。その帝の御子《みこ》たちあまたおはしましけるなかに、一の御子敦仁親王《あつひとのみこ》と申《ま》しけるぞ、位《くらゐ》につかせたまひけるこそは、醍醐《だいご》の聖帝と申《ま》して、世の中に天《あめ》の下《した》めでたき例《ためし》にひきたてまつるなれ。位につかせたまひて、三十三年をたもたせたまひけるに、多くの女御《にようご》たちさぶらひたまひければ、男御子《をとこみこ》十六人、女御子《をむなみこ》あまたおはしましけり。

そのころの太政大臣、基経《もとつね》の大臣《おとど》と聞えけるは、宇多《うだ》の帝の御時にうせたまひにけり。中納言長良《ながよし》と聞えけるは、太政大臣冬嗣《ふゆつぎ》の御太郎にぞおはしける、後《のち》には贈太政大臣《ぞうだいじやうだいじん》とぞ聞えける、かの御三郎にぞおはしける。

その基経の大臣うせたまひて、後の御諡《おくりな》昭宣公《せうせんこう》と聞えけり。

その基経の大臣、男君《をとこぎみ》四人おはしけり。太郎は時平《ときひら》と聞えけり。二郎は仲平《なかひら》と聞えける、左大臣までなりたまひて、三十九にてぞうせたまひにける。左大臣までなりたまひて、七十一にてうせたまひにけり。三郎、兼平《かねひら》と聞えける、三位《さむゐ》までぞおはしける。四郎忠平《ただひら》の大臣ぞ、太政大臣までなりたまひて、多くの年ごろ過ぐさせたまひける。その基経の大臣の御女《むすめ》の女御《にようご》の御腹《はら》に、醍醐の宮たちあまたおはしましける、十一の御子寛明《ひろあきらの》親王《みこ》と申しける、帝にゐさせたまひて、十六年おはしまして後におりさせたまひておはしましけるをぞ、朱雀院《すざくのゐん》の帝とは申しける。その次、同じはらから、同じ女御の御腹の十四の御子、成明親王《なりあきらのみこ》と申しける、さしつづきて帝にゐさせたまひにけり。天慶《てんぎやう》九年四月十三日にぞゐさせたまひける。

巻第一「月の宴」

二 村上《むらかみ》天皇の御代《みよ》

このような次第だが、さて今上《きんじやう》村上天皇のご気性は申し分なく、この世の最高の御徳を備えておられたのであった。醍醐《だいご》の聖帝がまことにごりっぱでいらせられたのに、またこの帝《みかど》は、中国の堯帝《ぎょうてい》の子がさらに重ねて堯帝であるかのごとくに、おおよそのご気性が毅《き》然《ぜん》として気品高く、賢明であらせられたが、同時にご学問も深奥を極められた。和歌の方面にもたいそう堪能《たんのう》でいらっしゃった。

万事にわたって思いやり厚く、何かとお引き立てあそばし、大勢の女御《にょうご》、御息所《みやすどころ》がおそばにお仕えしておられるのを、ご寵愛《ちょうあい》の方にも、さほどでもない方にも、ともどもお心遣いの程合いが格別であるけれども、いささかもそうした方々が不面目になるような、またふびんがられるようなお扱いもなさらず、ごく普通に情けをおかけあそばして、ごりっぱにおしなべてご配慮をなさり、えこひいきなくおだやかに遇していらっしゃるので、この女御、御息所たちの御仲らいもまことに好ましく、不都合な噂《うわさ》も立つことなく、お互いに快く素直であるなどして、御子《みこ》のお生れになった方に対してはそれ相応に重々しいお扱いをなさり、そうでない方にはそれなりにしかるべく、たとえば御物忌《ものいみ》などで所在なくおぼしめされる日などには御前にお呼び出しになって、碁《ご》や双六《すごろく》を打たせたり偏《へん》つぎ（文字遊戯の一つ）をさせたり石などり（お手玉に似た遊戯）をさせたりしてご覧あそばすというようにまでお情け深くあらせられたのだから、どなたも皆互いに情誼《じょうぎ》をかわし、快くお暮らしになっているのであった。このように帝の御心がごりっぱであられたので、吹く風も枝を鳴らさずといった風情であるからか、春の花ものどかに色美しく咲き、秋の紅葉も散ることなく枝にとどまり、まことに平穏無事な御有様である。

現在の太政大臣としては、基経《もとつね》の大臣《おとど》の御子息、四男忠平《ただひら》の大臣が、帝の御伯父《おじ》であって、天下の政《まつりごと》をつかさどっておられる。その大臣の御子息は五人おありであった。長男は現在の左大臣で、実頼《さねより》と申されて、小野宮《おののみや》という所にお住まいである。二男は右大臣で、師輔《もろすけ》の大臣という方が九条《くじょう》という所に住んでおられる。三男の御有様はどうもはっきりしない。四男の師氏《もろうじ》と申される方は大納言にまでおなりになった。五男は師尹《もろただ》の左大臣と申しあげて、小一条《こいちじょう》という所にお住まいである。

かくて、今の上《うへ》の御心ばへあらまほしく、あるべきかぎりおはしましけり。醍醐《だいご》の聖帝世《よ》にめでたくおはしましけるに、またこの帝《みかど》、堯《げう》の子の堯ならむやうに、おほかたの御心ばへの雄々《をを》しう気高《けだか》くかしこうおはしますものから、御才《ざえ》もかぎりなし。和歌の方《かた》にもいみじうしませたまへり。よろづに情《なさけ》あり、物の栄《は》えおはしまし、そこらの女御《にょうご》、御息所《みやすどころ》参り集り

たまへるを、時あるも時なきも、御心ざしのほどこよなけれど、いささか恥《はぢ》がましげに、いとほしげにもてなしなどもせさせたまはず、なのめに情ありて、めでたう思《おぼ》しめしわたして、なだらかに掟《おき》てさせたまへれば、この女御、御息所たちの御仲もいとめやすく、便《びん》なきこと聞えず、くせぐせしからずなどして、御子生《むま》れたまへるは、さる方に重々《おもおも》しくもてなさせたまひ、さらぬはさべう、御物忌《ものいみ》などにて、つれづれに思さるる日などは、御前《おまへ》に召し出《い》でて、碁《ご》、双六《すぐろく》うたせ、偏《へん》をつがせ、いしなどりをせさせて御覧《ごらむ》じなどまでぞおはしましければ、皆《みな》かたみに情かはし、をかしうなんおはしあひける。かく帝の御心のめでたければ、吹く風も枝を鳴らさずなどあればにや、春の花も匂《にほ》ひのどけく、秋の紅葉《もみぢ》も枝にとどまり、いと心のどかなる御有様《ありさま》なり。

ただ今の太政大臣にては、基経《もとつね》の大臣《おとど》の御子、四郎忠平《ただひら》の大臣、帝の御伯父《をぢ》にて、世をまつりごちておはす。その大臣の御子《おほむこ》五人ぞおはしける。太郎は今の左大臣にて、実頼《さねより》と聞えて、小野宮《をののみや》といふ所に住みたまふ。二郎は右大臣にて、師輔《もろすけ》の大臣、九条《くでう》といふ所に住みたまふ。三郎の御有様おぼつかなし。四郎、師氏《もろうぢ》と聞えける、大納言までぞなりたまひける。五郎、師尹《もろただ》の左大臣と聞えて、小一条《こいちでう》といふ所に住みたまふ。

村上天皇の後宮には多くの女御《にょうご》・更衣《こうい》が仕えていた。師輔《もろすけ》息女安子《あんし》、重明《しげあきら》親王息女徽子《よしこ》女王、代明《よあきら》親王息女荘子《そうし》女王、藤原在衡《ありひら》息女正妃《まさひめ》、師尹《もろただ》息女芳子《ほうし》、源庶明《もろあきら》息女計子《かずこ》、藤原元方《もとかた》息女祐姫《すけひめ》である。祐姫が第一皇子広平《ひろひら》親王を出産したのに続き、安子が懐妊した。天暦《てんりゃく》三年（九四九）、太政大臣忠平《ただひら》が薨去《こうきょ》した。

こうしてあれこれするうちに年も改まって、天暦四年五月二十四日に、九条殿《くじようどの》の女御（安子）が皇子（憲平《のりひら》親王）をお生みまいらせたのだった。お待ちかねあそばされた帝《みかど》からは、早速に御剣《みはかし》をお贈りになるお使者が参って、およそ前後の御有様は格別のめでたさである。世間の気受けもとりわけ好ましく、お祝いにわき立っている。第一皇子広平親王を擁する元方の大納言は、こうと耳にするにつけても胸のつまるような心地がして、食事すらも喉《のど》を通らぬ有様となるのだった。「まったくまがまがしくとんでもないことになったものよ、予想もつかないことになりかねないぞ」と、心配の絶える間もなく胸を痛めては、まるで病人のようなていたらくで、「どうせ同じことなら、これからさきみじめな結果を見る前にさっさと死んでしまいたい」とばかり願っているというのは、どうも常軌をはずれた心というものではある。

九条殿（師輔邸）では、女御（安子）が御産屋《うぶや》にあられる間に執りおこなわれる儀式や有様など、ここでそのままには伝えようもないくらいに盛大である。大臣《おとど》（師輔）の御心の中《うち》を察するに、これほどのお幸せがほかにあるものだろうか。小野宮《おののみや》の左大臣（実頼《さねより》）も、このたびの皇子のご誕生を、第一皇子の場合よりはうれしく思っておられるであろう。帝の御心中にも、今は万事ご心配もなく、もう願いどおりの有様なので、ご満悦あそばすのであった。

かかるほどに年もかへりぬめれば、天暦《てんりやく》四年五月二十四日に、九条殿《くでうどの》の女御《にようご》、男御子《をとこみこ》生みたてまつりたまひつ。内よりはいつしかと御剣《みはかし》もてまゐり、おほかた御有様《ありさま》心ことにめでたし。世のおぼえことに、騒ぎののしりたり。元方《もとかた》の大納言かくと聞くに、胸ふたがる心地《ここち》して、物をだにも食はずなりにけり。「いといみじく、あさましきことをも、し誤《あやま》ちつべか

めるかな」と、もの思ひつきぬ胸をやみつつ、病《やまひ》づきぬる心地して、同じくは今はいかで疾《と》く死なんとのみ思ふぞ、けしからぬ心なるや。

九条殿には御産屋《うぶや》のほどの儀式有様《ありさま》など、まねびやらん方《かた》なし。大臣《おとど》の御心の中《うち》思ひやるに、さばかりめでたきことありなんや。小野宮《をののみや》の大臣も、一の御子よりは、これはうれしく思《おぼ》さるべし。帝《みかど》の御心の中にも、よろづ思ひなく、あひかなはせたまへるさまに、めでたう思されけり。

巻第一「月の宴」

三 安和《あんな》の変

憲平《のりひら》親王が東宮となった。孫の立太子を夢見た元方《もとかた》は失意の中《うち》に薨去《こうきよ》、広平《ひろひら》親王と祐姫《すけひめ》も亡くなった。恨みを含んだ元方の死霊はこの後、憲平親王（のちの冷泉《れいぜい》天皇）に祟《たた》る。

憲平親王には為平《ためひら》親王、守平《もりひら》親王という同腹の弟がいた。師輔《もろすけ》に次いで安子《あんし》が薨じた。村上天皇が崩御し、冷泉天皇が即位した。新東宮には、源高明《たかあきら》の息女と結婚した為平親王ではなく、守平親王が立った。為平親王の舅《しゆうと》高明は、この決定に不満を抱いていた。

こうしているうちに、世間ではじつに滅相もない噂《うわさ》が広がったことではある。それは、源氏の左大臣（源高明）が、式部卿宮《しきぶきようのみや》（為平親王）の立太子問題を根に持たれて、朝廷を転覆させようと企んでおられるという事件が出来《しゆつたい》して、世間ではまことに聞きにくくわきかえっている。「いや、まさかそんなだいそれたことはあるまい」など、世間の人人がそう思い、そう口にしているうちに、仏や神がお見放しになったのか、あるいは噂どおり左大臣の御胸のうちに、そうしたあってはならぬお考えがあったのだろうか、安和《あんな》元年（九六八）三月二十六日に、この左大臣のお邸《やしき》を検非違使《けびいし》が取り囲んで、宣命《せんみよう》を大声で読むには、「朝廷を傾け申そうと計画した罪によって、大宰権帥《だざいのごんのそち》として左遷する」という沙汰《さた》を声高に読みあげる。今は御位も剝奪《はくだつ》された御身の上のきまりから、網代車《あじろぐるま》にお乗せして無理やりにお連れ申したので、式部卿宮の御心地は、ご自分とはかかわりない世間一通りのこととしてすら、こうした事態はただごとならぬお気持であろうに、なおさらのこと、ご自分にかかわってのことゆえに出来《しゆつたい》した結果であるとお思いになると、どうしようすべもなく、「この私をも連れて行け、連れて行け」と騒ぎ立っていらっしゃる。

北の方や女君、男君達のご悲嘆は何ともいうすべもないお邸内の有様、それはよろしく推察していただけよう。昔、菅原《すがわら》の右大臣（道真《みちざね》）が流罪に遭われた事件（五一頁参照）を世の物語としてお聞きになっておられたが、今度の場合はあまりにも慮外の過酷なご経験とて、途方に迷い、一同泣き騒いでいらっしゃるのも悲しいことである。男君たちの元服しておられるお方も、父君とご一緒したいと、うろたえ騒いでおられるのをも、まるでおそばへお寄せつけ申そうともしない。ただご兄弟中の末弟で、左大臣殿の御懐《ふところ》をまだお離れにならぬお方（経房《つねふさ》か）が声をあげて泣き惑っておられるのを、事の次第を奏上して、「やむをえまい、その子だけは」とお許しになったが、それも同車なさるのでさえなく、馬に乗ってついて行かれる。この君は十一、二歳ばかりでいらっしゃったのだが、当今の世の中で悲しい異常な例ではある。人の死というものはごく普通のことであるが、この事件はまことにまがまがしく情けなく思われる。

醍醐《だいご》の帝《みかど》は、たいそう賢明でいらっしゃって、聖帝とさえ申しあげた帝であるが、左大臣はその第一の皇子で源氏になられたお方である。このような御いきさつは、まったく意想外の悲しく情けないことと、世間では取沙汰《とりざた》申している。

かかるほどに、世の中にいとけしからぬことをぞ言ひ出《い》でたるや。それは、源氏の左大臣《ひだりのおとど》の、式部卿宮《しきぶきやうのみや》の御事を思《おぼ》して、朝廷《みかど》を傾《かたぶ》けたてまつらんと思しかまふといふこと出で来て、世にいと聞きにくくののしる。「いでや、よにさるけしからぬことあらじ」など、世人《よひと》申し思ふほどに、仏神《ほとけかみ》の御ゆるしにや、げに御心の中《うち》にもあるまじき御心やありけん、三月二十六日にこの左大臣殿に検非違使《けびゐし》うち囲みて、宣命《せんみやう》読みののしりて、「朝廷を傾けたてまつらんとかまふる罪によりて、大宰権帥《だざいのごんのそち》になして流し遣《つか》はす」といふことを読みののしる。今は御位《くらゐ》もなき定《ぢやう》なればとて、網代車《あじろぐるま》に乗せたてまつりて、ただ行きに率《ゐ》てたてまつれば、式部卿宮の御心地《ここち》、おほかたならんにてだにいみじと思さるべきに、まいてわが御事によりて出で来たることと思すに、詮方《せむかた》なく思されて、われもわれもと出で立ち騒がせたまふ。

　北の方、御女《むすめ》、男君達《をとこきむだち》、いいへばおろかなる殿《との》の内の有様《ありさま》なり、思ひやるべし。昔菅原《すがはら》の大臣《おとど》の流されたまへるをこそ、世の物語に聞しめししか、これはあさましういみじき目を見て、あきれまどひて、みな泣き騒ぎたまふも悲し。男君達の冠《かぶり》などしたまへるも、後《おく》れじ後れじと惑ひたまへるも、あへて寄せつけたてまつらず。ただあるがなかの弟《おとと》にて、童《わらは》なる君の、殿の御懐《ふところ》はなれたまはぬぞ、泣きののしりて惑ひたまへば、事のよし奏して、「さはれ、それは」と許させたまふを、同じ御車にてだにあらず、馬にてぞおはする。十一二ばかりにぞおはしける、ただ今、世の中に悲しくいみじき例《ためし》なり。人のなくなりたまふ、例《れい》のことなり、これはいとゆゆしう心憂《こころう》し。

醍醐《だいご》の帝《みかど》、いみじうさかしうかしこくおはしまして、聖《ひじり》の帝とさへ申しし帝の御一の御子《みこ》、源氏になりたまへるぞかし。かかる御有様は、世にあさましく悲しう心憂きことに、世に申しののしる。

四 花《か》山《さん》天皇の出家

巻第一「月の宴」　巻第二「花山たづぬる中納言」

冷泉《れいぜい》天皇が譲位し、円融《えんゆう》天皇が即位した。師輔《もろすけ》二男の兼通《かねみち》が摂政・太政大臣となった。兼通は弟の兼家《かねいえ》と不和であった。病に臥《ふ》せった兼道は、兼家が、天皇を廃して息女超子《ちょうし》が生んだ冷泉院皇子居貞《いやさだ》親王（のちの三条《さんじょう》天皇）を帝位につけようとしていると讒奏《ざんそう》し、従兄《いとこ》の頼忠《よりただ》に関白を譲り、兼家を大将から治部卿《じぶきょう》に降格させ、その直後に没した。兼家の復権後、超子の妹詮子《せんし》が円融天皇に入内《じゅだい》、懐仁親王《やすひと》（のちの一条天皇《いちじょう》）を生んだ。円融天皇が譲位し、冷泉院が伊尹《これまさ》息女懐子《かいし》との間に儲けた花山天皇が即位した。寛和《かんな》元年（九八五）七月、花山天皇が寵愛《ちょうあい》していた女御《にょうご》忯子《し》が亡くなり、帝《みかど》は失意に暮れていた。

こうした帝（花山天皇）の御胸にどうしてか仏を尊ぶ道心に傾かれる折が多く、落ち着かれぬご様子を太政大臣（頼忠）がお気遣いになり、御叔父《おじ》の中納言（義懐《よしちか》）も内々ただ憂慮ばかりしておられるにちがいない。常に花山《はなやま》（京都市山科区北花山にある元慶寺《がんけいじ》）の厳久阿闍梨《げんぎゅうあざり》をお呼びになっては経文の講説をお聴きあそばす帝の御胸中の道心は、限りなく尊くあらせられる。「妻子《さいし》珍宝《ちんほう》及王位《きゅうおうい》（妻子も珍宝も王位すらも死に際して身につけることはできない）」（大方等大集経《だいほうどうだいじっきょう》の偈《げ》）という文句を、御口癖にしていらっしゃるにつけても、惟成《これしげ》の弁《べん》――帝がたいそうお目にかけられてお召し使いの者であるが、中納言も一緒になって、「この御道心は何とも気がかりだ。出家入道することはすべて普通のことであるけれど、帝の場合、これはどうかといった御心境に時々おなりであるのは、別段のことではあるまい、まさに冷泉院に取りついている御物《もの》の怪《け》（元方《もとかた》の死霊。一九五頁参照）のなせるわざであろう」などと心痛申し上げているうちに、やはりどうしたことなのか普通とは違って、ただ何となくそわそわ落ち着かれぬご様子なので、中納言なども御宿直《とのい》がちにお仕え申しあげていたところ、寛和二年六月二十二日の夜、突然帝のお姿が見えなくなられたとて大騒ぎである。

宮中の大勢の殿上人《てんじょうびと》や上達部《かんだちめ》、それに身分の低い衛士《えじ》（警備兵）や仕丁《しちょう》（下人）にいたるまで、残る所なく灯火をともして隅々までお探し申すけれど、まったくどこにもいらっしゃらない。太政大臣をはじめとして、諸卿《しょきょう》、殿上人が残らず参り集って、あちこちの壺庭《つぼにわ》をまでお探し申すものの、どこにいらっしゃるというのだろう。まったく驚き入った椿事《ちんじ》とて、一天下をあげて夜のうちに関所関所を固め騒ぐ。中納言は守宮神《すくじん》（三種の神器のうちの神鏡で、賢所《かしこどころ》に奉安されていた）、賢所の御前に伏し転ばれて、「わが宝である主君はどこにお姿を隠しておしまいか」と言って、伏し転びお泣きになる。山々寺々に手分けしてお探し申すが、まるでどこにもいらっしゃらない。女御方《にょうごがた》は涙を流しておられる。あまりといえばあまりな、と嘆き悲しんでいるうちに、夏の短夜も明けて、中納言や惟成の弁などが花山《かさん》にたずねていらっしゃったのだった。

なんとそこに帝は目もつぶらかな小法師の姿でちゃんと控えていらっしゃるではないか。ああ悲しいことよ、なんたることぞと、そこに伏し転び、中納言も法師におなりになった。惟成の弁も出家なさった。まったく意外というほかなく、いまわしく心底悲しい限りとは、このことよりほかにあるべくもない。あの御口癖の「妻子珍宝及王位」も、このように出家なさろうとのご決心からだったのだと拝される。それにしても法師におなりあそばしたとはまことにおみごとなことではある。どのようにして花山まで道筋をご存じになって徒歩でお出向きになられたのだろうと、お見あげ申すにつけても、意外といえば意外で悲しくいたわしく、まがまがしいことと存じ上げたのであった。

この御心のあやしう尊《たふと》きをり多く、心のどかならぬ御気色《けしき》を太政大臣《おほきおとど》思《おぼ》し嘆き、御叔父《をぢ》の中納言も人知れずただ胸つぶれてのみ思さるべし。説経をつねに花山《はなやま》の厳久阿闍梨《げむぎうあざり》を召しつつせさせたまふ、御心のうちの道心かぎりなくおはします。「妻子珍宝及王位《さいしちんほうきうわうゐ》」といふことを、御口《くち》の端《は》かけさせたまへるも、惟成《これしげ》の弁《べん》、いみじううらうたきものにつかはせたまふも、中納言もろともに、「この御道心こそうしろめたけれ。出家入道もみな例《れい》の事なれど、これはいかにぞやある、御心ざまのをりをり出で来るは、ことごとならじ、ただ冷泉院《れいぜいのゐん》の御物《もの》の怪《け》のせさせたまふなるべし」など嘆き

申しわたるほどに、なほあやしう例ならずもののすずろはしげにのみおはしませば、中納言なども御宿直《とのゐ》がちに仕《つか》うまつりたまふほどに、寛和《くわんわ》二年六月二十二日の夜《よ》にはかにうせさせたまひぬとののしる。

内裏のそこらの殿上人《てんじやうびと》、上達部《かむだちめ》、あやしの衛士《ゑじ》、仕丁《しちやう》にいたるまで、残るところなく火をともして、いたらぬ隈《くま》なく求めたてまつるに、ゆめにおはしまさず。太政大臣よりはじめ、諸卿《しよきやう》、殿上残らず参り集りて、壺々《つぼつぼ》をさへ見たてまつるに、いづこにかはおはしまさん、あさましういみじうて、一天下《いちてんか》こぞりて、夜のうちに関々《せきせき》固めののしる。中納言は守宮神《すくじん》、賢所《かしこどころ》の御前《おまへ》にて伏《ふ》しまろびたまひて、「わが宝の君はいづくにあからめせさせたまへるぞや」と、伏しまろび泣きたまふ。山々寺々に手を分ちて求めたてまつるに、さらにおはしまさず。女御《にようご》たち涙を流したまふ。あないみじと思ひ嘆きたまふほどに、夏の夜もはかなく明けて、中納言や惟成の弁など花山《くわさん》に尋ね参りにけり。

そこに目もつづらかなる小法師《こほふし》にてついゐさせたまへるものか。あな悲しや、いみじやと、そこに伏しまろびて、中納言も法師になりたまひぬ。惟成の弁もなりたまひぬ。あさましうゆゆしうあはれに悲しとは、これよりほかのことあべきにあらず。かの御言《こと》ぐさの「妻子珍宝及王位」も、かく思しとりたるなりけりと見えさせたまふ。さても法師にならせたまふはいとよしや。いかで花山まで道を知らせたまひて徒歩《かち》よりおはしましけんと、見たてまつるに、あさましう悲しうあはれにゆゆしくなん見たてまつりける。

巻第二「花山たづぬる中納言」

五 道長の結婚

巻第三「さまざまのよろこび」

一条《いちじょう》天皇が即位した。外祖父兼家《かねいえ》が摂政となり、天皇の生母詮子《せんし》は皇太后となった。兼家の子息、道隆《みちたか》・道兼《みちかね》・道長は急速な昇進をとげた。

摂政殿（兼家）の五郎君（道長）は三位中将《さんみのちゅうじょう》で、ご容姿をはじめとして、ご気性などは、兄君たちについてどのように推察申しておられるのであろうか、まるでうって変って、何くれとなくたいそう巧者で男らしく、それに道心もおありで、ご自分に好意を寄せる人に対してはとくに目をかけて庇護《ひご》なさった。

お人柄はおよそ人並を越えていらっしゃって、これ以上申し分のないお方である。

后宮《きさいのみや》（詮子）も、とくにお心寄せ申されて、実の御子よと申しあげられて、特別に何事につけてもご配慮申しあげておられる。現在、御年は二十歳ほどでいらっしゃるが、冗談にも浮気っぽいお気性とは無縁でいらっしゃる。といってそれはお心が謹直というわけでもないのだが、人に恨まれまい、女に情け知らずだと思われるほど自分にとってつらいことはなかろう、とお思いになって、並一通りのお心寄せではない女に対しては、人目に立たぬようにして、たいそう情けをかけておられたのである。

このように抜きんでたお人柄であったから、自然と世間の評判となって、われがちにと競ってこの君を婿にとの意向をお示し申される方々があるが、「今しばらく待ってほしい、自分には考える子細がある」と言って一向に耳を貸そうとなさらないので、大殿《おおとの》（兼家）も、「合点がゆかぬ、何を考えているのやら」と不審がっておられたのだった。

五郎君、三位中将《さむゐのちゆうじやう》にて、御かたちよりはじめ、御心ざまなど、兄君たちをいかに見たてまつり思《おぼ》すにかあらん、ひきたがへ、さまざまいみじうらうらうじう雄々《をを》しう、道心もおはし、わが御方《かた》に心よせある人などを、心ことに思し顧《かへり》み、はぐくませたまへり。

御心ざますべてなべてならず、あべきかぎりの御心ざまなり。后宮も、とりわき思ひきこえたまひて、わが御子《みこ》と聞えたまひて、心ことに何ごとも思ひきこえさせたまへり。ただ今御年《いまとし》二十ばかりにおはするに、たはぶれにあだあだしき御心なし。それは御心のまめやかなるにもあらねど、人に恨みられじ、女につらしと思はれんやうに心苦しかべいことこそなけれなど思して、おぼろけに思す人にぞ、いみじう忍びてものなどものたまひける。かうやんごとなき御心ざまを、おのづから世に漏り聞えて、われもわれもと気色《けしき》だちきこゆる所どころあれど、今しばし、思ふ心ありとて、さらに聞き入れたまはねば、大殿《おほとの》も、「あやしう、いかに思ふにか」とぞ、思しのたまひける。（略）

こうするうちに、三位中将殿《さんみのちゆうじようどの》（道長）は、土御門《つちみかど》の源氏の左大臣殿（源雅信《まさのぶ》）の姫君お二人——正室腹でたいそう大切にご養育になられて、将来はお后《きさき》にとお思い申しておられる方を、どういう伝《つて》によってであろうか、この三位殿が、この姫君（倫子《りんし》）をど

うにかしてご自分の妻にと心底から懸想申されて、その意向を先方のお耳にお入れ申したのだった。だが、大臣《おとど》は、「なんと、愚かしいことよ。もってのほかのことぞ。誰《だれ》がただ今ああした青二才連中を婿にして出入りさせてなるものか」と言って、まるでお聞き入れにならないのを、母上（穆子《ぼくし》）は普通の女人とは違っていて、じつに賢明で才気がおありの方であって、「どうして、あの君を婿取りしないという法がありましょう。時々、物見などに出かけて様子を見ておりますが、この君は普通の人とは思われません。ただこの私におまかせくださいまし。この話は悪いはずはありません」とお申しあげになるけれど、殿はおよそとんでもないこととお思いになっている。

かかるほどに、三位中将殿《さむゐのちゆうじやうどの》、土御門《つちみかど》の源氏の左大臣殿の、御女《むすめ》二所《ふたところ》、嫡妻腹《むかひばら》に、いみじくかしづきたてまつりて、后《きさき》がねと思《おぼ》しきこえたまふを、いかなるたよりにか、この三位殿、この姫君をいかでと、心深う思ひきこえたまひて、気色《けしき》だちきこえたまひけり。されど大臣《おとど》、「あなもの狂《ぐる》ほし。ことのほかや。誰《たれ》か、ただ今さやうに口わき黄《き》ばみたるぬしたち、出《いだ》し入れては見んとする」とて、ゆめに聞しめし入れぬを、母上例《れい》の女《をむな》に似たま

はず、いと心かしこくかどかどしくおはして、「などてか、ただこの君を婿にて見ざらん。時々物見《ものみ》などに出《い》でて見るに、この君ただならず見ゆる君なり。ただわれにまかせたまへれかし。このこと悪《あ》しうやありける」と聞えたまへど、殿《との》、すべてあべいことにもあらずと思《おぼ》いたり。（略）

道長は倫子《りんし》と結婚した。倫子は、のちに一条天皇の中宮となる彰子《しょうし》を出産した。

いよいよもって三位殿《さんみどの》（道長）は御心を他にふり向けることもなく、ご夫婦仲は水の漏りそうもない睦《むつ》まじさで過ごされているうちに、故村上《むらかみ》の先帝のご兄弟の十五の宮（盛明《もりあきら》親王）の姫君（明子《めいし》）でたいそう大切にご養育あそばした方は、源帥《げんのそち》（源高明《たかあきら》）と申しあげた方の御末娘の姫君をもらい受けてお養い申された方なのであった。その姫君（明子）を后宮《きさいのみや》（詮子《せんし》）のもとにお迎え申されて、宮の御方《おんかた》と称して格別にあがめてお扱い申しておられるのを、どの殿方もどうにかしてわが妻にと思い申されていたが、そのなかでもとくに大納言殿（道隆《みちたか》）は、例の好色の御心から、うるさいくらいに懸想《けそう》申されたので、后宮はまったくとんでもないこととしてお止め申されたのだったが、この左京大夫殿《さきようのだいぶどの》（道長）は、姫君付きの女房を十分に味方になさって、いずれはそうなるのが宿縁というものであったか、姫君と睦まじい仲になってしまわれたので、后宮も、「この君はそう気軽に女に対してものなど言わぬ人なのだから、さしつかえないでしょう」と、この仲をお認め申されて、しかるべく取り持たれたので、三位殿はご自身のお気持としても姫君をお慕い申しあげておられたが、とくに后宮のご親切なお心遣いもかたじけないので、この姫君を大切にして日々をお過ごしになる。
土御門《つちみかど》の姫君（倫子）は、これまでどおりであったらよかったものを、こんなことになって、とつらいお気持だが、この方はおよそご気性がまことに穏和で、おっとりと何か若々しく、とりたてて何かが起きたとも思ってはいらっしゃらない。

いとど三位殿《さむゐどの》は思《おぼ》しわくるかたなう、水漏るまじげにて過ぐさせたまふほどに、故村上《むらかみ》の先帝の御はらからの十五の宮の姫君、いみじうかしづきたまへるは、源帥《げんのそち》と聞えしが御弟姫君《おとひめぎみ》をとりて養ひたてまつりたまひしなりけり。その姫君を后宮《きさいのみや》に迎へたてまつりたまひて、宮《みや》の御方《かた》とて、いみじうやむごとなくもてなしきこえたまふを、いづれの殿《との》ばらも、いか

でいかでと思ひきこえたまへるなかにも、大納言殿は、例《れい》の御心の色めきはむつかしきまで思ひきこえたまへれば、宮の御前《おまへ》、さらにさらにあるまじきことに制《せい》しまうさせたまひけるを、この左京大夫殿《さきやうのだいぶどの》、その御局《つぼね》の人によく語らひつきたまひて、さべきにやおはしけん、睦《むつ》まじうなりたまひにければ、宮も、「この君はたはやすく人にものなど言はぬ人なればあへなん」と、ゆるしきこえたまひて、さべきさまにもてなさせたまへば、わが御こころざしも思ひきこえたまふうちに、宮の御心用《こころもち》ゐも憚《はばか》り思されて、おろかならず思されつつありわたりたまふ。

土御門《つちみかど》の姫君は、ただならましよりはと思せど、おほかたの御心ざまいと心のどかに、おほどかに、もの若うて、わざと何《なに》かとも思されずなん。

巻第三「さまざまのよろこび」

六　道隆《みちたか》の政治

兼家《かねいえ》の長男道隆が内大臣となった。正暦《しょうりゃく》元年（九九〇）一条《いちじょう》天皇が元服し、道隆が高《たか》階貴子《しなのきし》との間にもうけた定子《ていし》が入内《じゅだい》した。

正暦元年二月には、内大臣殿（道隆）の大姫君《おおひめぎみ》（定子）が入内なさるが、その有様はたいそうな盛儀であられた。一家の風儀は、北の方（貴子）が宮仕えに慣れていらっしゃるので、ひどく引っ込みがちなのはまったく感心しないというお考えがあって、いかにも当世風にはなやいでうちとけた御有様である。姫君は十六歳ぐらいでいらっしゃる。入内してすぐさま、その夜のうちに女御《にょうご》におなりになった。今は小《こ》姫君《ひめぎみ》（定子妹原子《げんし》）のいとけない御有様をじれったく思わずにはいらっしゃれない。

このようなことにつけても、大納言殿（道隆弟道兼《みちかね》）はまことに羨《うらや》ましく、ご自分に姫君がおありでないことを残念にお思いであるにちがいない。大納言殿は、粟田《あわた》という所（京都市左京区）にたいそうみごとな邸宅をえもいわれぬ風情に造営して、そこにお通いになって、御襖《ふすま》の絵には国々の名所の絵をお描かせになり、しかるべき歌人たちに和歌を詠進おさせになる。世に伝わる絵物語は、これを書き写してお集めになる。女房を大勢お集めになって、ひたすら将来に向けてのことばかりあらかじめ用意しておられるが、それも人々はおかしく思い申している。

——二月には内大臣殿の大姫君内《おほひめぎみうち》へ参らせたまふ有様《ありさま》、いみじうののしらせたまへり。殿《との》の有様、北の方など宮仕《みやづかへ》にならひたまへれば、いたう奥深《おくぶか》なることをばいとわろきものに思《おぼ》して、今めかしう気近《けぢか》き御有様なり。姫君十六ばかりにおはします。やがてその夜《よ》の内に女御《にようご》にならせたまひぬ。今は小姫君《こひめぎみ》のいはけなき御有様を心もとなう思さる。

かやうのことにつけても、大納言殿はいとうらやましう、女君《をむなぎみ》のおはせぬことを思さるべし。粟田《あはた》といふ所にいみじうをかしき殿をえもいはず仕立てて、そこに通はせたまひて、御障子《さうじ》の絵には名ある所々をかかせたまひて、さべき人々に歌詠《よ》ませたまふ。世の中の絵物語《ゑものがたり》は書き集めさせたまひ、女房、数も知らず集めさせたまひて、ただあらましごとをのみいそぎ思したるも、をかしく見たてまつる。（略）

兼家《かねいえ》が病に倒れ、正暦《しょうりゃく》元年（九九〇）五月に出家、道隆《みちたか》が摂政の宣旨《せんじ》を受けた。

摂政殿（道隆）の御有様は、ことのほかその張合いがあって栄えばえしい。北の方（貴子《きし》）のご兄弟は明順《あきのぶ》、道順《みちのぶ》、信順《さねのぶ》などといって、およそ大勢である。宣旨を伝える役には北の方の御妹の摂津守為基《せっつのかみためもと》の妻が任ぜられた。北の方の御親（高階成忠《たかしなのなりただ》）もまだ健在である。大殿《おおとの》（兼家）のご病気がこうして重態でいらっしゃるのを、誰《だれ》もみな同じ気持で平癒を祈願申しあげておられる。

摂政殿は、帝《みかど》のご内意を頂戴《ちょうだい》して、まずこの女御《にょうご》（定子《ていし》）を后《きさき》にお立て申すべくあれこれ用意しておられる。ご自分が第一位の人になられたのだから、万事今は思いどおりでいらっしゃるのに、これら一族の人々に促されて、六月一日に女御は后にお立ちあそばした。世間では、大殿がこうして重態であられる折になぜお立ちあそばすのかと取沙汰《とりざた》申すようである（史実は兼家薨去《こうきょ》後で、この批判は当たらない）。中宮大夫《ちゅうぐうのだいぶ》には右衛門督殿《えもんのかみどの》（道長）を任命申されたが、当の右衛門督殿は「これはどういうことぞ、なんとおもしろからぬ」とお思いになって、まるきり中宮のおそばに寄りつき申すこともなされぬそのご気性もなんと勇ましくいらっしゃることか。

摂政殿の御有様《ありさま》いみじうかひありてめでたし。北の方の御はらからの明順《あきのぶ》、道順《みちのぶ》、信順《さねのぶ》などいひて、おほかたいとあまたあり。宣旨《せんじ》には、北の方の御はらからの摂津守為基《せつつのかみためもと》が妻《め》なりぬ。北の方の御親もまだあり。大殿《おほとの》の

御悩みのかくいみじきを、誰《たれ》も同じ心に思ひ念じきこえたまふ。
摂政殿、御気色《けしき》たまはりて、まづこの女御《にようご》、后に据《す》ゑたてまつらんの騒ぎをせさせたまふ。われ一の人にならせたまひぬれば、よろづ今は御心なるを、この人々のそそのかしにより、六月一日后《きさき》に立たせたまひぬ。世の人、いとかかるをりを過ぐさせたまはぬをぞ申すめる。中宮大夫《ちゆうぐうのだいぶ》には、右衛門督殿《ゑもんのかみどの》をなしきこえさせたまへれど、こはなぞ、あなすさまじと思《おぼ》いて、参りにだに参りつきたまはぬほどの御心ざまもたけしかし。（略）

七月に兼家《かねいえ》が薨去《こうきよ》、在世中にその邸《やしき》二条院を寺とした法興院《ほこいん》で盛大な法要が催された。

いつしか年月も暮れていって、正暦《しようりやく》二年（九九一）になったのだった。しかし今年は、宮の御前《おまえ》（兼家息女詮子《せんし》）もご兄弟の殿方も、御服喪中とて、行幸もおこなわれない。摂政殿（道隆《みちたか》）の御政《まつりごと》は、目下のところこれといった非難をお受けになることもなく、総じてそのご気性もまことに高貴でいらっしゃりごりっぱであるが、北の方（貴子《きし》）の御父君（高階成忠《たかしなのなりただ》）を二位におつけなさったので、高二位《こうにい》と世間では称しているが、年寄りであるものの底知れない学才ある人で、人柄がじっさい普通並でなく無気味で恐ろしい人物と思われていた。北の方の同腹の兄弟（信順《さねのぶ》・明順《あきのぶ》・道順《みちのぶ》）は、しかるべき国々の守《かみ》などにやたらと任命なさった。こうした人たちがことのほか時流に投じて進退を決めお仕えしていることを、世人は穏やかならぬことよと、さして尊いわけでもないご縁辺を、合点ゆかぬものとして取沙汰《とりざた》申しあげた。

はかなう年月も暮れもていきて、正暦二年になりにけり。されど今年は、宮の御前《おまへ》も、さべき殿《との》ばらも、御服《ぶく》にて、行幸《ぎやうがう》もなし。

摂政殿の御政《まつりごと》、ただ今はことなる御そしられもなく、おほかたの御心ざまなども、いとあてによくぞおはしますに、北の方の御父主《ちちぬし》、二位《にゐ》になさせたまへれば、高二位《かうにゐ》とぞ世には言ふめる、年老《とし》いたる人の、才《ざえ》かぎりなきが、心ざまいとなべてならずむくつけく、かしこき人に思はれたり。北の方の一つ腹《はら》のは、さべき国々の守《かみ》どもにただなしになさせたまへり。この人々のいたう世にあひて掟《おき》て仕《つか》うまつることをぞ、人やすからずもと、やむごとなからぬ御仲らひを、心ゆかず申し思へり。

第二部　中関白家《なかのかんぱくけ》の没落

巻第四「みはてぬゆめ」

一　関白道隆薨去《みちたかこうきょ》

皇太后詮子《せんし》が出家し、女院《にょういん》となった（女院の初例）。正暦《しょうりゃく》四年（九九四）、道隆が摂政を辞し関白に、翌年伊周《これちか》が内大臣となった。長徳《ちょうとく》元年（九九五）、かねてより糖尿病を患っていた道隆の具合が悪化し、伊周が内覧《ないらん》の宣旨《せんじ》を受ける。四月十日、道隆は薨去した。

内大臣殿（伊周）の執政は、関白殿（道隆）の御病気の間との宣旨《せんじ》があって、そのまお亡くなりになったので、内大臣殿はどういうことになるのだろうかと、世間の人は、人の世の無常よりもこの件を大きな関心事としてざわざわ取沙汰《とりざた》している。内大臣殿は、ただ自分だけが何から何までで政《まつりごと》を行っているおつもりであるけれど、世間一般では頼りないこととしてそれには首をかしげる人々が多かった。大殿《おおとの》（道隆）の御葬送は、賀茂祭《かもまつり》（この年は四月二十一日挙行）を過ごしてから執りおこなわれるであろう。その時期も、賀茂祭、吉田祭《よしだまつり》と神事が重なり、たいそう折も悪くいかにもお気の毒である。

こうした御喪中であるけれども、内大臣殿はなすべきことを遺漏なく指図なさって、人々の着衣や袴《はかま》の丈を長くしたり縮めたりお取り決めになる。目下のところこんなことはなさらずに、目をつぶって、とにかく御喪中をお過しになったらよいのにと、非難がましく口にしたり、そう思い申す人々もいるにちがいない。北の方（高階貴子《たかしなのきし》）の御兄弟のあれこれの国守たちは、どうなっていくのだろうかと、うろたえている。二位《にい》の新発意《しぼち》（貴子父成忠《なりただ》）は、この御喪に籠《こも》ろうとせずに、しかるべき僧たちに命じて、あれこれの御祈禱《きとう》をおこなわせて、手を額にあてて夜となく昼となくお祈り申している。

内大臣殿の御政《まつりごと》は、殿《との》の御病《やまひ》の間とこそ宣旨《せんじ》あるに、やがてうせたまひぬれば、この殿いかなることにかと、世の人、世のはかなさよりもこれを大事にさざめき騒ぐ。内大臣殿は、ただわれのみよろづにまつりごち思《おぼ》いたれど、おほかたの世に、はかなううち傾《かたぶ》きいふ人々多かり。大殿《おほとの》の御

葬送《さうそう》、賀茂祭《かものまつり》過ぐしてあるべし。そのほどもいとをりあしういとほしげなり。

かかる御思ひなれども、あべき事どももみな思《おぼ》し掟《おき》て、人の衣袴《きぬはかま》の丈《たけ》、伸《の》べ縮《しじ》め制《せい》せさせたまふ。ただ今はいとかからで、知らず顔《がほ》にても、まづ御忌《いみ》のほどは過ぐさせたまへかしと、もどかしう聞え思ふ人々あるべし。北の方の御兄《せうと》の何《なに》くれの守《かみ》ども、いかなるべきことにかと思ひあはてたり。二位《にゐ》の新発意《しぼち》、この御忌にも籠《こも》らで、さべき僧どもしてさまざまの御祈りども行はせて、手を額《ひたひ》にあてて夜昼《よるひる》祈りまうす。

巻第四「みはてぬゆめ」

二 道兼《みちかね》、関白となる

自らの立場を危ぶむあまり、伊周《これちか》は二位《にい》（伊周の外祖父高階成忠《たかしなのなりただ》）に祈禱《きとう》をさせる。関白の最有力候補の道兼（道隆《みちたか》弟）は悪い夢見が続いたため、藤原相如《すけゆき》の邸《やしき》に方違《かたたが》えした。

こうしていらっしゃるうちに、五月二日、粟田殿《あわたどの》（道兼）のもとに関白の宣旨《せんじ》を持参した。折も折、この家においてこれをお受けになったことを、家主の相如もこの世の慶事と喜び、人々もたいそうめでたいことと口にもし心にも思っていた。世の中の馬や車が押し寄せる有様は、もうほかにはどこにも馬や車は残っていまいぞと思われた。

内大臣殿（伊周）では、すべてあきらめたような体《てい》たらくで、嘆かわしく人の物笑いの種といった有様であるのを、邸内あげて悲嘆のほかなく、片膝《かたひざ》を抱えこんで、「なんとまあ、取り返しのつかぬことよ。こんなことなら、ただ元の内大臣でいたほうがどんなによかったか。なんのことか、しばしの摂政（史実は内覧《ないらん》）など。ああ失策ぞ。なまじ関白になったのが物笑いの種とは、どんな子供だってよくご存じだろうに」と言ったりするのももっともで、なんとも情けない話ではある。

こうしているうちに、関白殿（道兼）は御気分がやはりすぐれなかったので、風病《ふうびょう》（神経系の疾患）かもしれぬとお思いになり、朴《ほお》の皮などを煎《せん》じてさしあげたが、いっこうによくおなりにならず、起き臥《ふ》しもつらそうにしていらっしゃる。実のところ世間の人も、「こうして粟田殿が関白になられて、これがそうあるべきことぞ。どうして乳くさい輩《やから》に政《まつりごと》をお執らせになることがあろう」と取沙汰《とりざた》申している。大将殿（道長）も、こうした今になって、はじめてご満足ゆく有様とお思いになるのだった。内大臣殿が喪中もじっとしておられず、世の政を派手に行われ、人の袴《はかま》の丈、狩衣《かりぎぬ》の裾《すそ》まで長くしてみたり縮めてみたりなさったのをおもしろからず思っていた人々は、「執政の地位からすべり落ちるのが早かったのも服制の伸び縮みがあまり忙《せわ》しなかったせいだ」と噂《うわさ》していた。

五月四、五日になると、関白殿のご気分がほんとうに苦しくおなりであるけれど、熱をお出しになったので、もうどうこうなさることもおできにならず、御読経《どきょう》・御誦経《ずきょう》などただ今のところおこなわれるべきではなく、関白になられた早々なのでまがまがしくお思いになって、強いて無関心のように装っておられるが、起き臥《ふ》しにつけても、わが御身一つがいかにもお苦しそうである。お邸《やしき》内では、侍所《さぶらいどころ》にも夜昼間断なく、ありとあらゆる四位、五位の者や殿方にいたるまで詰めておられる。御随身所《みずいじんどころ》、小舎人所《こどねりどころ》では酒を飲みながら大声をあげ歌い騒いでいる。ご主君のご気分がこんなに苦しくいらっしゃろうとは思いもよらない。左大将殿（道長）が毎日お見舞にいらっしゃっては、処置すべき諸事をご報告しお取り決めになる。やはりまことに嘆かわしいご容態を合点ゆかぬこととお見あげ申されるけれども、まさか不吉なことになろうとは誰《だれ》一人として思ってはおられない。

かくておはしますほどに、五月二日関白の宣旨《せんじ》もて参りたり。をりしもここにてかうおはしますを、家主《いへあるじ》も世のめでたきことに思ひ、人々もいみじう申し思へり。世の中の馬車《むまくるま》、ほかにはあらじかしと見えたり。

内大臣殿には、よろづうちさましたるやうにて、あさましう人笑はれなる御有様《ありさま》を一殿《ひととの》の内思《うち》ひ嘆き、掻膝《かいひざ》とかいふさまにて、「あないみじの業《わざ》や。ただもとの内大臣にておはせまし、いかにめでたからまし。何《なに》のしばしの摂政。あな手《て》づつ。関白の人笑はれなることを、いづれの児《ちご》かは思《おぼ》し知らざらん」と、ことわりにいみじうなん。

かかるほどに、関白殿、御心地《ここち》なほあしう思《おぼ》さるれば、御風《かぜ》にやなど思して、朴《ほほ》などまゐらすれど、さらにおこたらせたまはず、起き臥《ふ》しやすからず思されたり。さるは、世の人も「かくてこれぞあべいこと。いかでか児《ちご》に政《まつりごと》をせさせたまふやうはあらん」と申し思へり。大将殿も今ぞ御心ゆくさまに思されける。内大臣殿はただにも御忌《いみ》のほどは過ぐさせたまはで、世の政のめでたきことを行はせたまひ、人の袴《はかま》の丈《たけ》、狩衣《かりぎぬ》の裾《すそ》まで伸《の》べ縮《しじ》めたまひけるを、やすからず思ひけるものどもは、「伸べ縮めのいと疾《と》かりし故《け》ぞや」とぞ聞えける。

　五月四五日《よかいつか》になれば、関白殿の御心地まめやかに苦しう思さるれど、ぬるませたまひたれば、えともかうもせさせたまはず、御読経《どきやう》、御誦経《ずきやう》などただ今あるべきならず、事のはじめなればいまいましう思されて、せめてつれなうもてなさせたまひて、起き臥《ふ》しわが御身ひとつ苦しげなり。殿《との》の内には、侍《さぶらひ》にも夜昼《よるひる》もつゆの隙《ひま》なく、世界《せかい》の四位、五位、殿ばらまでおはしましこみさぶらふ。御随身所《みずいじんどころ》、小舎人所《こどねりどころ》は酒を飲みののしりてうちあげののしる。わが君の御心地や、かう苦しうおはすらんとも思ひたらず。左大将殿日々《ひび》におはしましつつ、あるべき事どもを申し掟《おき》てさせたまふ。なほいとあさましき御心地のさまを心得ず見たてまつらせたまへど、まがまがしき筋《すぢ》には誰《たれ》も思しかけず。（略）

　五月八日の早朝聞くところでは、六条の左大臣（源重信《しげのぶ》）、桃園《ももぞの》の源中納言《げんちゅうなごん》（源保光《やすみつ》）清胤僧都《せいいんそうず》といった人々が亡くなったと騒いでいるので、「まあ静かに。こうした話は忌みはばからねばならぬ。殿（道兼《みちかね》）にお聞かせ申してはなりませぬぞ」と、誰《だれ》も分別深そうに言い、そう思いもしたのだが、その同じ八日の未《ひつじ》の時ばかり（午後二時頃《ごろ》）に殿は息をお引きとりになった。なんと忌まわしいことか、お邸《やしき》内の有様は推察してほしい。左大将殿（道長）は悪い夢なのだと強いてお思い申されて、御顔に単衣《ひとえ》の袖《そで》を押し当てて退出なさるが、その時のお気持は、なおいっそうこれは夢なのだと思わずにはいらっしゃれない。心底からお慕い申しあげていらっしゃった御間柄であるから、病の穢《けが》れを不吉ともお思いにならずお世話申しあげられる有様はしみじみとせつないことである。

同じご兄弟と申すこともならぬくらいに、前関白殿（道隆《みちたか》）が亡くなられた折はご弔問さえもなさらなかったのに、今度は心を傾けて頼もしくお世話申しあげられたのだが、そのかいもなく殿のお亡くなりになったことを、殿方としてはかえすがえすお嘆きになる。しかしそうはいっても、殿に長年お仕えしていた人々はともかく、近ごろお仕えするようになった人々は、そのまま立ち去ってしまうのだった。関白の宣旨《せんじ》をお受けあそばして、今日で七日になられたのであった。以前の殿方で、そのまま執政にまではおなりにならずじまいの方々はあるけれど、このようなはかない夢はどなたも見たことがなかった。なんとも情けない話ではあった。

五月八日のつとめて聞けば、六条《ろくでう》の左大臣、桃園《ももぞの》の源中納言《げんちゆうなごん》、清胤僧都《せいいんそうづ》といふ人などうせぬとののしれば、「あなかま。かかることは忌《い》むわざなり。殿《との》にな聞かせたてまつりそ」と、誰《たれ》もさかしう言ひ思ひつれども、同じ日の未《ひつじ》の時ばかりにあさましうならせたまひぬ。あなまがまがし、殿の内《うち》の有様《ありさま》思ひやるべし。左大将殿は夢に見なしたてまつらせたまひて、御顔に単《ひとへ》の御袖《そで》を押しあてて歩み出《い》でさせたまふほどの心地《ここち》、さらに夢とのみ思《おぼ》さる。あはれに思ほしきこえさせたまへりける御仲なれば、ゆゆしとも思さずあつかひきこえたまへる、悲し。

同じ御はらからと聞ゆべきにもあらず、関白殿うせたまへりしに、御とぶらひだになかりしに、あはれに頼もしうあつかひきこえたまひつるかひなきことを、かへすがへす殿方《とのがた》には思し嘆く。さいへど殿の年《とし》ごろの人々こそあれ、このごろ参りよりつる人々は、やがて出でていき果てにけり。関白の宣旨《せんじ》かぶらせたまひて、今日七日《なぬか》にぞならせたまひける。さきざきの殿ばら、やがて世を知らせたまはぬたぐひはあれど、かかる夢はまだ見ずこそありつれ。心憂《こころう》きものになんありける。

三 道長、内覧《ないらん》となる

この粟田殿《あわたどの》（道兼《みちかね》）のご逝去の後になって、五月十一日には「左大将（道長）が天下及び百官施行《ひやっかんせぎょう》せよ」という宣旨《せんじ》が下って、今では関白殿（史実は内覧。道長は関白になったことはない）と申しあげて、ほかに肩を並べる人もない御有様である。女院《にょういん》（詮《せん》子《し》）も昔から左大将には格別にお心寄せ申していらっしゃったことであるから、年来の願いどおりとおぼしめされた。

例の内大臣殿（伊周《これちか》）は、関白になって七日目に亡くなった粟田殿の御有様にならって、今度もどうにかなるのでは（道長も急逝するのでは）と思っておられるとは愚かしいことであった。いくらなんでもこのままでは終るまいと、行く先をあてにして、二位《にい》（高階成忠《たかしなのなりただ》）の御祈禱《きとう》は油断のない有様である。しかし、世の中はそのまま推し移っていった。内大臣殿はご自身のお立場をひどく悲観しておられたので、御叔父たちや二位などが、「何をくよくよしておられる。今はひたすら御命を大切にお思いなされ。ただ七日か八日で終ってしまわれる人がほかになくはあるまいに。長生きさえしておられるなら、何ぞよいことが必ずおありになりましょう。いやもう、なんと愚かしいこと。この老法師のいのちある限りはおあきらめなさるな」と、いかにも頼もしそうに申しあげるので、いかになんでもそのうちにはと内大臣もお思いになるのであろう。

左大将殿は、六月十九日に右大臣におなりになった。

この粟田殿《あはたどの》の御事の後《のち》より、五月十一日にぞ、「左大将天下《てんが》及び百官施行《ひやくくわんせぎやう》」といふ宣旨《せんじ》下《くだ》りて、今は関白殿と聞えさせて、また並ぶ人なき御有様《ありさま》なり。女院《にようゐん》も昔より御心ざしとりわききこえさせたまへりしことなれば、年《とし》ごろの本意《ほい》なりと思《おぼ》しめしたり。

この内大臣殿は、粟田殿の御有様にならひて、このたびもいかがと思すぞ、痴《をこ》なりける。さりともと頼もしうて、二位《にゐ》の御祈りたゆまぬさまなり。世の中さながら推し移りにたり。内大臣殿世《よ》の中《なか》をいみじう思し嘆きければ、御叔父《をぢ》どもや二位など、「何《なに》か思す。今はただ御命《いのち》を思せ。ただ七八日《なぬかやうか》にてやみたまふ人はなくやは。命だに保たせたまはば、何ごとをか御覧《ごらむ》ぜざらん。いであな痴《をこ》や。老法師《おいほふし》世にはべらんかぎりは」と、頼もしげに聞ゆれば、さりともと思すべし。

大将殿は、六月十九日に右大臣にならせたまひぬ。

巻第四「みはてぬゆめ」

四 伊周《これちか》・隆家《たかいえ》、花山院《かさん》に矢を射る

伊周は為光《ためみつ》三女のもとに通っていたが、同じ邸《やしき》に為光四女も一緒に住んでおり、四女のもとには花山院が通っていたことから、天下を揺るがす大事件が起こる。

こうしているうちに、花山院がこの四の君の御もとに御懸想文《けそうぶみ》をおさしあげになり、ご意中をほのめかしあそばしたのだったが、先方では法体《ほったい》のお方とはとて聞き入れようとはなさらなかったので、たびたび院みずからお訪ねになられてははなやかにお世話していらっしゃったのを、内大臣殿（伊周）は、「まさか院のお相手は四の君ではあるまい。わたしの通っている三の君のことなのだろう」と当て推量なさって、兄弟の中納言（隆家）に、「この件はどうも穏やかならぬものと思われてならぬ。どうしたものか」と申されると、中納言は、「いや、何もかもこのわたしにお任せなされ。いとも簡単なことです」と言って、しかるべき部下を二、三人お連れになって、あの花山院が鷹司殿《たかつかさどの》

（為光三女の邸）から月のまことに明るいなかを御馬を召してお帰りあそばしたのだったが、そこをおどし申そうとのおつもりであるから、弓矢というもので何やらなさったので、そこで院のお召物の袖《そで》を矢が貫いたというわけであった。

あれほどたいそう勇ましくいらっしゃる院ではあっても、それには限りがおありであるから、どうして恐ろしくお思いにならぬことがあろう、まったくなすすべもなく情けなくうちひしがれたお気持で御所にお帰りになったが、もう何をお考えになる力も失せていらっしゃるのだった。

この事件を、朝廷にも、また殿（道長）にも、十分にお訴えになることもできたのであるが、事の次第がもともとかんばしからぬことから起きたのだから、院は恥ずかしくお思いになって、このことは世間に知られまい、後《のち》の世まで恥を残すことになるとひた隠しにしておられたのだったが、殿においても帝《みかど》（一条天皇）におかれてもお聞きつけあそばして、当座の世間の話題はこの事件で持ち切りなのであった。「太上天皇《だいじょうてんのう》というのは世にあがめられる立派なお方でいらっしゃるが、しかしこの院のお心構えはまるで軽はずみでいらっしゃるから、こんなことにもなったのだ。そうはいっても、まったくもっておそれ多く恐ろしいことなのだから、この事件はこのまま不問に付されはすまい」と、世間では取沙汰《とりざた》している。

また大元帥法《だいげんのほう》（聖体護持、国家鎮護のために行う修法《しゆほう》）ということは、もっぱら朝廷でだけ古来おこなわれてきた秘法であったし、臣下の者はどんな大事の場合でも執り行われることはありえなかったのだが、それをこの内大臣殿は年来ひそかに行っていらっしゃるということが最近噂《うわさ》にのぼって、これが不届きな行為のなかに数えられていたということである。また、女院《にようゐん》（詮子《せんし》）が御病気になられ、時々重くおなりなのはどうしたことなのかとおぼしめしたり、御物《もの》の怪《け》のしわざなどといったことも起ったので、この内大臣殿を、やはりお心組みがこう無分別では何をしでかされるかわからないと不審を抱き、どうお扱い申すべきか苦慮している人々が大勢いるのであろう。

かかるほどに、花山院《くわさんのゐん》この四の君の御もとに御文《ふみ》など奉りたまひ、気色《けしき》だたせたまひけれど、けしからぬこととて聞き入れたまはざりければ、たびたび御みづからおはしましつつ、今めかしうもてなさせたまひけることを、内大臣殿は、よも四の君にはあらじ、この三の君のことならんと推しはかり思《おぼ》いて、わが御はらからの中納言に、「このことこそ安からずおぼ

ゆれ。いかがすべき」と聞えたまへば、「いで、ただ己《おのれ》にあづけたまへれ。いとやすきこと」とて、さるべき人《ひと》二三人具《ぐ》したまひて、この院の、鷹司《たかつかさ》殿《どの》より月いと明《あか》きに御馬《むま》にて帰らせたまひけるを、威《おど》しきこえんと思し掟《おき》てけるものは、弓矢《ゆみや》といふものしてとかくしたまひければ、御衣《ぞ》の袖《そで》より矢は通りにけり。

ささそいみじう雄々《をを》しうおはします院《ゐん》なれど、事かぎりおはしませば、いかでかは恐ろしと思《おぼ》さざらん、いとわりなういみじと思しめして、院に帰らせたまひて、ものもおぼえさせたまはでぞおはしましける。

これを公《おほやけ》にも殿《との》にも、いとよう申《ま》させたまひつべけれど、事《こと》ざまのもとよりよからぬ事の起りなれば、恥づかしう思されて、この事散《ち》らさじ、後代の恥なりと忍ばせたまひけれど、殿にも公にも聞しめして、おほかたこのごろの人の口に入《い》りたることはこれになんありける。「太上天皇《だいじやうてんわう》は世にめでたきものにおはしませど、この院の御心掟《こころおきて》の重《おも》りかならずおはしませばこそあれ。さはありながら、いといとかたじけなく恐ろしきことなれば、この事かく音《おと》なくてはよもやまじ」と、世人《よひと》いひ思ひたり。

また大元法《だいげんのほふ》といふことは、ただ公のみぞ昔よりおこなはせたまひける、ただ人はいみじき事あれどおこなひたまはぬことなりけり。それをこの内大臣殿忍《しの》びてこの年《とし》ごろおこなはせたまふということこのごろ聞えて、これよからぬことのうちに入りたなり。また、女院《にようゐん》の御悩み、をりをりいかなることにかと思しめし、御物《もの》の怪《け》などいふ事どももあれば、この内大臣殿を、なほ御心掟《こころおきて》心幼くてはいかがはあべからんと、傾《かたぶ》き、もて悩みきこゆる人々多かるべし。

巻第五「浦々の別」

五 伊周《これちか》・隆家《たかいえ》の配流

長徳《ちようとく》二年（九九六）となった。花山院《かさんのいん》不敬事件の処分が下されると世間は噂《うわさ》していた。

こうして賀茂祭《かもまつり》も終ったので、世間で騒ぎたてていた朝廷の処断が必ず行われるにちがいないと、すでに取り決めたことのように人々があげつらうので、内大臣殿（伊周）も中納言殿（隆家）も恐ろしく面倒なことになったとお嘆きになる。お邸《やしき》（二条邸）では御門を閉ざして、ずっと謹慎しておられる。中宮（定子《ていし》）もご懐妊中の御身であるから、およそ悩ましく苦しいご気分なので、臥《ふ》せりがちの日々をお過しになる。こうした噂《うわさ》がおのずからお耳に入るので、「ああ、なんと嘆かわしいことか、そのような悪夢を見ることになったら、自分はどうしたらよいのか。なんぞしてすぐ今日明日にでも命を断つすべはないか」とお嘆きになるけれど、どうすることがおできになるだろうか。当の殿方は、「それにしてもこれからどういうことになるのだろう、いくら罪に問われるからといって、今すぐ身を隠すとか出家するとかするにしても、真実恐ろしい処分をまぬがれるはずのものでもなく、ただ神や仏だけがなんとかお助けくださるにちがいない」と、数珠を手から離さず、食事もまるでなさらず、ため息をつき胸を騒がせる日々である。

かくて、祭《まつり》果てぬれば、世の中に言ひざざめきつる事どものあるべきさまに、人々言ひ定めて、恐ろしうむつかしう内大臣殿も中納言殿も思《おぼ》し嘆く。殿《との》には、御門《かど》をさして、御物忌《ものいみ》しきりなり。宮の御前《おまへ》もただにもおはしまさねば、おほかた御心地《ここち》さへ悩ましく苦しう思さるれば、臥《ふ》しがちにて過ぐさせたまふ。かかる事どもおのづから漏り聞ゆれば、あなあさましや、さやうの夢をも見ば、われいかにせむ、いかでただ今日明日《けふあす》身を失ふ

わざもがなと、思し嘆けど、いかがはせさせたまはん。この殿ばら、さてもいかなるべきにかあらむ、さりとて、ただ今《いま》身を投げ、出家入道せむも、いとまことにおどろおどろしからむことは逃《のが》るべきにもあらず、ただ仏神《ほとけかみ》ぞともかくもせさせたまふべきと、数珠《ずず》を離《はな》たず、つゆ物もきこしめさで、嘆き明かし思ひ暮したまふ。（略）

世間の人々がどう見たり思ったりするか、そのことも恥ずかしくてたまらないと思っていらっしゃるうちに、天下の検非違使《けびいし》のすべてがこの邸《やしき》の四方をとり囲んだ。どれもこれも言いようもなく恐ろしそうな下っ端連中が立ちひしめいている様子に、大路小路の四、五町くらいにわたっては人の行き来《ゆき》もならぬ有様である。じつに薄気味わるい邸内の様子はいうにいわれずざわめいているけれど、寝殿の内にいらっしゃる一族の人々は大勢ながらひっそりとして人っ子一人いない感じで悲哀がただよっているが、こうした身分の低い連中が邸内をとり囲んで、ここかしことのぞいては騒がしく声を立てている様子がなんともいえずまがまがしい感じであるにつけ、それを物のすきまから見いだして、誰《だれ》もみな恐ろしさに胸がつまり、まったく堪えがたい心地である。

内大臣殿（伊周《これちか》）は、「もうとても逃れる道はなさそうだ。なんとかこの邸をぬけ出して木幡《こはた》（京都府宇治市にあった藤原氏歴代の墓所）に詣《もう》で、近国《きんごく》になるか遠国《おんごく》になるか、どこへなりと遣わされる所へ行くことにしよう」と、そうおっしゃるにつけても、この検非違使どもがひしめいているので、これでは尋常ならぬ鳥や獣でない限りとても脱出なされようもない。「夜中なりとも、亡き父殿（道隆《みちたか》）の御霊《みたま》にいま一度お参りして、最後のお別れにお目通りいたしたい」と言い続け仰せになるままに、いうにいわれず大きくて水晶の玉ほどの御涙がとめどなくこぼれる様子は、これをお見あげ申す者としてはどうして心穏やかでいられよう。母北の方（高階貴子《たかしなのきし》）、中宮（定子《ていし》）、御おじの人々（高階信順《さねのぶ》・明順《あきのぶ》・道順《みちのぶ》）は、ありきたりの涙ならぬ血の御涙があふれてくるが、この無気味な下っ端連中が邸内に乱入しているので、検非違使どもがきつく制止するけれど、ろくなことで阻止されるような様子もない。

こうしているうちに、この乱暴な連中の群がる中を掻《か》きわけて、さすがにきちんと装束を着けた者が寝殿の正面にまっすぐに参上して、これはどうしたことかと思っているうちに、宣命《せんみょう》というものを読みあげるのであった。聞けば、「太上天皇《だいじょう》（花山院）を殺し奉ろうとした罪が一つ、帝《みかど》の御母后《ははきさき》（詮子《せんし》）を呪《のろ》い奉った罪が一つ、朝廷以外の人がいまだおこなうことのあってはならぬ大元帥法《だいげんのほう》を私事として密々裡《みつみつり》に行われた罪が一つ、以上によって内大臣を大宰権帥《だざいのごんのそち》（大宰府の長官）として配流する。また中納言（隆家）をば出雲権守《いずものごんのかみ》として配流する」ということを大声で読みあげるので、邸内の人々が上の者も下の者も大声をあげて泣き出す時の有様に、この宣命を読む使者もあわてまごつく体《てい》たらくであった。検非違使どもも涙を拭《ぬぐ》い拭い、悲しさ胸に迫って、これは尋常ならざることと思っている。この邸《やしき》の近辺の人々は誰もみな、様子を聞き知り、門は閉ざしているけれど、もれ聞えるこの泣き声に誘われて、やはり涙をとめることができない。

こうして、「いまは邸を出ていただきたい。日も暮れます」と大声でうながし申すけれど、内からは誰もとかくの応答をする人がいない。帝（一条天皇《いちじょう》）の御もとへも、このように応答する人もいない由を奏上させると、「どうしてなのか。そのままで許されることではない。どこまでも督促せよ」とばかり何度も宣旨《せんじ》が下るが、こうしているうちにこの日も暮れてしまったので、内大臣殿は「今夜こそ、この私をお連れ出しください」と、父殿（道隆）の御霊に祈念なさった効《かい》あってか、大勢の人々があれほどにも大声で騒ぎ立てていたが、夜中ごろにはすっかり寝入ってしまったので、御おじの明順だけいっしょに、供人二、三人くらいでこっそりお抜け出しになる。お心の内に多くの大願をお立てになった、その験《しるし》であろうか、無事に脱出なさった。

それから木幡の墓門に参上なさったところ、月は明るいけれど、このあたりはたいそう木が繁《しげ》って暗いので、たしかこの辺りであったなと見当をつけていらっしゃって、墓所の山近くで馬から下りられて、暗くうち沈んだお気持で繁みを分け入って行かれるが、木の間からもり照る月影をたよりにして、卒塔婆《そとば》や釘貫《くぎぬき》（簡単な柵《さく》）のたくさん立つなかに、「これは去年のいまごろ立てたものぞ、だから多少新しく見えるけれど、その当時は人々がたくさん亡くなられたのだから、父殿のお墓はどれだろうか」と尋ねあてて、墓前に詣《まい》られた。その墓前ではあれこれと訴え続けて、身を投げ出してお泣きになる様子に驚いて、山中の鳥も獣も声を合せて鳴き騒いでいる。

「もののあわれも」など、胸にしみて悲しく堪えがたいお気持なので、「ご在世の折、この私を誰よりもとりわけ立派に出世するようにとお考え置きくださいましたのに、この身の宿運がつたないものでしたから、今はこのように都から遠く知らぬ世界に配流されて、ふたたびこうして亡き御影にもお目にかからせていただくすべもございますまい。自身としては過失があるとは存ぜられませぬが、前世の因縁でこのようにあまりにも嘆かわしい目にあいましたので、なんとかこのまま邸にも帰らず、今夜のうちに命を断つことにしたいものです。亡き御影に対しても御名誉を損じ後《のち》の世に汚名を流すことになりまして、まことに悲しゅうございます。どうかこの身をご加護くださいまし。中納言（隆家）も、同じく罪を問われて配流されることになりましたが、同じ方角でさえなく別々の所に離れ離れになりますのが悲しいことです。また、まがまがしいこの身はそれとして、宮《みや》の御前《おまえ》（定子）が、この幾月か身重《みおも》の御身でいらっしゃるのに、こうした一大事におあいなされたために、まるで御薬湯さえも召しあがられず、涙に沈んでいらっしゃるのを、たいそう忌まわしくおそれ多いことと拝するのです。宮（定子）の御座所の陣屋《じんや》の前は、せめて笠《かさ》を脱ぐなりして通ってまいるものですが、ああした言語道断の者どもが御座所のめぐりにひしめいて、御簾《みす》までも引きのけなどして、あまりにも非道なおそれ多く悲しい御有様でいらっしゃいますが、もし運よくご無事で切りぬけてくださいますとしても、御産の折にはどうなされるのでございましょう。頼りにならぬ自分でもせめてお世話できればよいのですが、将来どうなるやもわからぬ身となってしまいましたので、やはり父殿の御霊が宮の御身からお離れにならず、どうか安産なさるようにとご守護申しあげあそばし、また申すもおそれ多い帝のお心にも、また女院《にょういん》（詮子）

の御夢の中などにもお姿を現されて、今度の事件ではこの私に咎《とが》のないことのように思わせ申しあげてくださいまし」などと、泣く泣くお訴えになるままに、涙に溺《おぼ》れていらっしゃる。あたりに誰も聞く人さえいない所であるから、明順は声も惜しまず泣いた。

よろづの人の見思ふらむことも恥づかしういみじう思《おぼ》さるるほどに、世の中にある検非違使《けびゐし》のかぎり、この殿《との》の四方《しはう》にうち囲みたり。おのおのえもいはぬやうなる者立《た》ち込みたるけしき、道大路《みちおほち》の四五町ばかりのほどは行《ゆ》き来《き》もせず。いとけ恐ろしき殿の内のけしきども、いはん方《かた》なく騒がしけれど、寝殿の内におはしましある人々多かれど、人おはするけはひもせず、あはれに悲しきに、かかるあやしの者ども殿の内にうちめぐりて、ここかしこをぞ見騒ぐめるけはひ、えもいはずゆゆしげなるに、物のはざまより見出《みいだ》して、あるかぎりの人々、胸ふたがり、心地《ここち》いといみじ。

殿、「今は逃《のが》れがたきことにこそはあめれ。いかでこの宮のうちを出《い》でて木幡《こはた》に詣《まゐ》りて、近うも遠うも遣《つか》はさむ方にまかるわざをせん」と、思しのたまはするに、この者ども立ち込みたれば、おぼろけの鳥獣《とりけだもの》ならずは出でたまふべき方なし。「夜中なりとも、なき御影《かげ》にも今一度《ひとたび》参りてこそは、今はの別れにも御覧《ごらむ》ぜられめ」と言ひつづけのたまはするままに、えもいはず大きに、水精《すいしやう》の玉ばかりの御涙つづきこぼるるは、見たてまつる人いかがやすからむ。母北の方、宮《みや》の御前《おまへ》、御をぢの人々、例《れい》の涙にもあらぬ御涙ぞ出で来て、この恐ろしげなる者どもの宮の内に入り乱れたれば、検非違使どもいみじう制すれど、それにもさはるべきけしきならず。

かかるほどに、このみだれがはしき者のなかをかきわけ、さすがにうるはしく装束《さうぞ》きたる者、南面《みなみおもて》にただ参りに参りて、こは何《なに》にかと思ふほどに、宣命《せんみやう》といふもの読むなりけり。聞けば、「太上天皇《だいじやうてんわう》を殺したてまつらむとしたる罪一つ、帝《みかど》の御母后《ははきさき》を呪《のろ》はせたてまつりたる罪一つ、公《おほやけ》よりほかの人いまだおこなはざる大元法《だいげんのほふ》を、私《わたくし》に隠しておこなはせたまへる罪により、内大臣を筑紫《つくし》の帥《そち》になして流し遣はす。また中納言をば出雲権守《いづものごんのかみ》になして流し遣はす」といふことを読みののしるに、宮の内の上下《かみしも》、声をとよみ泣きたるほどの有様《ありさま》、この文《ふみ》読む人もあわてたり。検非違使ども涙を拭《のご》ひつつ、あはれに悲しうゆゆしう思ふ。そのわたりに近き人々みな聞きて、門《かど》をばさしたれど、この御声にひかれて涙とどめがたし。

さて「今は出でさせたまへ。日暮れぬ」とせめののしり申せど、すべてともかくも答《いら》へする人なし。内《うち》にも、かく答へする人なきよしを奏せさすれば、「などて。さるべきことにもあらず。ただよくよく責めよ」とのみ宣旨《せんじ》しきりに下《くだ》るに、かくてこの日も暮れぬれば、内大臣殿、今宵《こよひ》ぞ率《ゐ》て出でさせたまへと、思《おぼ》し念ぜさせたまふ験《しるし》にや、そこらの人、さばかり言ひののしりつれど、夜中ばかりにいみじう寝《ね》入《い》りたれば、御をぢの明順《あきのぶ》ばかりとともに、人二《に》三人《さむにん》ばかりして盗《ぬす》まれ出でさせたまふ。御心の中《うち》に多くの大願《だいぐわん》を立てさせたまふ験にや、事なく出でさせたまひぬ。

それより木幡に詣らせたまへるに、月明《あか》けれど、このところはいみじう木暗《こぐら》ければ、そのほどぞかしと推しはかりおはしまいて、かの山近《やまぢか》にてはおりさせたまひて、くれぐれと分け入らせたまふに、木の間より漏り出でたる月をしるべにて、卒塔婆《そとば》や釘貫《くぎぬき》などいと多かるなかに、これは去年《こぞ》のこのごろのことぞかし、さればすこし白く見ゆれど、その折から人々あまたものしたまひしかば、いづれにかと、尋ね詣らせたまへり。そこにてはよろづを言ひつづけ、伏しまろび泣かせたまふけはひに驚きて、山の中の鳥獣《とりけだもの》、声をあはせて鳴きののしる。

「もののあはれも」など、あはれに悲しくいみじきに、「おはしまししをり、人よりけにめでたき有様をと、思し掟《おき》てさせたまひしかど、みづからの宿世《すくせ》果報《くわほう》のゆゆしくはべりければ、今はかくて都離《はな》れて知らぬ世界にまかり流されて、またかやうになき御影《かげ》にも御覧《ごらむ》ぜらるるやうもはべらじ。みづから怠《おこた》ると思ひたまふることはべらねど、さるべき身の罪《ざい》にてかくあさましき目を見はべれば、いかで家路《いへぢ》もまからで、今宵のうちに身を失ふわざをしてしがな。なき御影にも御面伏《おもてぶ》せと、後代《こうたい》の名を流しはべる、いと悲しきことなり。たすけさせたまへ。中納言も同じく流し遣はせば、同じ方《かた》にだにはべらず、方々《かたがた》にまかり別るる、悲しきこと。またゆゆしき身をばさるものにて、宮《みや》の御前《おまへ》の、月ごろただにもおはしまさぬに、かかるいみじきことにあはせたまひて、つゆ御湯《ゆ》をだにきこしめさず、涙に沈みておはしますを、いみじうゆゆしうかたじけなくはべり。おはします陣《ぢん》の前は笠《かさ》をだにこそぬぎて渡りはべれ、かくえもいはぬ者どもの、おはしますめぐりに立ちこみて、御簾《みす》をも引きかなぐりなどして、あさましうかたじけなく悲しくておはしますとも、もしたまたま平らかにおはしまさば、御産のをりいかにせさせたまはんずらむ。かひなき身だに行《ゆ》く末《すゑ》も知らずまかりなりぬれば、なほこの御身離《はな》れさせたまはず、平らかにとまもりたてまつらせたまひて、またかけまくもかしこき公《おほやけ》の御心地《ここち》にも、また女《にょう》院《ゐん》の御夢などにも、このこと咎《とが》なかるべきさまに思はせたてまつらせたまへ」など、泣く泣く申させたまふままに、涙におぼほれたまふ。聞く人さへなき所なれば、明順《あきのぶ》声も惜しまず泣きたり。（略）

姿の見えなくなった伊周《これちか》を検非違使《けびいし》たちが大捜索しているなか、伊周は酉《とり》の刻頃《ごろ》（午後六時頃）に二条邸に戻ってきた。夜が明けると、いよいよ配所に出立である。

頼るあてもない有様で夜も明けたので、今日こそは最後のお別れと、どなたもお思いになるにつけても、帥殿《そちどの》（大宰権帥《だざいのごんのそち》伊周）は立ちあがろうともなさらず、お声も惜しまずにお泣きになる。「どうなされた。刻限ですぞ」と検非違使が声をあげて督促するので、中宮（定子《ていし》）や母北の方（高階貴子《たかしなのきし》）は、帥殿のお袖《そで》をそのまま捉《とら》えて、けっしてお放し申そうとはなさらない。そうした有様を奏上させると、「几帳《きちょう》を立てて宮《みや》の御前《おまえ》（定子）をお引き離し申せ」と宣旨《せんじ》が度重なるけれども、検非違使どもとて人間であってみれば、「ご座所であるお部屋にいうにいわれぬ下級の者が踏み込んでいって、塗《ぬり》籠《ごめ》を壊し騒ぐことだけでも堪えがたいことであるのに、さらにどうして宮の御前の御手を引き離すことなどできようか」と、まったく恐ろしいことと思案のあまり、「役目怠慢の咎《とが》によって免職にでもなりましたら、まことに困ります。ぜひとも早くお出ましを」と促し申すので、せんすべもなく外に出ていらっしゃると、松君《まつぎみ》（伊周息男道雅《みちまさ》）がひどく後をお慕い申されるので、中納言（隆家）が上手になだめて他所《よそ》へお連れし、こうした場面をご覧にならぬようにして、御車に、柑子《こうじ》（こうじみかん）や橘《たちばな》の実、それに御器《ごき》一つだけを御餌袋《えぶくろ》（食物を入れて携行する袋）に入れて、中納言は筵張《むしろばり》の車（筵で覆った粗末な牛車）にお乗りになる。

帥殿は、中宮の御前であるとて乗車するのをおそれ多いこととお思いになるけれど、中宮や母北の方も引き続いてお立ちあがりになるので、御車を近寄せてお乗りになると、母北の方はそのまま帥殿の御腰に抱きついて続いてご乗車なさるので、「母北の方が、帥の袖《そで》をぐっと捉《とら》えて乗車しようといたしおります」と奏上させたところ、「まことに不都合なことである。引き離すように」との宣旨であるが、お離れになる様子も見えない。「ただせめて山崎《やまざき》（山城と摂津の国境の辺り）までいっしょに行きたい」と、ひたむきにお乗り込みになるので、いまさらどうしよう、仕方がないので御車を引き出した。長徳《ちょうとく》二年（九九六）四月二十四日のことであった。

帥殿は筑紫《つくし》の方角に赴くのだから、南西に向っていらっしゃる。中納言は出雲《いずも》の方角なので、丹波《たんば》に向う道を通って北西に向われるが、それぞれの御車を門外へ引き出すと同時に、中宮は御鋏《はさみ》を取ってご自身でもって尼姿におなりなされた。帝《みかど》には、「罪人たちは配所に出立しました。中宮は尼になられました」と奏上するので、帝は、「ああふびんなこと。宮はふつうの御身ではいらっしゃらないだろうに、このように悩ませ申すことよ」とお思い続けになり、つい涙がこぼれていらっしゃるのをお隠しあそばす。昔の「長恨歌《ちょうごんか》」の物語も、なすすべなく寵妃《ちょうひ》を見殺しにせざるをえない帝の無力感を訴えたのだったかと、限りなく悲しいお気持でいらっしゃる。この殿方が配所に出立されるのを世間の人々が見物するさまは、ありきたりの見物以上である。見る人は落涙を禁じえない。おいたわしくも悲しいことだなど、そんな言いかたではなまぬるい情景であった。

はかなくて夜《よ》も明けぬれば、今日こそはかぎりと、誰々《たれたれ》も思《おぼ》すに、たちのかんとも思さず、御声も惜しませたまはず。「いかにいかに、時なりぬ」とせめののしるに、宮《みや》の御前《おまへ》、母北の方、つととらへて、さらにゆるしたてまつらせたまはず。かかるよしを奏せさすれば、「几帳《きちやう》ごしに宮の御前を引きはなちたてまつれ」と、宣旨《せんじ》頻《しき》れど、検非違使《けびゐし》どもも人なれば、おはします屋《や》にはえもいはぬ者ども上《のぼ》りたちて、塗籠《ぬりごめ》をわりののしるだにいみじきを、またいかでか宮の御前の御手を引きはなつことはあらむと、いと恐ろしく思ひまはして、「身のいたづらにまかりなりて後《のち》は、いと便《びん》なかるべし。疾《と》く疾く」とせめ申せば、ずちなくて出でさせたまふに、松君《まつぎみ》いみじう慕《した》ひきこえたまへば、かしこくかまへて率《ゐ》てかくしたてまつりて、御車に柑子《かむじ》、橘《たちばな》、かきほをゐる御御器《ごき》一つばかり御餌袋《ゑぶくろ》に入れて、中納言は筵張《むしろばり》の車に乗りたまふ。

宮のおはしますをいとかたじけなく思せど、宮の御前、母北の方も続きたちたまへれば、近う御車寄《よ》せて乗らせたまふに、母北の方やがて御腰を抱《いだ》きて続きて乗らせたまへば、「母北の方、帥《そち》の袖《そで》をつととらへて乗らむとはべる」と奏せさすれば、「いと便なきことなり。引きはなちて」とあれど、離れたまふべきかた見えず。ただ山崎《やまざき》まで行かむ行かむと、ただ乗りに乗りたまへば、いかがはせん、ずちなくて御車《くるま》引き出《いだ》しつ。長徳《ちやうとく》二年四月二十四日なりけり。

帥殿《そちどの》は筑紫《つくし》の方《かた》なれば、未申《ひつじさる》の方におはします。中納言は出雲《いづも》の方なれば、丹波《たんば》の方の道よりとて、戌亥《いぬゐ》ざまにおはする、御車ども引き出づるままに、宮は御鋏《はさみ》して御手づから尼にならせたまひぬ。内《うち》には、「この人人まかりぬ。宮は尼にならせたまひぬ」と奏すれば、あはれ、宮はただにもおはしまさざらむに、ものをかく思はせたてまつることと、思しつづけて、涙こぼれさせたまへば、忍びさせたまふ。昔の長恨歌《ちやうごんか》の物語もかやうなることにやと、悲しう思しめさるることかぎりなし。この殿《との》ばらのおはするを世の人々の見るさま、少々の物見《ものみ》には勝《まさ》りたり。見る人《ひと》涙を流したり。あはれに悲しきことは、よろしきことなりけり。

六 定子《ていし》、再び懐妊

巻第五「浦々の別」

伊周《これちか》・隆家《たかいえ》は配所に出立したが、途中、山崎《やまざき》で病を得た伊周の身を案じた女院詮子《にょういんせんし》の訴えにより、伊周は播磨《はりま》に、隆家は但馬《たじま》に留《と》め置かれた。さて、伊周は死期迫る母貴子《きし》にひと目会うべく入京したが露顕し、筑紫《つくし》へ再配流され、貴子は逝去する。頼る者もいないなか、定子は脩子《しゅうし》内親王を出産した。一条《いちじょう》天皇は定子と内親王を参内《さんだい》させる。

帝《みかど》も中宮（定子）も、あれこれとご遠慮あそばすことがたくさんおありであるけれど、帝は一途《いちず》に中宮をいとしく恋しくお思い申しあげておられるころなので、誰《だれ》が非難しようが意にも介さぬふうにお扱い申しあげていらっしゃるのも、こうした男女の道というものはどうにもならぬものらしい。中宮は、御身の上の嘆きに加えて世間の目に対するきまり悪さをまでつらくおぼしめす。中宮付きの女房たちも、時めいておられた昔のことが思い出されて感慨も無量である。こうして何日かご滞在なさるが、職御曹司《しきのみぞうし》（内裏《だいり》の東北にある中宮職の建物）ではやはり遠すぎるというので、近くの御殿に中宮をお移し申しあげて、中宮のほうから帝の御座所《おましどころ》に参上なさることはなく、帝ご自身がお通いあそばして、夜中ごろにお越しになり、後夜《ごや》（夜半から朝までの間）になってからお帰りになるのであった、そのお心寄せも以前にまして格別のご様子である。この頃伺候《ごろしこう》していらっしゃる女御《にょうご》たちのご寵愛《ちょうあい》もどうかしらとお見えになるような有様である。

中宮は早々にご退出になるはずだったが、「やはりもう少しもう少し」と帝が仰せになるので、二月《ふたつき》ほどご滞在なさるうちに、中宮はご気分が悪くなられて、月のものもとまったので（懐妊の兆候）、どうしたことかと胸のつぶれるお気持でいらっしゃるにちがいない。帝は、こうとお聞きあそばすにつけても、何よりもまず感に堪えぬ前世の因縁をお悟りになる。よくよくこのように運命づけられていた御有様であるのに、こうした些細《ささい》な事どもを、世人は聞き苦しく取沙汰《とりざた》申し、中宮ご自身の御心地《ここち》にも万事につけて夢路をたどるような思いでいらっしゃるだろう。但馬《たじま》では、中納言（隆家）がこうした経緯をお聞きになって、ひたすら仏や神をお祈りしていらっしゃる。

上《うへ》も宮も、よろづに思《おぼ》しめしはばかること多くおはしませど、ひたみちにただあはれに恋しう思ひきこえさせたまへるほどなれば、人のそしらむも知らぬさまにもてなしきこえさせたまふも、この方《かた》はずちなきことにこ

そあめれ。宮《みや》の御前《おまへ》は、世のかたはらいたさをさへ、もの嘆きに添へて思しめす。御方の女房たち、昔おぼえてあはれに思ひたり。さて日ごろおはしまして、なほいとほど遠しとて近き殿《でん》に渡したてまつりて、上《のぼ》らせたまふことはなくて、われおはしまして、夜中ばかりにおはしまして、後夜《ごや》に帰らせたまひける、御心ざし昔によなげなり。このごろさぶらひたまふ女御《にようご》たちの御おぼえいかなるにかと見えさせたまふ。

疾《と》く出《い》でさせたまふべかりけるを、「なほしばししばし」とのたまはせけるほどに、二月《ふたつき》ばかりおはしますほどに、御心地《ここち》あしう思されて、例《れい》せさせたまふこともなければ、いかなるにかと、胸つぶれて思さるべし。上、かくと聞かせたまふにも、まづあはれなる契《ちぎり》を思し知らせたまふ。かへすがへすもかくてあるべかりける御有様《ありさま》を、かくいささかなる事どもを、世《よ》人《ひと》も聞きにくく申し、わが御心地にもよろづに夢の世とのみ思したどらるべし。但馬《たじま》にはかかる事どもを聞きたまひて、ただ仏神《ほとけかみ》をのみ祈りゐたまへり。

七 伊周《これちか》・隆家《たかいえ》の帰京

巻第五「浦々の別」

長徳《ちょうとく》四年（九九八）、定子《ていし》は敦康《あつやす》親王を出産した（史実は長保《ちょうほう》元年〈九九九〉）。伊周・隆家召還の宣旨《せんじ》が下り、帰京した二人は、母貴子《きし》の墓所に詣《もう》でた。

そのころ吉日を選んで、故北の方（貴子）の御墓を拝むために、帥殿《そちどの》（伊周）と中納言殿（隆家）とはおそろいで桜本《さくらもと》（京都市左京区の吉田山《よしだやま》東麓。貴子の墓所）へ参詣《さんけい》なさる。しみじみと悲しくお思いになって、ご存生であられたらどんなにか、と思わずにはいらっしゃれないにつけても、涙におぼれておいでになる。折も折、雪がひどく降ってくる。

露ばかり匂《にほ》ひとどめて散りにける桜がもとを見るぞ悲しき

――ほんのわずかに色香《いろか》をとどめて散っていった桜の木をながめるのは、なんと悲しいことか

帥殿、

桜もと降るあは雪を花と見て折るにも袖《そで》ぞぬれまさりける

——桜本の御墓に降る淡雪を花と見立てて、一枝折ろうとするにつけても涙に濡《ぬ》れる袖は
さらに濡れまさることよ

あれやこれや切々とお訴え申しておいて、泣く泣くお帰りになる。ぜひとも今はこの地に御堂を建てさせようと、そのおつもりになるのだった。

そのころ吉日《よきひ》して、故北の方の御墓を拝《をが》みに、帥殿《そちどの》、中納言殿もろともに桜本《さくらもと》に詣《まゐ》らせたまふ。あはれに悲しう思《おぼ》されて、おはせましかばと思さるるにも、涙におぼほれたまふ。をりしも雪いみじう降る。

露ばかり匂《にほ》ひとどめて散りにける桜がもとを見るぞ悲しき

帥殿、

桜もと降るあは雪を花と見て折るにも袖《そで》ぞぬれまさりける

よろづあはれに聞えおきて、泣く泣く帰らせたまふ。いかで今はそこに御《み》堂《だう》建てさせんとぞ、思し掟《おき》てける。

巻第六「かかやく藤壺」

八 彰子《しようし》の入内《じゆだい》

長保《ちようほう》元年（九九九）冬、道長の長女彰子が、一条《いちじよう》天皇の後宮に入内した。

こうして姫君（彰子。十二歳）が入内なさるのは、長保元年十一月一日のことである。お供は女房四十人、女童《めのわらわ》六人、下仕《しもづかえ》六人である。たいそう厳しく選抜なさったので、その器量や人柄はもちろんのこと、四位、五位の家の女《むすめ》であっても、とくに世間づきあいもよくなく、生立ちのかんばしくない者は押して奉仕させるわけにはいかないとあって、どことなく気品があって育ちの立派な者だけを選《え》りすぐられた。相応の女童などは、女院《にようゐん》（詮子《せんし》）などからお差し上げになった。これらの者は、そのままこのたびの呼び名なども、院人《いんびと》（女院からの者）、内人《うちびと》（帝《みかど》からの者）、宮人《みやびと》（彰子付きの者）、殿人《とのびと》（道長からの者）などというようにご命名になり集められた。

姫君の御有様についてはいまさらいうまでもないことであるが、御髪は身の丈に五、六寸（約一五〜一八センチ）ばかり余っていらっしゃるし、ご器量は申しあげようもなく美しくていらっしゃって、まだ幼少というべきお年であるのに、いささかも幼いといったところがなく、おみごとといえば平凡にすぎる御有様である。お世話申しあげる人にも、姫君があまりにもお年若でいらっしゃるので、何とも参りばえがしないのではなかろうか、などと想像申しあげたのだったが、驚き入るほどに大人っぽくいらっしゃる。万事例《れい》のないほどの支度で入内なさる。昔の人の有様を聞いて今考え合わせてみると、当時の人の衣装は襲《かさね》の数も少なく、入綿《いれわた》も薄くといった具合で、めでたい時の場所に出入りしたものだが、自分の家でもどうしておられたのだろうかと思われるが、まったく愚かしくも、近ごろの人は、風情《ふぜい》も何もないほど着重ねて、それでもなお風邪《かぜ》を引くようである。それゆえ、昔の女御《にようご》や后《きさき》といった方々でも、その衣装については今の服装のほんの一部分ではないかと思われる。

かくて参らせたまふこと、長保《ちやうほう》元年十一月一日のことなり。女房四十人、童女《わらは》六人、下仕《しもづかへ》六人なり。いみじう選《え》りととのへさせたまへるに、かたち、心をばさらにもいはず、四位、五位の女《むすめ》といへど、ことに交らひわろく、成出《なりいで》きよげならぬをば、あへて仕《つか》うまつらせたまふべきにもあらず、ものきよらかに、成出よきをと選らせたまへり。さるべき童女などは、院《ゐん》女院《にようゐん》などより奉《たてまつ》らせたまへり。これはやがてこのたびの童女の名ども、院人《びと》、内人《うちびと》、宮人《みやびと》、殿人《とのびと》などやうにつけ集めさせたまへり。

姫君の御有様《ありさま》さらなることとなれど、御髪《みぐし》、丈《たけ》に五六寸《ごろくすん》ばかり余らせたまへり、御かたち聞えさせん方《かた》なくをかしげにおはします、まだいと幼かるべきほどに、いささかいはけたるところなく、いへばおろかにめでたくおはします。見たてまつり仕うまつる人々も、あまり若くおはしますを、いかに、ものの栄《は》えなくやなど思ひきこえさせしかど、あさましきまでおとなびさせたまへり。よろづめづらかなるまでにて参らせたまふ。昔の人の有様を今聞《き》きあはするには、いとぞもの狂《ぐる》ほしう、そのをりの人の衣《きぬ》すくなに、綿《わた》薄くて、めでたきをりふしにも出《い》で交らひ、内々にもいかでありたべたらむとおぼえたり、このころの人は、うたて情《なさけ》なきまで着重ねても、なほこそは風《かぜ》なども起るめれ。されば古《いにしへ》の人の女御《にようご》、后《きさき》の御方々など思ふやうに、かたはしにあらずやと見えたり。（略）

主上《しゅじょう》（一条天皇）が藤壺《ふじつぼ》にお越しあそばすと、お部屋の装いは、いかにもそうあるのも当然であろうが、女御《にょうご》（彰子《しょうし》）のご様子といい、お振舞といい、心底からおみごとなお方とご覧申しあげあそばす。姫宮（定子《ていし》所生の脩子《しゅうし》内親王）をこのようにお育て申したいものとおぼしめされるにちがいない。ほかの女御方はみな、お年を召してきちんとしておられ、大人大人した感じでいらっしゃるから、もう今は、ただこのお方を、ご自分の姫宮を大切にご養育申されるかのようにして、お目にかけあそばすのだった。

この幾年か、女御・更衣《こうい》方を見馴《みな》れておられた御目からは、そうした方々とはまるで比べようもないこのお方を、心底から可愛《かわい》くお見あげあそばすのであろう。打橋《うちはし》（殿舎と殿舎をつなぐ橋）をお通りになると、はやくも漂ってくるこのお方のお部屋の香《こう》の薫りは、今どこにでもあるような空薫物《そらだきもの》（どこから薫るかわらないようにたく香）ではないのだから、あるいはまた、あれこれ何がしかの香の薫りなのだろうか、それとなく漂わせて、何ともいいようもなく薫りをおくってくるので、お部屋にお入りになってから後の移り香《が》は、ほかの方々の所とは格別とお感じになるのだった。別段のこともない御櫛箱《くしばこ》や硯箱《すずりばこ》の中に入れてある物からして風情ある珍しい品々の有様に、帝《みかど》はすっかりお心を奪われておしまいになり、夜が明けるとすぐさまお部屋にお運びあそばして、御厨《ず》子《し》（置き棚）などもおのぞきになると、何一つお目のとまらぬ物のあろうはずもないのである。巨勢弘高《こせのひろたか》（当時の代表的画家）が歌絵を描いた冊子《さつし》に、行成卿《ゆきなり》（能書家、藤原行成。八五頁参照）が歌を書いたものなど、たいそう興深くご覧あそばす。「あまりおもしろがっていているうちに、すっかり政《まつりごと》を忘れた愚か者になってしまいそうだ」と仰せられては、お引き取りになるのであった。

昼間などにお寝《やす》みあそばしては、「あまり子供子供していらっしゃるから、おそばにお寄りすると、自分の方が翁《おきな》かと思わずにはいられないので、私は恥ずかしくなりますよ」など、仰せになるのだが、帝は現在二十歳くらいでいらっしゃるようである。一口に帝と申しても、なかには、人となりの、さあどうかしらと未熟で物足りないところのあるお方もおありになるものだが、この帝はご容姿をはじめとして、並外れて気高く美しく、ただただ驚き入るほかない御有様である。お酒などは多少召しあがられた。御笛を、いうにいわれず美しい音色に吹奏あそばすので、おそばにお仕えする人々も、おみごとなことと感に堪えずお見あげ申している。

女御（彰子）がまだよそよそしくうちとけぬご様子とて、帝が、「この笛を、こちらを向いてご覧なされ」とお申しあげになると、女御殿は、「笛は音を耳にするものですが、それを見るなどということがあるのでしょうか」と答えて、応じなさるので、帝が、「だから、あなたは子供でいらっしゃるのです。七十の年寄の言うことを、こうしてやりこめておしまいとは。ああ恥ずかしいな」と冗談を申されるご様子をも、おそばの人々は、「何ともすばらしいことよ。この世のめでたいことの例としては、ただいまの私たちの宮仕え以外にはあるまい」と、口に言い、心に思うのであった。何事も肩をお並べになる人もない御有様でいらっしゃる。

上《うへ》、藤壺《ふぢつぼ》に渡らせたまへれば、御しつらひ有様《ありさま》はさもこそあらめ、女御《にようご》の御有様もてなし、あはれにめでたく思《おぼ》し見たてまつらせたまふ。姫宮をかやうにおほしたてまつらばやと思しめさるべし。他御方々《ことおほむかたがた》みなねびととのほらせたまひ、およすけさせたまへれば、ただ今この御方《かた》をば、わが御姫宮をかしづき据《す》ゑたてまつらせたまへらむやうにぞ御覧《ごらむ》ぜられける。

年《とし》ごろの御目移り、たとしへなくあはれにらうたく見たてまつらせたまふべし。打橋《うちはし》渡らせたまふよりして、この御方の匂《にほ》ひは、ただ今あるそら薫物《だきもの》ならねば、もしは何《なに》くれの香《かう》の香《か》にこそあんなれ、何ともかかえず、何ともなくしみ薫《かを》らせ、渡らせたまひての御移香《うつりが》は他《こと》御方々に似ず思されけり。はかなき御櫛《みぐし》の箱、硯《すずり》の筥《はこ》の内よりして、をかしうめづらかなる物どもの有様に御覧じつかせたまひて、明けたてばまづ渡らせたまひて、御厨子《づし》など御覧ずるに、いづれか御目とどまらぬ物のあらん。弘高《ひろたか》が歌絵かきたる冊子《さうし》に、行成君《ゆきなりぎみ》の歌書きたるなど、いみじうをかしう御覧ぜらる。「あまりもの興《きよう》じするほどに、むげに政《まつりごと》知らぬ白物《しれもの》にこそなりぬべかめれ」など仰《おほ》せられつつぞ、帰らせたまひける。

昼間などに大殿籠《おほとのごも》りては、「あまり幼き御有様なれば、参りよれば翁《おきな》とおぼえて、われ恥づかしうぞ」などのたまはするほども、ただ今ぞ二十ばかりにおはしますめる。同じ帝《みかど》と申しながらも、いかにぞやかたなりに飽《あ》かぬところもおはしますものを、この上は、いみじう御かたちよりはじめ、きよらにあさましきまでぞおはします。大御《おほみ》酒《き》などはすこしきこしめしけり。御笛をえもいはず吹きすまさせたまへれば、さぶらふ人々もめでたく見たてまつる。

うちとけぬ御有様なれば、「これうち向きて見たまへ」と申させたまへば、女御殿、「笛をば声をこそ聞け、見るやうやはある」とて、聞かせたまはねば、「されぱこそ、これや幼き人。七十の翁の言ふことをかくのたまふよな。あな恥づかしや」と戯《たはぶ》れきこえさせたまふほども、さぶらふ人々、「あなめでたや。この世のめでたきことには、ただ今のわれらが交らひをこそせめ」とぞ、言ひ思ひける。なにはのことも並ばせたまふ人なき御有様におはします。（略）

長保《ちょうほう》二年（一〇〇〇）、定子《ていし》は敦康《あつやす》親王とともに参内《さんだい》し、天皇と対面した。定子は親王の将来を憂えていた。一方、彰子《しょうし》の立后《りっこう》が決まった。

三月になって、藤壺女御《ふじつぼのにょうご》（彰子）が后《きさき》の位にお立ちになる由の宣旨《せんじ》が下された。中宮と申しあげる。これまで伺候《しこう》しておられたお方（定子）は皇后宮《こうごうぐう》と申しあげる。引き続き三月下旬に、中宮は里邸で大饗《だいきょう》を催されてから、再度、宮中にお入りになる。今年は十三歳におなりなのであった。いとおしくお年若のすばらしい后宮《きさいのみや》ではいらっしゃることよ。

三月に、藤壺后《ふぢつぼきさき》に立たせたまふべき宣旨《せんじ》下《くだ》りぬ。中宮と聞えさす。このさぶらはせたまふをば皇后宮《くわうごうぐう》と聞えさす。やがて三月三十日《つごもり》に、大饗《だいきやう》せさせたまひて、また入《い》らせたまふ。今年《ことし》ぞ十三にならせたまひける。あはれに若くめでたき后にもおはしますかな。

九 定子《ていし》の死

巻第七「とりべ野」

先の参内《さんだい》の折、定子は懐妊した。日々、心細さがつのるなか、出産の日を迎えた。

御物《もの》の怪《け》を移された憑人《よりまし》たちがじつにやかましくわめいているうちに、長保《ちょうほう》二年（一〇〇〇）十二月十五日の夜になった。帝《みかど》（一条《いちじょう》天皇）にもお聞きつけあそばしたので、どんな様子かどんな様子かとお見舞の使者がしきりに訪れる。こうしているうちに御子（媄子《びし》内親王）がお生れになった。女子でいらっしゃるのが残念であるけれど、しかしご安産なのが何よりであると思って、さしあたっては後産《あとざん》のことが心配であった。額《ぬか》をついては騒がしく祈り立て、あれこれ御誦経《ずきょう》の料《りょう》を取り出して使者をお出しになるが、御薬湯をさしあげてもお召しあがりになるご様子でもないから、誰《だれ》も皆なすすべもなくうろたえ迷うばかりでいたところ、ずいぶん時間が経《た》つので、やはり、いよいよ気がかりなことである。「大殿油《おおとなぶら》（灯火）を近くに持って来い」とおっしゃって帥殿《そちどの》（伊周《これちか》）が宮（定子）のお顔を拝されると、まったく生きてはいらっしゃらぬご様子である。仰天なさって掻《か》きさぐり申されると、もうすでに冷たくなっていらっしゃるのであった。

ああ、大変なことになったと途方に暮れているが、僧たちはうろうろして、それでも御誦経を絶え間なく続け、部屋の内でも外でも額をうちつけて声高く祈るけれども、何のかいもなくそのまま終ってしまわれたので、帥殿は宮の御亡骸《なきがら》をお抱き申されて、声も惜しまずお泣きになる。それも当然のことであるけれど、そういつまでも嘆いていられようかと、若宮（媄子内親王）を抱いて、ほかにお移し申しあげておいて、御亡骸は横にお寝かせ申しあげた。「このところ何ぞほんとに心細そうな御面持ちでいらっしゃったご様子もどんなものかとお見あげ申していたのだけれど、ほんとにこんなことにおなりあそばすとはお思い申しあげなかった。寿命の長いということはなんともつらいことでした」と、また、「なんとかお供してあの世に参りたいもの」などとばかり、中納言殿（隆家《たかいえ》）も帥殿もお泣きになっている。姫宮（脩子《しゅうし》内親王）、若宮（敦康《あつやす》親王）などを別の所にお移し申すにつけても、忌まわしく情けないことである。この殿方の配流された一件のあった折、この御所内の人々の涙は尽きはてたのであったけれど、涙というものは、いつまでも尽きぬものではあったと見受けられた。

帝にも、皇后宮《こうごうぐう》（定子）のご他界をお聞きあそばして、ああ悲しいこと、宮はどんなにせつないお気持でいらっしゃったか、いかにももう生きておられそうにもなく沈んでおられた御有様であったと、しみじみいたわしく悲しくお思いあそばす。宮たちもたいそう幼くいらっしゃるので、どんなに悲しんでおられるかと、限りなくご心痛あそばす。

御物《もの》の怪《け》などいとかしがましういふほどに、長保《ちやうほう》二年十二月十五日の夜《よる》になりぬ。内《うち》にも聞《きこ》しめしてければ、いかにいかにとある御使《つかひ》しきりなり。かかるほどに御子生《むま》れたまへり。女におはしますを口惜《くちを》しけれど、さはれ平らかにおはしますを勝《まさ》ることなく思ひて、今は後《のち》の御事になりぬ。額《ぬか》をつき、騒ぎ、よろづに御誦経《ずきやう》とり出《い》でさせたまふに、御湯《ゆ》などまゐらするにきこしめし入《い》るるやうにもあらねば、皆人《みなひと》あわてまどふをかしこきことにするほどに、いと久しうなりぬれば、なほいといとおぼつかなし。「御《おほむ》殿油《となぶら》近う持《も》て来《こ》」とて、帥殿《そちどの》御顔を見たてまつりたまふに、むげになき御

まひにけり。

気色《けしき》なり。あさましくてかい探《さぐ》りたてまつりたまへば、やがて冷《ひ》えさせた

あないみじと惑ふほどに、僧たちさまよひ、なほ御誦経しきりにて、内《うち》にも外《と》にもいとど額をつきののしれど、何《なに》のかひもなくてやませたまひぬれば、帥殿は抱《いだ》きたてまつらせたまひて、声も惜しまず泣きたまふ。さるべきなれど、さのみ言ひてやはとて、若宮をば抱きはなちきこえさせて、かき臥《ふ》せたてまつりつ。「日ごろものをいと心細しと思ほしめしたりつる御気色《けしき》もいかにと見たてまつりつれど、いとかくまでは思ひきこえさせざりつる。命長《なが》きは憂《う》きことにこそありけれ」とて、「いかで御供《とも》に参りなん」とのみ、中納言殿も帥殿も泣きたまふ。姫宮、若宮など、みな異方《ことかた》に渡したてまつるにつけても、ゆゆしう心憂《こころう》し。この殿《との》ばらの御をりに宮の内の人の涙は尽き果てにしかど、残り多かるものなりけりと見えたり。

内にも聞しめして、あはれ、いかにものを思《おぼ》しつらむ、げにあるべくもあらず思ほしたりし御有様《ありさま》をと、あはれに悲しう思しめさる。宮たちいと幼きさまにて、いかにと、尽きせず思し嘆かせたまふ。

栄花物語の風景 ①

宇治陵《うじりょう》

お盆になると先祖の墓参りに詣《もう》でるのが日本のならわしであるが、一族のお墓が営まれるようになったのは平安時代からである。藤原道長の四代孫の忠実《ただざね》が『中外抄《ちゅうがいしょう》』で語ったところによると「遺骨を先祖の骨を置くところに置けば子孫は繁盛する」とあって、そのような思想が一族の墓所の形成を促したのだろう。藤原家の場合は藤原北家《ふじわらほっけ》の繁栄のいしずえを築いた基経《もとつね》が、一族の結束をはかるために宇治の木幡《こはた》(京都府宇治市の地)に墓所を定めた。現在大小三百あまりの墳墓が見つかっており、「宇治陵」と称されている。藤原氏出身の皇妃、皇子、そして道長や頼通らもここに埋葬されたが、陵墓の被葬者は判明しないため、一号陵を総拝所にあてている。『大鏡』によれば、藤原兼家が大臣になったお礼参りに子の道長を連れて木幡の墓所を訪れたところ、「多くの先祖のお骨が葬られているのに、回向を促す鐘の音を聞かないのは情けない」と語ったため、道長は寛弘二年(一〇〇五)にこの地に浄妙寺《じょうみょうじ》を建立した。寺は室町期には廃絶してしまったが、近年木幡小学校の校庭に三昧堂《さんまいどう》らしき礎石群が発掘され、その規模が少しずつ明らかになっている。

ちなみに火葬は墓所では行われず、貴族の遺体は主に東山山麓《ひがしやまさんろく》の南方の鳥辺野《とりべの》で荼毘《だび》に付され、その遺骨がそれぞれの墓所に運ばれて埋葬された。皇后定子《ていし》は遺言によって鳥辺野にそのまま土葬されたため、いまもその御陵が泉涌寺《せんにゅうじ》の裏手に伝えられている。

第三部　道長、栄華の時代

一　敦成《あつひら》親王誕生

巻第八「はつはな」

長保《ちようほう》五年（一〇〇三）、道長の長男頼通《よりみち》が元服した。寛弘《かんこう》五年（一〇〇八）、定子《ていし》の遺児媄子《びし》内親王が、九歳で薨去《こうきよ》した。道長の長女彰子《しようし》が懐妊し、九月、出産の日を迎えた。

たいそうな騒ぎのあげく無事にお産をなさった。さしも広大なお邸《やしき》内に詰めていた僧も俗も、上の者も下の者も、もう一つの御事（後産《あとざん》）がまだお済みでないので、額を地に打ちつけてお祈りしている様子は、これまた推量されたい。その後産も無事にお済ませになって、中宮（彰子）を寝かせてさしあげた後、殿（道長）をはじめ申して大勢の僧俗は心底うれしく、すばらしいことであるうえに、お生れになったのが男子でさえいらっしゃるとあっては、その喜びは並一通りのものであるはずはなく、なんともすばらしいどころの話ではない。

今はすっかり安心なさって、殿も上《うえ》（倫子《りんし》）もご自分のお部屋におさがりになり、お祈りに奉仕した人々に——陰陽師《おんみょうじ》や僧侶《そうりょ》たちにすべて禄《ろく》をお与えになるが、その間、中宮の御前《おまえ》には年配の、お産などのことでは経験のある女房たちがみな伺候《しこう》し、まだ年若い女房たちは離れてあちこちで休息し横になっている。御湯殿《ゆどの》の儀（新生児に産湯を使わせる儀式）などは、その儀式をたいそうりっぱにお運びになる。こうして御臍《ほぞ》の緒《お》を切る儀は殿の上（倫子）が、こうした役は仏罰を受けることになるとかねてお思いであったけれど、ただいまのうれしさに何もかもすべてお忘れになり、お勤めになった。御乳付《ちつけ》（初めて乳を含ませる役）には有国《ありくに》の宰相の妻で帝《みかど》の御乳母《めのと》の橘三位《きのさんみ》（橘徳子《たちばなののりこ》）が奉仕した。御湯殿の儀などにも、長年の間親しく奉公している人をその役におあてになった。御湯殿の儀式のすばらしさは、これを言葉にすれば平凡になってしまう。ほんにまあ、帝から御剣《みはかし》を即刻に持参された。そのお使者としては源頼定《よりさだ》の中将である。

——いたく騒ぎて、平らかにせさせたまひつ。そこら広き殿《との》の内なる僧俗《そうぞく》、上下《かみしも》、今《いま》一つの御事のまだしきに、額《ぬか》づきたるほど、はた思ひやるべし。平らかにせさせたまひて、かきふせたてまつりて後《のち》、殿をはじめたてまつりて、そこらの僧俗あはれにうれしくめでたきうちに、男にしさへおはしませば、その喜びなのめなるべきにあらず、めでたしともおろかなり。

今は心やすく殿も上《うへ》も御方《かた》に渡らせたまひて、御祈りの人々、陰陽師《おんみやうじ》、僧などにみな禄《ろく》たまはせ、そのほどは御前《おまへ》に年《とし》ふり、かかる筋《すぢ》の人々みなさぶらひて、もの若き人々はけ遠《どほ》くて所々《ところどころ》にやすみ臥《ふ》したり。御湯殿《ゆどの》の事など、儀式いみじう事ととのへさせたまふ。かくて御臍《ほぞ》の緒《を》は、殿の上、これは罪得《つみう》ることとと、かねては思《おぼ》しめししかど、ただ今のうれしさに何《なに》ごともみな思しめし忘れさせたまへり。御乳付《ちつけ》には有国《ありくに》の宰相《さいしやう》の妻《め》、帝《みかど》の御乳母《めのと》の橘三位《きのさむゐ》参りたまへり。御湯殿などにも、年ごろむつまじう仕《つか》うまつりなれたる人をせさせたまへり。御湯殿の儀式言へばおろかにめでたし。まことに内《うち》より御剣《みはかし》すなはち持《も》てまゐりたり。御使《つかひ》には頼定《よりさだ》の中将なり。（略）

一条天皇《いちじょう》は、敦成親王《あつひら》と対面するため、道長の土御門邸《つちみかどてい》に行幸《ぎょうこう》した。

殿《との》（道長）は若宮をお抱き申しあげられて、帝《みかど》の御前《おまえ》にお連れ申しあげなさる。若宮（敦成親王）の御声はまことに若々しい。弁《べん》の宰相《さいしょう》の君（道綱《みちつな》息女豊子《ほうし》）が御剣《みはかし》を持って参上なさる。母屋の中隔《なかへだ》ての戸の西に、そこは殿の上《うえ》（倫子《りんし》）のいらっしゃる部屋なのだが、そこへ若宮をお連れ申しあげる。

帝が若宮とご対面あそばす御心地はどうか推察申しあげていただきたい。これにつけても、帝は、「第一皇子（定子《ていし》所生の敦康《あつやす》親王）のお生れになった折は、すぐにも対面せず様子も聞かなかったことよ。やはり仕方ないことだった。こうした筋にはもっぱら頼みになる外戚《がいせき》の人がいてこそ、それだけの張合いがあるというものだろう。尊貴の国王の位であろうとも後見となって引き立てる人がいないのであってはどうしようもないことなのだ」とお思いになる、とすぐさまにあの第一皇子とこの若宮のこれからさきの御有様についてご思案を続けずにはいらっしゃれなくて、何よりもまず、その兄宮を人知れずふびんにおぼしめされるのであった。

帝は中宮（彰子《しょうし》）と御物語などを、あれこれうちくつろいでお話しあそばされるうちに、すっかり夜になってしまったので、万歳楽《まんざいらく》、太平楽《たいへいらく》、賀殿《かてん》などの舞があり、さまざまに奏でられる楽の音色がすばらしく、それに笛の音も鼓《つづみ》の音も興深く聞えてくるのに、松風がさやかな声を立てて吹きあわせ、池の波までも声をそろえている。「万歳楽の声と一つに重なり合って聞えます」と、若宮の御声を聞いて、右大臣（顕光《あきみつ》）がちやほやおほめ申される。左衛門督《さえもんのかみ》（公任《きんとう》）と右衛門督（斉信《ただのぶ》）が「万歳千秋《まんざいせんしゅう》」などと声をそろえて朗詠なさる。主《あるじ》の大殿《おおとの》（道長）は、「これまでの行幸をどうしてすばらしいと思ったことでしょう。今日のこのように光栄なこともあったものを」とおっしゃって、泣き顔をなさるのを、さもありなんと殿方はどなたも同じ気持で御目を拭《ぬぐ》っておられる。

殿《との》、若宮抱《いだ》きたてまつらせたまひて、御前《おまへ》に率《ゐ》てたてまつらせたまふ。御声いと若し。弁《べん》の宰相《さいしやう》の君、御剣《みはかし》とりてまゐりたまふ。母屋《もや》の中の戸の西に、殿の上《うへ》のおはします方《かた》にぞ、若宮はおはしまさせたまふ。

上の見たてまつらせたまふ御心地《ここち》、思ひやりきこえさすべし。これにつけても、一の御子《みこ》の生れたまへりしをり、とみにも見ず聞かざりしはや、なほずちなし、かかる筋《すぢ》にはただ頼もしう思ふ人のあらんこそ、かひがひしうあるべかめれ、いみじき国王の位《くらゐ》なりとも、後見《うしろみ》もてはやす人なからんは、わりなかるべきわざかなと、思《おぼ》さるるよりも、行《ゆ》く末《すゑ》までの御有様《ありさま》どもの思しつづけられて、まづ人知れずあはれに思しめされけり。

宮と御物語《ものがたり》など、よろづ心のどかに聞えさせたまふほどに、むげに夜《よ》に入《い》りぬれば、万歳楽《まんざいらく》、太平楽《たいへいらく》、賀殿《かてん》など舞ひ、さまざまに楽《がく》の声《こゑ》をかしきに、笛の音《ね》も鼓《つづみ》の音《おと》もおもしろきに、松風吹《ふ》き澄まして、池の波も声を唱《とな》へたり。万歳楽の声に合ひてなんと、若宮の御声を聞きて、右大臣もてはやしきこえたまふ。左衛門督《さゑもんのかみ》、右衛門督、万歳千秋《まんざいせんしう》などもろ声にて誦《ず》じたまふ。あるじの大殿《おほとの》、「さきざきの行幸《ぎやうがう》をなどてめでたしと思ひはべりけん。かかることもありけるものを」と、うちひそみたまふを、さらなることなりと、殿ばら同じ心に御目拭《のご》ひたまふ。（略）

巻第八「はつはな」

二 敦成《あつひら》親王の五十日《いか》の祝い

そうこういううちに、御五十日《いか》の祝儀（誕生五十日目の祝い）の行われる十一月一日になったので、例によって女房たちがいろいろとそれぞれに装い立てて参集した有様は、しかるべき物合《ものあわせ》の際の組分けを思わせるものがある。

御帳台《みちょうだい》の東側の御座所《おましどころ》のきわに、北から南の柱まですきまもなく御几帳《きちょう》を立てきって、南面《みなみおもて》に若宮（敦成親王）の御膳《おもの》をお供えしてある。西側寄りには大宮《おおみや》（彰子《しょうし》）の御膳が、例のように沈《じん》の折敷《おしき》（香木の沈香製の盆）に何やかやさしあげてあるのであろう。若宮の御前の小さい御台六つ、それは御皿をはじめとして、およそ可愛《かわい》らしく作ってある御箸《はし》の台の洲浜《すはま》（鶴形の銀製の箸置を、洲浜にかたどった台に置いたもの）などで、まことに風情がある。大宮の御給仕役は弁《べん》の宰相《さいしょう》の君（豊子《ほうし》）で、奉仕の女房たちは一同髪《かみ》上《あ》げをしてかんざしを挿している。若宮の御給仕役は大納言の君（倫子の姪《めい》、源廉子《れんし》。道長の妻妾の一人）である。東側の御簾《みす》を少し上げて、弁内侍《べんのないし》、中務命婦《なかつかさのみょうぶ》、大輔命婦《たゆうのみょうぶ》、中将の君など、相応のしかるべき女房たちだけが御膳をお取り次ぎ参らせなさる。讃岐《さぬきの》守大江清通《かみおおえのきよみち》の女《むすめ》で左衛門佐《さえもんのすけ》源為善《ためよし》（橘《たちばな》為善の誤りか）の妻は、数日来、参上していたのだが、この人が今宵禁色《こよいきんじき》を許されたのだった。

殿《との》の上《うえ》（倫子）が御帳台のなかから若宮をお抱き申して膝《ひざ》をついたまま出ておいでになった。赤色の唐衣《からぎぬ》に、地摺《じずり》の裳《も》をきちんと着用していらっしゃるのも、胸にしみておそれ多い気がする。大宮は葡萄染《えびぞめ》（襲《かさね》の色目。表蘇芳《すおう》、裏縹《はなだ》）の五重《いつえ》の御袿《うちき》に蘇芳の御小袿《こうちき》などをお召しになっている。殿（道長）がお祝いの餅《もち》を若宮におさしあげになる（新生児に餅を含ませる儀）。

かくいふほどに、御五十日《いか》、霜月《しもつき》のついたちの日になりにければ、例《れい》の女房さまざま心々《こころごころ》にしたて参り集《つど》ひたるさま、さべき物合《ものあはせ》の方分《かたわき》にこそ似ためれ。

　御帳《みちやう》の東の方《かた》の御座《おまし》の際《きは》に、北より南の柱まで隙《ひま》もなう御几帳《きちやう》を立てわたして、南面《みなみおもて》には、御前《おまへ》のものまゐり据《す》ゑたり。西によりては大宮《おほみや》の御饌《おもの》、例《れい》の沈《ぢむ》の折敷《をしき》に、何《なに》くれどもならんかし。若宮の御前の小さき御台《だい》六、御皿よりはじめ、よろづうつくしき御箸《はし》の台の洲浜《すはま》など、いとをかし。大宮の御まかなひ、弁《べん》の宰相《さいしやう》の君、女房、みな髪上《かみあ》げて釵子《さいし》挿したり。若宮の御まかなひ、大納言の君なり。東の御簾《みす》すこし上げて、弁内侍《べんのないし》、中務命婦《なかつかさのみやうぶ》、大輔命婦《たいふのみやうぶ》、中将の君など、さるべきかぎり取りつづきまゐらせたまふ。讃岐守大江清通《さぬきのかみおほえのきよみち》が女《むすめ》左衛門佐《さゑもんのすけ》源為善《ためよし》が妻《め》、日ごろ参りたりつる、今宵《こよひ》ぞ色聴《ゆる》されける。

殿《との》の上《うへ》御帳の内より御子《みこ》抱《いだ》きたてまつりてゐざり出《い》でさせたまへり。赤色の唐《から》の御衣《ぞ》に、地《ぢ》摺《ずり》の御裳《も》うるはしく装束《さうぞ》きておはしますも、あはれにかたじけなし。大宮は葡萄染《えびぞめ》の五重《いつへ》の御衣、蘇芳《すはう》の御小袿《こうちき》などをぞ奉《たてまつ》りたる。殿、餅《もちひ》まゐらせたまふ。（略）

その夜、人々は祝宴に酔いしれた。道長は紫式部《むらさきしきぶ》に戯れかける。

何かこわいことになりそうな今夜の様子と見てとったので、わたし（紫式部。巻第八「はつはな」は『紫式部日記』を資料とするため、紫式部の視点で描かれる）は宴が終るとすぐさま、宰相《さいしょう》の君と相談して隠れてしまおうとするが、東面《ひがしおもて》の部屋には殿（道長）の子息たちや宰相中将（道兼《みちかね》息男兼隆《かねたか》）などが入りこんでいて騒がしかったので、二人で御几帳《きちょう》の後ろに座って隠れていたところ、殿が二人ともお捉《とら》えになった。「歌を一首詠《よ》みまいらせよ」と仰せになるので、ほんとに困りはてて恐ろしくもあったので、こう申しあげる。

いかにいかが数《かぞ》へやるべき八千年《やちとせ》のあまり久しき君が御代《みよ》をば

――今日の御五十日《いか》のご祝儀に際して、どうしてどのようにして数えまいらすことができましょうか、千代八千代《ちよやちよ》にもあまる若宮の久遠《くおん》の御代を

「ほほう、上手にお詠み申されたものよ」と、殿は二度ばかりお口ずさみになって、即座に仰せられた、その歌は、

あしたづの齢《よはひ》しあらば君が代の千歳《ちとせ》の数もかぞへとりてん

――このわたしに鶴《つる》のような千年の寿命さえ恵まれているのだったら、若宮の御代の千年をも数え取ることができるだろうに

あれほどひどく酔っていらっしゃっても、お心にかけておられる筋合《すじあい》のことなので、このように続けてお詠みになられたのだと思われた。

――け恐ろしかべき夜《よ》のけはひなめりと見て、事果《は》つるままに、宰相《さいしやう》の君と言ひ合せて隠れなんとするに、東面《ひむがしおもて》に殿《との》の君達《きむだち》、宰相中将など入《い》りて騒

がしければ、二人《ふたり》御几帳《きちやう》の後《うしろ》にゐ隠れたるを、二人ながらとらへさせたまへり。「歌一《ひと》つ仕《つか》うまつれ」とのたまはするに、いとわびしう恐ろしければ、

いかにいかが数《かぞ》へやるべき八千年《やちとせ》のあまり久しき君が御代《みよ》をば

「あはれ仕うまつれるかな」と、二度《ふたたび》ばかり誦《ずん》ぜさせたまひて、いと疾《と》くのたまはせたる、

あしたづの齢《よはひ》しあらば君が代の千歳《ちとせ》の数もかぞへとりてん

さばかり酔《ゑ》はせたまへれど、思《おぼ》すことの筋《すぢ》なれば、かく続けさせたまへると見えたり。

巻第八「はつはな」

三 妍《けん》子《し》、東宮に参入

東宮居貞《いやさだ》親王に道長二女妍子が参入することとなった。東宮は三十四歳、最初に東宮に参入し六人の皇子女を儲けていた藤原済時《なりとき》息女娍子《せいし》は三十八歳、妍子は十六歳であった。

寛弘《かんこう》六年（一〇〇九）十二月になったので（史実は寛弘七年二月）、尚侍殿《ないしのかんのとの》（妍子）の東宮への参入ということになる。近ごろずっとそのつもりでいらっしゃったことなので並々ならず盛大な儀式をもって参上なさる。まことに驚き入るほかない時世というものだろうか、年来、殿（道長）に仕えてきた人の妻や娘などもすべて参り集って、大人四十人、女童《めのわらわ》六人、下仕《しもづかえ》四人がお供する。

尚侍殿の御有様についてずっとお話し申すのも、いつもと同じようで変りばえもしないけれど、やはり多少ともわずかばかり申しあげないというわけにもまいるまい。御年は十六歳におなりであった。このご姉妹の方々は、どなたも御髪《みぐし》がみごとでいらっしゃるなかに、このお方はとりわけすぐれて、ほんとに仰々しいくらいに豊かでいらっしゃるようである。東宮はほんとにご満足で、たいそう手厚くおもてなし申される。宮中は一段とはなやかさが増したことであろう。お手まわりの御調度類も、中宮（彰子《しょうし》）が入《じゅ》内《だい》なさった折には、「耀《かかや》く藤壺《ふじつぼ》」と世人がもてはやし申したものだが、今度の御参りのみごとさは言い尽すすべもない。その中宮入内の折からこのかた十年ぐらい経過しているのだから、どのくらい多くのことが変ったものか、その間の事情を推察してほしい。

十二月《しはす》になりぬれば、督《かむ》の殿《との》の御参《まゐ》りなり。日ごろ思《おぼ》し心ざしつることなれば、おぼろけならで参らせたまふ。いとあさましうなりぬる世にこそあめれ、年《とし》ごろの人の妻子《めこ》なども、みな参り集りて、大人《おとな》四十人、童女《わらは》六人、下仕《しもづかへ》四人。

督の殿の御有様《ありさま》聞えつづくるも、例《れい》のことめきて同じことなれども、またいかがはすこしにてもほの聞えさせぬやうはあらんな。御年《とし》十六にぞおはしましける。この御前《おまへ》たち、いづれも御髪《みぐし》めでたくおはしますなかにも、この御前すぐれ、いとこちたきまでおはしますめり。東宮いとかひありて、いみじうもてなしきこえさせたまへり。内裏《うち》わたりいとど今めかしさ添ひぬべし。はかなき御具《ぐ》どもも、中宮の参らせたまひしをりこそ、燿《かかや》く藤壺《ふぢつぼ》と世の人《ひと》申しけれ、この御参りまねぶべき方《かた》なし。そのをりよりこなた十年ばかりになりぬれば、いくその事どもかは変りたる、そのほど推しはかるべし。

四 敦《あつ》成《ひら》親王の立太子

巻第八「はつはな」 巻第九「いはかげ」

中宮彰子《しょうし》は再び懐妊し、寛弘《かんこう》六年（一〇〇九）敦良《あつなが》親王を生んだ。道長家では夢かとばかりに喜んだ。その陰で、伊周《これちか》がひっそりと世を去った。寛弘八年、一条《いちじょう》天皇は病を得て譲位を決意した。新帝は三条《さんじょう》天皇である。新東宮は、故定子《ていし》所生の敦康《あつやす》親王ではなく、彰子所生の敦成親王と決まった。

御譲位は六月十三日である。十四日からご容態が重くなられる。若宮（敦成親王）が東宮にお立ちになった。世人は驚くはずもなく、当然そうなるにちがいないと思っていたのだが、帝《みかど》のご病気の間じゅう一の宮（敦康親王）がおそばにつききりでご介抱申しあげなさったのも、そのご心中が推察されおいたわしくて、中宮（彰子）もぐあい悪くお顔も赤らむ思いでいらっしゃる。一品宮《いっぽんのみや》（姉の脩子《しゅうし》内親王）もあれやこれやお心を労されるが、とりわけ一の宮の御身がこうした残念な結果となったのをひとしおお嘆きになるにちがいない。東宮の御事など、中宮はまるで念頭におありではないので、ただ殿（道長）があれこれと万事お忙しく、帝（三条天皇。道長の二女妍子《けんし》が入内）や東宮

（道長長女彰子所生の敦成親王）や院（一条院）のもとに参上して手はずをお決めになる様子は、なんともいいようもなく信じがたいとまで思われなさるご幸運よと、申し分のなさをたたえるほかない御有様である。

御譲位《じやうゐ》六月十三日なり。十四日より御心地《ここち》重《おも》らせたまふ。若宮東宮《とうぐう》に立たせたまひぬ。世の人《ひと》驚くべくもあらず、あべいこととみな思ひたりつれど、御悩みのほど、一の宮の、御前《おまへ》立ち去らずあつかひきこえさせたまふも、御心の中《うち》推しはかられ、心苦しうて、中宮もあいなう御面《おもて》赤む心地せさせたまふ。一品宮《いつぽんのみや》もよろづ思《おぼ》し乱れたるうちにも、一の宮の御事のかかるをそへ嘆かせたまふべし。東宮の御事など、すべて宮は何《なに》ともおぼえさせたまはねば、ただ殿《との》かたがたに御暇《いとま》なく、内《うち》、東宮、院など参り定めさせたまふほど、えもいはずあさましきまで見えさせたまふ御幸ひかなと、めでたく見えさせたまふ。

五 後《ご》一《いち》条《じょう》天皇即位

巻第九「いはかげ」　巻第十「ひかげのかづら」
巻第十一「つぼみ花」　巻第十二「たまのむらぎく」

一条院が崩御した。長和《ちょうわ》元年（一〇一二）、三条《さんじょう》天皇女御《にょうご》妍子《けんし》が立后《りっこう》、翌年、禎子《ていし》内親王を生んだ。三条天皇は不例が続き、長和五年、譲位した。

長和五年正月十九日御譲位、東宮には式部卿宮《しきぶきょうのみや》（娍子《せいし》所生の三条天皇皇子敦明《あつあきら》親王）がお立ちになった。二月七日御即位である（後一条天皇＝敦成《あつひら》親王）。帝《みかど》は九歳におなりであり、東宮は二十三歳でいらっしゃるのだった。格別のご年長である。譲位あそばした帝をば三条院と申しあげる。御位をお退《ひ》きになられても、内裏が焼亡してしまったのでやはり枇杷殿《びわどの》（道長が妍子の里邸として用意した邸宅。三条天皇は本内裏での退位を望んだが、かなわず、枇杷殿で譲位した）にお住まいあそばしたから、そのままそこにご滞留になる。

式部卿宮はこのように東宮にお立ちになるはずとのことであったから、長年女御《にょうご》（延《えん》子《し》）とともにそのお邸《やしき》、堀河院《ほりかわのいん》にいらっしゃったのだったが、皇后宮《こうごうぐう》（娍子）がおいでになられて、ご自分のお住まいあそばしたもとの御殿の東の対《たい》に急にお移し申しあげられたので、堀河《ほりかわ》の大臣《おとど》（延子父顕光《あきみつ》）も女御も、どうなることなのだろうと心配され、うれしいことのなかにもかえって……と世間で言っているように、喜びごとのはじめに当って不快なことだと思い案じていらっしゃるらしい。このようなことを東宮はお耳にあそばして何となくおもしろからぬお気持であるにちがいない。

新しい式部卿宮とは、一条院の皇子帥宮《そちのみや》（敦康《あつやす》親王）のことを申しあげるようである。もしかしたら今度は東宮になどとお思いになったのであろうか、それも沙汰《さた》やみに終ってしまわれた。東宮ご決定の件は道理のことと世間の人は取沙汰《とりざた》申していたが、この帥宮におかれては、あまりといえばあまりにも意外な身の上ではあったなと、よくよく顧みてわが御身のありようをお怨《うら》みになるけれど、何がどうなるわけでもないのだった。

帝（後一条天皇）は御即位のために大極殿《だいごくでん》にお出ましになったが、御角髪《みずら》をお結いあそばしたお姿は、たいそう可愛《かわい》らしくおみごとでいらっしゃる。東宮（敦明親王）の御有様が尊くごりっぱでいらっしゃるにつけても、皇后宮（娍子）は、「ああ、大将殿（娍子父済時《なりとき》）がご存命であったら、どんなにかすばらしい御後見《うしろみ》であられただろうに」とばかりお思いつづけになって、涙を落すことは不吉であるからそれをこらえておいでになる。

長和《ちやうわ》五年正月十九日御譲位《おほむじやうゐ》、東宮には式部卿宮《しきぶきやうのみや》たたせたまひぬ。二月七日御即位なり。帝《みかど》は九つにならせたまひ、東宮は二十三にぞおはしける。こよなきほどの御およすけなり。譲位《おりゐ》の帝をば、三条院《さむでうのゐん》と聞えさす。おりさせたまひても、内裏《うち》の焼けにしかば、なほ枇杷殿《びはどの》におはしましつれば、そのままにおはします。

式部卿宮は、かく東宮に立たせたまふべしといふことありければ、年《とし》ごろ、女御《にようご》の御もとに、堀河院《ほりかはのゐん》におはしましけるを、皇后宮《くわうごうぐう》おはしまして、わが住ませたまうしもとの宮の東《ひむがし》の対《たい》に、にはかに渡したてまつらせたまひてしかば、堀河の大臣《おとど》も女御も、いかなべいことにかと思《おぼ》して、なかなかうれしきことにもと言ふらんやうに、事の始めにむつかしく思し乱るべし。かやうのことを宮には聞しめして、もの心づきなう思しめすべし。

式部卿宮とは、一条院《いちでうのゐん》の帥宮《そちのみや》をぞ聞えさすめる。もしこのたびもやなど思《おぼ》しけんこと、音なくてやませたまひぬ。東宮もことわりに世の人は申し思ひたれど、この宮には、あさましうことのほかにもありける身かなと、うち返しうち返しわが御身一つを怨《うら》みさせたまへど、かひなかりけり。

御即位に大極殿《だいごくでん》に帝出《い》でさせたまへるに、御角髪結《びづらゆ》はせたまへるほど、いみじううつくしくめでたうおはします。東宮の御有様《ありさま》のやむごとなうめでたうおはしますにつけても、皇后宮は、あはれ、大将殿おはしまさましかば、いかにめでたき御後見《うしろみ》ならましとのみ御心に思《おぼ》しつづけさせたまひて、ゆゆしければ忍びさせたまふ。

巻第十二「たまのむらぎく」

六 頼通《よりみち》、摂政となる

さして行事のない年であってもさっさとあっけなく明け暮れていくが、なおさらのことたいそうな儀式（即位行事など）がいくつかあったので、またたく間に年も改まった。今年を寛仁《かんにん》元年（一〇一七）丁巳《ひのとみ》の年という。正月二月は通例どおりの有様で日々が過ぎていくが、三月になるといつものように直物《なおしもの》（除目《じもく》の誤記を訂正する儀式）などということがあるから、三月四日に司召《つかさめし》（小除目《こじもく》）が行われる。大殿《おおとの》（道長）が左大臣を辞任なさったので、堀河《ほりかわ》の右大臣（顕光《あきみつ》）が左大臣になられた。右大臣には閑院《かんいん》の内大臣（公季《きんすえ》）がおなりになった。内大臣には殿の大将（道長長男頼通）がおなりになった。

このように諸事の変動を見ているうちに、同じ月の十七日に、大殿が摂政を内大臣殿にお譲り申しあげられる。内大臣殿は御年が今年は二十六歳でいらっしゃるのだった。まことにお年若であられるのにとご心配ではありながらも、ご自分が後《うし》ろ盾《だて》として控えておられるのだから、万事自然に運ばれることになるとお考えになるのであろう。

大殿ご自身はただ今は何の官職にもついていらっしゃらないということのようであるけれど、御位《くらい》は、殿も上《うえ》の御前《おまえ》（倫子《りんし》）ももともども准三宮《じゅんさんぐう》でいらっしゃるのだから、まことに慶賀すべき御有様である。大殿の御幸いは改めて申すまでもないことだが、上の御前がこのように后《きさき》と同等の御位で、すべての年官年爵《ねんかんねんしゃく》（年給）をお受けになられたりして、長年お仕えしていた女房たちもみな爵《こうぶり》（五位に叙せられること）をいただいたり、ある者は四位におさせになるのもあり、さまざまことに喜ばしくていらっしゃる。

することなき年だにはかなく明け暮るるに、まいていみじき大事どもありつれば、年《とし》も返りぬ。今年をば寛仁《くわんにん》元年丁巳《ひのとみ》の年とぞいふ。正二月は例《れい》の有様《ありさま》にて過ぎもていくに、三月には例の直物《なほしもの》などいふことあればにや、三月四日司召《つかさめし》あり。大殿《おほとの》左大臣を辞せさせたまへば、堀河《ほりかは》の右大臣《みぎのおとど》左になりたまひぬ。右には閑院《かんゐん》の内大臣なりたまひぬ。内大臣には殿《との》の大将ならせたまひぬ。

かやうに事ども変りぬと見るほどに、同じ月の十七日に、大殿、摂政を内大臣殿《うちのおほいどの》に譲りきこえさせたまふ。内大臣殿、御年今年《ことし》二十六にぞおはしましける。いと若うおはしますにと、恐ろしく思《おぼ》しながら、わがおはしませば、何《なに》ごともおのづからと思しめすなるべし。

われはただ今は御官《つかさ》もなき定《ぢやう》にておはしますやうなれど、御位《くらゐ》は、殿も上《うへ》の御前《おまへ》もみな准三后《じゆんさむぐう》にておはしませば、世にめでたき御有様どもなり。殿の御前の御幸ひはさらにも聞えさせぬに、上の御前のかく后《きさき》と等しき御位にて、よろづの官爵《つかさかうぶりえ》得させたまひなどして、年ごろの女房もみな爵を得、あるは四位になさせたまふもあり、さまざまいとめでたくおはします。

巻第十三「ゆふしで」

七　敦良《あつなが》親王の立太子

こうするうちに、東宮（敦明《あつあきら》親王）はどのようなご心境になられてか、このように東宮というこのうえなく尊い御身をどれほどのこととともお思いにならず、昔のお忍び歩きをただ恋しく思わずにはいらっしゃれなくて、折々につけての花をも紅葉《もみじ》をも御心のままにご覧あそばしたことばかりが恋しく、どうにかしてかつてのような自由の御身に戻りたいものと一途《いちず》におぼしめされる御心が夜昼さし迫ってそのことを願わずにはいらっしゃれぬのもいかんともしがたくて、皇后宮《こうごうぐう》（母娍子《せいし》）に、「一生の命はいくらもございませんのに、このままこうしてこの地位におりますことはまことに心の晴れぬことでございます。これも前世からの約束事でございましょうか、以前のような有様で気楽に過ごしとうございます」などと折にふれて言上なさるので、皇后宮は、「まったく情けないお心です。御物《もの》の怪《け》がそのように思わせ申すのでしょう。故院（三条院）が当然そうあらねばならぬこととして東宮の位にお据え申しあげあそばした御事を、どうお考えになられて、そのまま御跡《あと》をも継がず、世間の語りぐさにもなろうとお思いになるのですか。なんとも情けないことです」などと常々お戒め申しあげられて、「御物の怪がこのように思わせ申すのです」と仰せられ、所々に命じて御祈禱《きとう》をおさせになる。思案に余られて、無分別な殿上人《てんじょうびと》がなんぞ進言して東宮のお気持を落ち着かなくおさせ申すのだろうとお考えになり、殿上人たちをお呼び出しになり、きつくお小言を仰せられる。

かかるほどに、東宮、などの御心の催《もよほ》しにかおはしますらん、かくてかぎりなき御身を何《なに》とも思《おぼ》されず、昔の御忍び歩《あり》きのみ恋しく思されて、時時につけての花も紅葉《もみぢ》も、御心にまかせて御覧《ごらむ》ぜしのみ恋しく、いかでさやうにてもありにしがなとのみ思しめさるる御心、夜昼《よるひる》急に思さるるもわりなくて、皇后宮《くわうごうぐう》に、「一生いくばくにはべらぬに、なほかくてはべることそいといぶせくはべれ。さるべきにやはべらん、古《いにしへ》の有様《ありさま》に心やすくてこそあらまほしくはべれ」など、をりをりに聞えたまへば、宮は、「いと心憂《こころう》き御心なり。御物《もの》の怪《け》の思はせたてまつるならん。故院《こゐん》のあるべきさまにし据《す》ゑたてまつらせたまひし御事をも、いかに思しめして、やがて御跡《あと》をも継《つ》がず、世《よ》の例《ためし》にもならむと思しめすぞ。いと心憂きことなり」など、つねには諫《いさ》め申させたまひて、「御物の怪のかく思はせたてまつるぞ」とて、所々《ところどころ》に御祈りをせさせたまふ。思しあまりて、若やかなる殿上人《てんじやうびと》申しあくがらすならんとて、いみじう召し仰《おほ》せなどせさせたまふ。（略）

東宮（敦明《あつあきら》親王）は道長と対面し譲位の意を伝えた。道長はその足で彰子《しょうし》を訪れる。

大殿《おおとの》（道長）は「他人がこのことをなんのかのと考えてさしあげることであるならともかくとして、ご自身で簡単にご決心あそばしたことであるから、一の院（最高の院）として思いのままにしていたいとおぼしめされるのも、まったく何よりのことです。それにしても東宮には、三の宮（彰子所生の一条天皇第三皇子敦良《あつなが》親王）がおなりになるのがよろしいでしょう」とお申しあげになる。大宮《おおみや》（彰子）は、「それはそうあってしかるべきことですが、式部卿宮《しきぶきょうのみや》（定子《ていし》所生の第一皇子敦康《あつやす》親王）などが東宮になられるのが順当でございましょう。この宮こそ帝《みかど》の位にもお据え申したいところでしたが、故院のあそばしたこと（一条天皇は譲位の時、次の東宮に、後見《うしろみ》のない敦康親王ではなく道長の外孫敦成《あつひら》親王を据えた）ですから、そのままになってしまいました。今度この宮がおなりになったら、故院の内心ではおぼしめしおきの本意もおありですし、宮の御ためにも結構なことにちがいないのです。若宮（敦良親王）はご運にまかせておきたいものと思いますが」とお申しあげになるので、大殿は、「仰せの向きはまことにもったいなくお思いやり深きご配慮ですが、故院も、余事はさておき、ただ御後見《うしろみ》がないというそのことから断念あそばしたことなのです。式部卿宮はすぐれたお方でいらっしゃいますけれど、そうした御地位をお保ちになれるかどうかは、まったく御後見次第によるものです。帥中納言《そちのちゅうなごん》（敦康親王の叔父隆家《たかいえ》。当時は大宰権帥《だざいのごんのそち》として赴任）すらも在京しないのでは……」などと、やはり不適当であるとお決めになった。

こうして八月九日、東宮（敦良親王）がお立ちになった。前東宮（敦明親王）をば、小一条院《こいちじょうのいん》と申しあげる。

「人のこれをとかく思ひ聞えさすることならばこそあらめ、わがたはやすくならせたまへる御心なれば、一《いち》の院《ゐん》とて心にまかせてと思《おぼ》したるも、いとあらまほしきことなり。さても東宮には、三の宮こそはゐさせたまはめ」と申させたまふ。大宮《おほみや》、「それはさることにはべれど、式部卿宮《しきぶきやうのみや》などのさておはせんこそよくはべらめ。それこそ帝《みかど》にも据《す》ゑたてまつらまほしかりしか、故院《こゐん》のせさせたまひしことなれば、さてやみにき。このたびはこの宮のゐたまはん、故院の御心の中《うち》に思しけん本意《ほい》もあり、宮の御ためもよくなむあるべき。若宮は御宿世《すくせ》に任《まか》せてもあらばやとなん思ひはんべ

る」と聞えさせたまへば、大殿《おほとの》、「げにいとありがたくあはれに思さるることなれど、故院も、異事《ことごと》ならず、ただ御後見《うしろみ》なきにより、おぼしめしたえにしことなり。賢《かしこ》うおはすれど、かやうの御有様《ありさま》はただ御後見からなり。帥中納言《そちのちゆうなごん》だに京になきこそ」など、なほあるまじきことに思し定めつ。
かくて八月九日、東宮立《た》たせたまひぬ。はじめの東宮をば、小一条院《こいちでうのゐん》と聞えさす。

八　威子《いし》、後一条天皇《ごいちじよう》に入内《じゆだい》

巻第十四「あさみどり」

こうした次第で寛仁《かんにん》二年（一〇一八）二月（史実は三月）になったので、大殿《おおとの》の尚侍《ないしのかん》の殿《との》（倫子《りんし》所生の道長三女、威子）が入内《じゆだい》なさる。万事万端お支度をお調えになった。女房四十人、女童《めのわらわ》六人、下仕《しもづかえ》も同数である。御姉の宮々（彰子《しようし》・妍子《けんし》）や摂政殿（頼通《よりみち》）などに女房たちが皆大勢お仕えして、もう今ではとてもこれはといった女房は得られまいと懸念しておられたのだが、どれもこれも恥ずかしくない女房たちが大勢参上したのである。女童は、当夜ご出立の御車を寄せる間際まで選《え》りすぐってお調えになったが、その間の有様は推察していただきたい。お二人の宮（彰子・妍子）の入内なさったそれぞれの折のことを、世間話として人々が取沙汰《とりざた》申しているようだが、このたびはもう少しまさっている。世の中の人のお心の持ち方というものは、昨日より今日はただまさったことをするものだから、万事そうした時世に従って結構なことである。

かくて二月になりぬれば、大殿《おほとの》の内侍《ないし》の督《かむ》の殿《との》、内《うち》へ参《まゐ》らせたまふ。よろづ調へさせたまへり。大人《おとな》四十人、童女《わらは》六人、下仕《しもづかへ》同じ数なり。はじめの宮々、摂政殿などに、皆《みな》人々こみ参りて、今は、えしもやと思《おぼ》しめしつれど、いづれも恥なき人々多《おほ》く参りこみたり。童女は、その夜《よ》の御車《くるま》寄するまで選《え》り調へさせたまへるほど推しはかるべし。二宮《ふたみや》の御参りのをりをりのことをぞ、世語《よがたり》に人々聞《きこ》えさすめるを、これは今すこし勝《まさ》りたり。世の中の人の御心掟《こころおきて》、昨日《きのふ》に今日《けふ》は勝りてのみあるわざなれば、よろづそれにしたがひてめでたし。

巻第十四「あさみどり」 巻第十五「うたがひ」

九 道長の出家

寛仁《かんにん》二年（一〇一八）十月、威子《いし》が立后《りっこう》した。道長は、一条天皇后《きさき》彰子《しょうし》、三条天皇后妍子《けんし》、後一条天皇后威子と、一家から三代続けて后を輩出し、栄華を極めた。病を得た道長は年来の本意を実現すべく、寛仁三年三月、出家した。

こうして、「今はこれまで」というので、院源僧都《いんげんそうず》を召して、御髪《みぐし》をお下ろしになった。北の方（倫子《りんし》）も年来の御本意であるから、すぐ続いてと思われもし、そのことをお口にされるけれど、「尚侍殿《ないしのかんのとの》（四女嬉子《きし》）の御事（東宮参入）が済んでから」と申しあげられるので、まことに残念なことと途方に暮れておられるのもほんとにいたましいことである。僧都が御髪《みぐし》をお下ろしになろうとして、「長年の間、天下の柱石として、すべての人々の父として万民を撫育《ぶいく》し、仏法の正しい教えをもって国を治め、非道の政《まつりごと》もなく過ごしてこられたのに、いま最高の地位を去り、りっぱなお住まいを捨てて、出家入道なさるのを、三世《さんぜ》（前世《ぜんせ》、現世、来世）の諸仏たちは喜び、現世ではご寿命が延び、後生《ごしょう》は極楽世界の上品上生《じょうぼんじょうしょう》（往生を九段階に分類したうちの最高位）にお上りなさることは必定である。三帰《さんき》五《ご》戒《かい》（仏・法・僧の三宝に帰依《きえ》することと、不殺生などの五つの戒めを保つこと）を受ける人でさえ、三十六天の神祇《しんぎ》（三帰を受けた者の守護神）、十億恒河《ごうが》沙《しゃ》の鬼神（三十六天の神祇の眷属《けんぞく》である無数の鬼神）の護《まも》りがあるものである。まして、真実の出家においてはなおさらである」などと、しみじみと尊くも哀《かな》しいことはこのうえない。宮たちや殿方も惜しみ悲しみ申しあげられるのは、それも無理からずたいそう悲しいことである。帝《みかど》や東宮（敦良《あつなが》親王）からお使者の絶え間がない。

かくて、今はとて院源僧都《ゐんげんそうづ》召して、御髪《みぐし》おろさせたまうつ。上《うへ》も年《とし》ごろの御本《ほ》意《い》なれば、やがてと思《おぼ》しのたまはすれど、「督《かむ》の殿《との》の御事の後《のち》に」と申させたまへば、いと口惜《くちを》しと思しまどふもいといみじ。僧都の、御髪おろしたまふとて、「年ごろの間《あひだ》、世《よ》の固《かた》め、一切衆生《いつさいしゆじやう》の父としてよろづの人をはぐくみ、正法《しやうぼふ》をもて国を治め、非道の政《まつりごと》なくて過《す》ぐさせたまふに、かぎりなき位《くらゐ》を去り、めでたき御家を捨てて、出家入道せさせたまふを、三世《さむぜ》諸仏《しよぶつ》たち喜び、現世《げんぜ》は御寿命延《の》び、後生《ごしやう》は極楽の上品上生《じやうぼんじやうしやう》に上《のぼ》らせたまふべきなり。三帰《さんき》五《ご》戒《かい》を受くる人すら、三十六天《さむじふろくてん》の神祇《じんぎ》、十億恒《じふおくごう》

河沙《がしや》の鬼神《くゐじん》護《まも》るものなり。いはんや、まことの出家をや」など、あはれに尊《たふと》くかなしきことかぎりなし。宮々、殿《との》ばら惜しみ悲しびきこえたまふ、ことわりにいみじう悲し。内《うち》、東宮より御使《つかひ》隙《ひま》なし。

一〇　法成寺《ほうじようじ》金堂《こんどう》供養《くよう》

巻第十六「もとのしづく」　巻第十七「おむがく」

治安《じあん》元年（一〇二一）、道長の四女嬉子《きし》が東宮に参入した。翌年、道長は、竣工なった法成寺金堂の御堂供養を催した。帝《みかど》（後一条天皇）の行幸、東宮（敦良《あつなが》親王）・三后（彰子《しようし》・妍子《けんし》・威子《いし》）・東宮妃（嬉子）の行啓もあり、金堂は燦然《さんぜん》と輝く。

この御堂《みどう》をご覧あそばすと、七宝で美しく造り成した宮殿である。宝楼《ほうろう》の真珠の瓦《かわら》は青く葺《ふ》いてあり、瑠璃《るり》の壁は白く塗り、瓦は光って空を映し出し、大象《だいぞう》をかたどった柱石、紫金《しごん》（純金）の棟、金色の扉、水晶の土台など、種々の宝石の類《たぐい》で尊くおごそかに重々しく装飾してある。さまざまな色が交錯して輝いている。扉の押し開いてあるのをご覧なさると、釈迦《しやか》の八相成道《はつそうじようどう》（降兜率《ごうとそつ》・托胎・出胎・出家・降魔《ごうま》・成道《じようどう》・転法輪《てんぽうりん》・入滅の八種の相）をお描かせになってある。釈迦仏が摩耶夫人《まやぶにん》の右脇《みぎわき》からお生まれになって難陀《なんだ》、跋難陀《ばつなんだ》という二つの竜が空中で産湯《うぶゆ》をあびせ申しあげているところからはじめて、悉達太子《しったたいし》（釈迦在俗時の名）と申して浄飯王宮《じょうぼんおうぐう》で大切に育てられていらっしゃった間に、御出家の本意を深く持たれたのを父王には一大事とおぼしめして、隣の国々の王の女《むすめ》を五百人添え申しあげられたけれど、いささかもそれに御心をおとめにならないので、四方の園や林をお見せして気を紛らわせ申そうとお考えになり百官をお供に宮殿をお出し申されたのに、浄居天《じょうごてん》（欲界に再び生れることのない聖者）が変化して生老病死をあらわしてお見せ申しあげた絵、御年十九壬申《みずのえさる》の歳《とし》の二月八日夜中に宮殿をお出ましになって、出家をなさり、御厩《うまや》の馬をむだに車匿《しゃのく》（釈迦出家を助けた御者）が引いて帰ってきたので、王も夫人も大勢の采女《うねめ》も宮殿内が揺らぐほどに泣いている絵、また、降魔（釈迦が悟りを開く前に種々の悪魔の妨害を退けたこと）、成道（悟りに達すること）、転法輪（釈迦が初めて説法したこと）の絵や、忉利《とうり》天《てん》に昇って摩耶夫人に孝養をお尽しなさる絵、沙羅《しゃら》双樹《そうじゅ》の下で涅《ね》槃《はん》に入った夕べにいたるまでの絵を描きあらわしなさってあった。柱には菩《ぼ》薩《さつ》の成等正覚《じょうとうしょうがく》（菩薩の修行が完成し、悟りを開くこと）の有様を描き、上を見ると、大勢の天人が雲に乗って遊戯しており、下を見ると、紺色の瑠璃が地に敷いてある。

この御堂《みだう》を御覧《ごらむ》ずれば、七宝所成《しちほうしよじやう》の宮殿なり。宝楼《ほうろう》の真珠の瓦《かはら》青く葺《ふ》き、瑠璃《るり》の壁《かべ》白く塗り、瓦光《ひか》りて空の影《かげ》見え、大象《だいざう》のつめいし、紫金《しごむ》の棟《むね》、金色《こむじき》の扉、水精《すいしやう》の基《もとゐ》、種々の雑宝《ざふほう》をもて荘厳《さうごむ》し厳飾《ごむしよく》せり。色々交《まじは》り耀《かかや》けり。扉《とびら》押し開きたるを御覧ずれば、八相成道《はつさうじやうだう》をかかせたまへり。釈迦仏《しやかぶつ》の摩耶《まや》の右脇より生れさせたまひて、難陀《なんだ》、跋難陀《ばつなんだ》、二つの竜の空にて湯あむしたてまつりたるよりはじめて、悉達太子《しつたたいし》と申して、浄飯王宮《じやうぼんわうぐう》にかしづかれたまひしに、御出家《おほむすけ》の本意《ほい》深くおはしますを、父の王これをいといみじきことに思《おぼ》して、隣の国々の王の女《むすめ》を、五百人添《そ》へたてまつりたまへれど、いささかそれに御心もとどまらねば、四方《よも》の園《その》、林《はやし》を見せたてまつらんと思して、百官ひきて出《いだ》したてまつらせたまふに、浄居天変《じやうごてんへん》じて、生老病死《びやうし》を現じて見えたてまつり、御年《とし》十九壬甲《みづのえさる》の歳《とし》、二月八日夜中に出《い》でたまひて、出家せさせたまひて、御厩《まや》の馬をいたづらに車匿《しやのく》が率《ゐ》て帰りまゐりたれば、王、夫人《ぶにん》、そこらの采女《うねめ》、宮の内ゆすりて泣き、また降魔《がうま》、成道《じやうだう》、転法輪《てんぼふりん》、忉利天《たうりてん》に昇りたまひて、摩耶を孝じたてまつりたまふ、娑羅双樹《しやらさうじゆ》の涅槃《ねはん》の夕《ゆふべ》までのかたをかき現させたまへり。柱には菩薩《ぼさつ》の願《ぐわん》

――成就《じやうじゆ》のかたを書き、上《かみ》を見れば、諸天《しよてん》雲に乗りて遊戯《ゆげ》し、下《しも》を見れば、紺《こむ》瑠璃《るり》を地に敷けり。

巻第二十六「楚王のゆめ」　巻第二十九「たまのかざり」
巻第三十「つるのはやし」

二　道長薨去《こうきよ》

万寿《まんじゆ》二年（一〇二五）、東宮妃嬉子《とうぐうひきし》（道長四女）は、親仁《ちかひと》親王（のちの後冷泉天皇）を出産して亡くなり、万寿四年、皇太后妍子《けんし》（道長二女）も崩御した。道長の嘆きは深かった。すでに長男頼通《よりみち》は関白、五男教通《のりみち》は内大臣となって久しい。その年の暮れ、道長にも最期の時が近づいていた。

十二月二日、殿（道長）は常にましてまことにお苦しみになるので、女院《にようゐん》（長女彰《しよ》子《うし》）、中宮（三女威子《いし》）、上の御前《うえおまえ》（北の方倫子《りんし》）もほんとに憂慮申しあげられて、関白殿（頼通）にたってお願い申されるので、人払いしてお会い申しあげられるにつけて、心底せつなく悲しくて、危うくお声をあげてしまいそうである。さて、退出なさると、僧たちがおそばにお付きして、御念仏をしてお聞かせ申しあげる。しかし、その日はご病状が軽くなられた。この間、帝《みかど》（後一条天皇）、東宮（敦良《あつなが》親王）からお使者がうち続いた。今もってやはり弱々しくいらっしゃるけれど、この御念仏をお続けになっておられる、ただそのことで、まだご存命でいらっしゃることが確かなのであった。翌日も、もう臨終かとお見えになるが、無事にお過しになった。

月はじめの四日、巳《み》の刻頃《ときごろ》（午前十時頃）に、ついにお亡くなりになったようである。しかし、御胸より上は、まだ同じように温かでいらっしゃる。やはり御口を動かしておられるのは、御念仏を唱えていらっしゃるようにお見えである。大勢の僧が涙を流して、御念仏の声を惜しみなくお唱えしてお仕え申しあげられる。「臨終の折は、悪業《あくごう》の人は風火がまず立ち去る。それゆえに動熱《どうねち》して苦しみがたくさんある。善根《ぜんこん》の人は地水《じすい》がまず立ち去るからして、緩慢して苦しみがない」（往生要集）とあるようだ。それゆえに殿は、善根者とお見えになる。

胸にしみるような有様で、帝や東宮のお使者が絶え間なくある。このところ見舞いも控えておられたご子息方やご息女方が、声もお惜しみにならずお泣きになるのは、いかにも尋常ならざることである。御堂《みどう》の中にいる身分の低い法師どもの、何の物思いもなさそうであった者たちが、そのまま庭の上に身を捩《よじ》って悲しむのは、まったく異常なことである。世の中の尊い尼までも集まって、「仏のようにこの世に出現されて、衆生《しゅじょう》を済度《さいど》された殿が、涅槃《ねはん》の山にお隠れになられた。自分たちのような者は、どんなに途方に暮れることだろうか」などと、言い続けて泣くのも、たいそう悲しい。夜中過ぎになって、すっかり冷たくおなりになるのだった。御棺は発病あそばした日からお造りになっておられたので、そのまま入棺申しあげた。泣き悲しむ御声々は、予想のほかでいらっしゃる。翌日、陰陽師《おんみようじ》をお召しになって葬送の日取りをご下問なさると、「七日の夜、なさるがよろしい。場所は鳥辺《とりべ》野《の》（葬送地として知られた東山西麓の地）」とお決め申しあげて退出した。

七日になったので、早朝から葬送の支度をなさる。葬事の次第などは想像されるがよい。日が暮れたので、御車に棺をお乗せ申しあげていらっしゃると、その日は早朝から夜まで、たいそう雪が降る。しかるべき人々がきまりの装束の上に粗末な当色《とうしき》（儀式に際し統一して着る色目）を着て、雪がとだえもなく降りかかっているのも、あれこれ胸にしみて悲しい。殿は「すべて簡略にして、ただ形式どおりに」と遺言されたのだったが、物事にはきまりがあって、葬送に供奉《ぐぶ》する人々の列の長さは、十町（約一・一キロ）も二十町もあったであろう。今はご出棺である。無量寿院《むりようじゆいん》（法成寺《ほうじようじ》）の南門の脇御門からお出ましになる。かの釈迦《しやか》入滅《にゆうめつ》の時、あの拘尸《くし》那城《なじよう》の東門からお出ましになったとか、それにそのまま同じである。九万二千人が集まったというのにも劣らず、しみじみとした風情である。例の世の中の尼どもが、心底から哀悼《あいとう》してお送り申しあげるが、大勢集まったこととて、誰《だれ》が誰なのか見分けられない。万寿《まんじゅ》四年十二月四日にお亡くなりになって、月はじめの七日の夜に御葬送、御年は六十二歳におなりなのであった。

十二月二日、常《つね》よりもいと苦しうせさせたまへば、女院《にようゐん》、中宮、上《うへ》の御前《おまへ》も、いとゆゆしう思ひたてまつらせたまひて、関白殿にせちに申させたまへば、人々出《いだ》して見たてまつらせたまふに、あはれに悲しういみじうて、ほとほと御声《こゑ》たてさせたまひつべし。さて帰らせたまひぬれば、僧たち近うさぶらひて、御念仏をして聞かせたてまつる。されど、その日おこたらせたまひつ。このほど、内《うち》、東宮より御使《つかひ》いみじかりつ。今になほ弱げにおはしませど、ただこの御念仏の怠《おこた》らせたまはぬにのみ、おはします定《ぢやう》にてあるなり。またの日も、今や今やと見えさせたまへれど、ことなくて過ぎさせたまひぬ。

ついたち四日、巳《み》の時ばかりにぞ、うせさせたまひぬるやうなる。されど御胸より上《かみ》は、まだ同じやうに温《あたた》かにおはします。なほ御口《くち》動かせたまふは、御念仏せさせたまふと見えたり。そこらの僧涙《なみだ》を流して、御念仏の声惜《を》しまず仕《つか》うまつりたまふ。「臨終《りむじゆう》のをりは、風火《ふうくわ》まづ去る。かるが故《ゆゑ》に、動熱《どうねち》して苦多《おほ》かり。善根《ぜんこん》の人は地水《ぢすい》まづ去るが故に、緩慢《くわんまん》して苦しみなし」とこそはあんめれ。されば善根者《ぜんこんしや》と見えさせたまふ。

あはれに、内、東宮の御使ぞ隙《ひま》なき。日ごろいみじう忍びさせたまへる殿《との》ばら、御前たち、声も惜しませたまはず、げにいみじや。御堂《みだう》の内のあやしの法師ばらのもの思ひなげなりつるが、庭のままに臥《ふ》しまろぶ、げにいみじ。世界の尊き尼法師《あまほふし》さへ集まりて、「仏《ほとけ》の世に出《い》でたまひて、世をわたしたまへる、涅槃《ねはん》の山に隠れたまひぬ。われらがごときいかに惑《まど》はんとすらん」など、言ひつづけ泣くも、いみじう悲し。夜半《よなか》過ぎてぞ冷え果てさせたまひける。御棺《くわん》は悩みそめさせたまひし日より造らせたまへれば、やがて入棺《にくわん》したてまつりつ。いみじう御声どもまさなきまでおはしまさふ。またの日、陰陽師《おむみやうじ》召して問はせたまふに、「七日の夜せさせたまふべし。所は鳥辺野《とりべの》」と定めまうしてまかでぬ。

七日になりぬれば、つとめてよりいそぎせさせたまふ。例《れい》の事ども推しはかるべし。日暮《く》れぬれば、御車に舁《か》き乗せたてまつりておはしますに、その日つとめてより夜《よる》まで雪いみじう降る。さるべき人々、例《れい》の装束《さうぞく》の上《うへ》にあやしの物ども着て、雪消《き》えあへず降りかかりたるも、さまざまにあはれに悲し。「よろづ事削《そ》ぎて、ただ形《かた》のやうに」と仰《おほ》せられけれど、事かぎりありて、人の続きたちたるほど、十二十町《ちやう》ばかりありぬべし。今は出でさせたまふ。無量寿院《むりやうじゆゐん》の南の門の脇《わき》の御門《みかど》より出でさせたまふ。かの釈《しや》迦入滅《かにふめつ》の時、かの拘尸那城《くしなじやう》の東門《とうもん》より出でさせたまひけんに違《たが》ひたることなし、九万二千集《あつ》まりたりけんにも劣らず、あはれなり。この世界の尼ども、心をつくして参《まゐ》り送りたてまつれど、そこらある人なれば、いづれとも知りがたし。万寿《まんじゆ》四年十二月四日うせさせたまひて、ついたち七日の夜《よ》、御葬送《さうそう》、御年《とし》六十二にならせたまひけり。（略）

次々のあれこれの有様も、またまた生起するであろう。見たり聞いたりなさる人もお書きつけくだされ。御堂の百体の観音は、阿弥陀堂《あみだどう》にお宿りなさっていらっしゃるようである。ああ、殿がご在世でいらっしゃるのなら、たくさんの御堂を建てて安楽でいらっしゃるであろうに。百体の観音も御堂を建ててくださるはずの殿に後れ申しあげられたのだから、こうしていたわしい有様にお見えである。釈尊《しやくそん》入滅ののちは、世の中がすべて闇《やみ》になってしまった。この世の灯火とも仰がれた方がお亡くなりになったのだから、長夜無明《ちようやむみよう》の闇をたどる人が、どれほどたくさんいることか。主人のおわしまさぬ御堂の建立をお急ぎになる。御一周忌にはそのまま供養の法会《ほうえ》をとおぼしめされたからである。

次々の有様《ありさま》どもまたまたあるべし。見聞きたまふらむ人も書きつけたまへかし。御堂《みだう》の百体の観音《くわんおむ》、阿弥陀堂《あみだだう》にぞ宿《やど》りゐさせたまふめる。あはれ、殿《との》のおはしまさましかば、ここら御堂設《まう》けて、やすらかにおはしまさましものを。仏《ほとけ》もさべき人に後《おく》れたてまつらせたまへば、かくこそはあはれに見えさせたまふ。釈尊入滅後《しやくそんにふめつご》は世間みな闇《やみ》になりにけり。世の灯火《ともしび》消えさせたまひぬれば、長き夜《よ》の闇をたどる人、いくそばくかはある。主《あるじ》去らせたまへる御堂急《いそ》がせたまふ。御果てにやがて供養とぞ思《おぼ》しめしたる。

栄花物語の風景 ②

平等院《びょうどういん》

藤原道長《みちなが》の日記『御堂関白記《みどうかんぱくき》』にたびたび記される「宇治別業《うじべちぎょう》」。それは当時景勝地として貴族たちに愛された宇治の地に道長が営んだ別荘である。嫡男頼通《よりみち》によって寺院となったのは、永承《えいしょう》七年(一〇五二)。この年は『扶桑略記《ふそうりゃくき》』の記事に「今年始めて末法に入《い》る」とあるように、仏法が衰退する「末法」元年と考えられていた。折しもこのころ天変地異が頻発し、人々はひしひしと末世のおとずれを感じとり、父に続いて栄華を謳歌《おうか》していた頼通も時代をおおう不安感から逃れるべく、この平等院を建立したのである。

創建の翌年に現在「鳳凰堂《ほうおうどう》」の名で親しまれる阿弥陀堂を建立し、本尊には定朝《じょうちょう》作・阿弥陀如来坐像《あみだにょらいざぞう》を安置して、盛大な開眼供養《かいげんくよう》が行われた。なめらかな曲線を描く州浜《すはま》の美しい池泉《ちせん》と、水面に映る鳳凰のような翼廊を持つお堂。その内陣では、極彩色の壁画を背にして黄金色に輝く本尊が温和なほほえみをたたえ、回りでは五十二軀《く》もの雲中供養菩薩像が音楽を奏でている。

「極楽いぶかしくは、宇治の御寺をうやまふべし」――極楽が見たかったら、平等院を敬いなさい……(『後拾遺往生伝《ごしゅういおうじょうでん》』)。栄華の果てにたどり着いた道長の極楽浄土への思いが、その息子の手によって宇治の地に具現されたのである。平等院を訪れる際は、阿弥陀さまへはもちろん、千年前の浄土信仰のもっとも華麗なる証《あかし》が残された奇跡に手を合わせたい。

解説

『大鏡』――歴史語りの場を立体的に描く

『大鏡』は、藤原道長《ふじわらのみちなが》を中心として系譜をたどり、老翁、大宅世継《おおやけのよつぎ》の語る数々の逸話をつないで描く歴史物語である。物語中の世継のことばに、後一条《ごいちじょう》天皇を当代《とうだい》の帝《みかど》として文徳《もんとく》天皇の即位した嘉祥《かしょう》三年庚午《かのえうま》の年（八五〇）から今年まで一百七十六年とあるところから、物語世界の現在とされているのは万寿《まんじゅ》二年（一〇二五）であることがわかる。『大鏡』は、『栄花物語』に直接ふれるわけではないが、参照している部分があり、『栄花物語』よりあとに成立した作品であると考えられる。『大鏡』の作者も未詳であり、道長の息男能信《よしのぶ》や大江匡房《おおえのまさふさ》をはじめ、藤原氏・源氏の人々の名があげられており、男性作者を想定することでは一致をみる。その一端については新編日本古典文学全集『大鏡』解説を参照されたい。

『大鏡』という書名の由来は定かではなく、後世の人の命名であろうと推定されている。この物語の中に「大鏡」の語がみられるわけではないが、他に『世継《よつぎ》物語』『世継の翁《おきな》が物語』などの呼称も伝えられている。「鏡」の例はみられ、歴代の帝を語ったあと、夏山《なつやまの》繁樹《しげき》が世継の話を「あかく磨ける鏡」と表したのを受け、繁樹と世継の和歌に「鏡」が詠《よ》み込まれている。

あきらけき鏡にあへば過ぎにしも今ゆく末のことも見えけり

すべらぎのあともつぎつぎかくれなくあらたに見ゆる古鏡《ふるかがみ》かも

繁樹の歌は世継の歴史語りを「あきらけき鏡」と褒め、世継は高齢で代々の歴史を熟知する自分を「古鏡」に喩《たと》える。「古鏡」は旧《ふる》くからの世を映し出す意であり、世継の自負がこめられた表現である。この「鏡」に中国の鑑戒《かんかい》思想との関係も指摘されている。『大鏡』はのちの『今鏡』『水鏡』『増鏡』などとともに「鏡物《かがみもの》」と呼ばれるようになる。

作品全体の構成は「帝紀《ていき》」「列伝《れつでん》」「雑々物語《くさぐさのものがたり》」の三つに大別され、雲林院《うりんいん》の菩提講《ぼだいこう》で邂逅《かいこう》した登場人物たちを紹介し、歴史語りへといざなう序のあと、帝を語る「帝紀」、藤原冬嗣《ふゆつぎ》からの「列伝」を主要な柱とし、さらに、道長伝の後半部分にあたる「雑々物語」(本書不収)から成る。

『大鏡』の物語世界のめざすところは、雲林院で語り出す世継のことばに端的に表されている。

ただ今の入道殿下《にふだうてんが》の御有様の、世にすぐれておはしますことを、道俗男女の御前《おまへ》にて申さむと思ふが、いとこと多くなりて、あまたの帝王・后《きさき》、また大臣《だいじん》・公卿《くぎやう》の御上《うへ》をつづくべきなり。そのなかに幸ひ人《さいはびと》におはします、この御有様申さむと思ふほどに、世の中のことのかくれなくあらはるべきなり。

物語の眼目は、この「入道殿下」すなわち藤原道長の類《たぐ》い稀《まれ》な栄華を語ることにある。そのためには、帝や后、大臣・公卿たちを語らなければならず、そのなかで、世の中のことがすべて明らかになるとする。『大鏡』は、皇統であれ、藤原氏であれ、歴史のさまざまな事柄を、「帝紀」「列伝」のかたちで系譜をたどり、人の逸話としてまとめていく。物語中で、司《し》馬遷《ばせん》の『史記《しき》』に由来する紀伝体の歴史叙述のスタイルにもなぞらえられる。この世継は聴衆に向かって自分の話を「日本紀聞《にほんぎ》くと思《おぼ》すばかりぞかし」と述べている。この場合の「日本紀」は正史《せいし》を意味しており、そこには長生きをして世の中のさまざまな事柄を見聞してきた世継の自信が表され、それが同時に『大鏡』の自負ともなっている。

世継は続く部分で道長を「ただ今の入道殿下の御有様、古《いにしへ》を聞き今を見はべるに、二もなく三もなく、ならびなく、はかりなくおはします。たとへば一乗《いちじよう》の法《ほふ》のごとし。御有様のかへすかへすもめでたきなり」と言う。「一乗の法」は『法華経』「方便品《ほうべんぼん》」からの表現であり、道長を『法華経』に喩《たと》えている。こうした言い回しからも、道長を称《たた》える歴史語りであるのは明らかである。

『大鏡』は、道長に至る系譜に焦点を定め、登場人物の歴史語りというスタイルによって進められていく。その中核をなす人物として設定されるのは、百九十歳（流布本系では百五十歳）という現実にはありえない高齢の老翁、世継であり、その体験した事実として歴史が語られる。それらは、老翁が実際に見聞した生の記憶として描かれることにより、人々の生き生きとした逸話として印象づけられる。世継一人の語りにとどまらず、複数の人物の座談形式をとり、世継とならぶ百八十歳（流布本系では百四十歳）の夏山繁樹《なつやまのしげき》を同席させ、さらには、そこに三十歳ほどの若侍《わかさぶらい》を加える。そうした場には、人々の話に耳を傾けている女性の存在もある。藤原氏の歴史を語った物語の終末で、世継が禎子《ていし》内親王誕生の頃《ころ》に見たすばらしい夢を母后の皇太后妍子《けんし》に申し上げたいと語った時、皇太后宮に近い者ならここにいると名告《なの》りを上げたかったというくだりがあり、ここで菩提講の場に居合わせた聞き手が妍子に仕えた人であることが明らかにされる。序の部分との対応が、はかられているのである。さまざまな立場の人物たちを仮構することによって、立体的な歴史語りの場が作り上げられている。繁樹は世継とは異なる歴史の一面を語り、若侍は世代の異なる立場からのことばをはさむ。たとえば、敦明《あつあきら》親王の東宮退位を語る世継に対し、若侍が真相を語り、敦明親王が道長の権力に畏怖《いふ》を感じ、敦良《あつなが》親王（後朱雀《ごすざく》天皇）を東宮に立てるために東宮の位を奪われるより自ら退位した方がよいと判断した、と述べている。史実をひとつの価値観に収束させるのではなく、複数の目でとらえ、そこに批評が生じることになる。同じ仮名《かな》による物語であっても、先行作品の『栄花物語』とはその点が違う。『大鏡』は、語りの場が有効にはたらく歴史物語である。

『栄花物語』――道長一族の物語を歳月を追って描く

『栄花物語』は、宇多《うだ》・醍醐《だいご》・朱雀《すざく》天皇に続く村上《むらかみ》天皇の御代《みよ》から堀河《ほりかわ》天皇の御代までをその内容とする四十巻から成る歴史物語である。先の三十巻を正編、後の十巻（本書不収）を続編とし、道長の薨去《こうきょ》以前とその後に分けられている。正編の作者は道長の妻倫子《りんし》に仕えた赤染衛門《あかぞめえもん》かと推定されているが、赤染衛門一人というより、周辺の女房たちが関わっていることも考えられる。また、続編については出羽弁《いではのべん》という説があり、出羽弁と親しい女房かとも言われる。作者名の特定には至らないが、女性作者が想定されている作品である。

『栄花物語』の成立も、『大鏡』同様、定かではない。正編の最後である巻第三十「つるのはやし」には万寿《まんじゆ》五年（一〇二八、長元《ちょうげん》元年）二月の除目《じもく》がみられ、万寿五年以降であるのは動かず、また、物語最終の巻第四十「紫野《むらさきの》」の記述は寛治《かんじ》三年（一〇八九）年明けの叙述のあと、寛治六年に師通《もろみち》息男忠実《ただざね》が中納言になり、春日祭《かすがのまつり》の上卿《しょうけい》をつとめたことにまで及ぶことから、その後に成立したものと推定される。

『栄花物語』という書名は、道長を称える物語の内容を汲《く》み上げた命名にほかならない。『世継物語』の書名も伝えられており、それは代々の歴史という意味を表す「世継」を冠したものと考えられるが、物語中には「栄花」の語がみられる。

されど東宮の生れたまへりしを、殿の御前《おまへ》（道長）の御初孫《はつむまご》にて、栄花の初花《はつはな》と聞えたるに、この御事をば、つぼみ花とぞ聞えさすべかめる。（巻第十一「つぼみ花」）

ただこの殿の御前の御栄花のみこそ、開《ひら》けそめにし後《のち》、千年《ちとせ》の春霞《はるがすみ》、秋の霧にも立ち隠されず、風も動きなくして、枝を鳴らさねば、薫勝《かをりまさ》り、世にありがたくめでたきこと、優曇華《うどんげ》のごとく、水に生《お》ひたる花は、青き蓮《はちす》世に勝《すぐ》れて、香匂《かにほ》ひたる花は並《ならび》なきがごとし。（巻第十五「うたがひ」）

「つぼみ花」の例は、三条天皇中宮妍子腹の禎子《ていし》内親王誕生時のお湯殿《ゆどの》の儀式を描くくだりで、皇子であったらという周囲の思いを記す部分に続く一文である。敦成《あつひら》親王が生れた時に「栄花の初花」と申し上げたので、この内親王誕生は「つぼみ花」と申すべきであろうという。「うたがひ」の方は、巻末で道長の並びなき栄華を表すところで「御栄花」が用いられている。また、巻第三十六「根あはせ」には「栄花の上《かみ》の巻《まき》には、殿の御子おはしまさずと申したるに」とあり、頼通《よりみち》の息男師実《もろざね》が後継者にふさわしく成人したことを記すくだりに「栄花」の語がみられる。この「上の巻」が正編をさすのかどうかは議論を呼ぶところだが、『栄花物語』の書名の由来をうかがえる部分として注目される。

書名ともなる「栄花」が藤原道長の栄華を表すのは、一読すれば明らかである。物語は道長に至る人々から、道長その人、そして子孫たちの繁栄の様子を書き綴《つづ》っていく。『栄花物語』巻第一「月《つき》の宴《えん》」は、「世始まりて後《のち》、この国の帝六十余代にならせたまひにけれど、この次第書きつくすべきにあらず、こちよりてのことをぞしるすべき。」とあり、近い御代について執筆することを宣言して始められる。物語は宇多・醍醐・朱雀の帝を簡略に紹介したあと六十二代村上天皇の御代から本格的に著しており、道長に重きをおき、道長の登場する経緯から視野に入れてその栄華を描こうとする意識がうかがえる。道長の栄華を中心に見据える仮名の物語という点は『大鏡』と共通するが、『栄花物語』は年時を追って叙述する編年体のスタイルをとっている。六国史《りつこくし》(日本書紀、続日本紀《しょくにほんぎ》、日本後紀《にほんこうき》、続日本後紀、日本文徳《もんとく》天皇実録、日本三代実録)のあとを受ける歴史叙述という見方が導かれることになるのだが、『栄花物語』は正史とは異なり、賞賛する道長という人物に焦点を定めるために、史実に見合う部分と乖離《かいり》する部分の両方を含んでいる。『栄花物語』は道長の人生に沿うように、時間を追って歴史叙述を展開していくのである。

道長は、娘を入内《じゅだい》させ后とし、皇子に恵まれることによって、外戚として権力を掌中にし栄華を極める。これは『大鏡』でも語られる話だが、そのあり方を示し、称えるのが

『栄花物語』の世界である。それは、『栄花物語』がそうした権力のあり方に価値を見出していることでもある。

たとえば、巻第九「いはかげ」で、定子所生の第一皇子敦康《あつやす》親王ではなく彰子所生の第二皇子敦成親王が東宮に立つくだりに、「道理のままならば、帥宮《そちのみや》（敦康親王）をこそはと思ひはべれど、はかばかしき後見《うしろみ》などもはべらねばなん」とあり、順序どおりであるならば敦康親王が立太子するべきだが、しっかりとした後見がいないから敦成親王が立つのだ、という理屈を述べている。ここで重視されるのは、後見の力である。これは平安時代の史実そのままの反映ではなく、史実を題材とする『栄花物語』の価値観の表出とみるべきであろう。寛仁二年（一〇一八）十月十六日、威子《いし》の立后《りつこう》により道長は太皇太后《たいこうたいごう》（彰子）、皇太后《こうたいごう》（妍子）、中宮（威子）の父となるが、それは帝と東宮を孫に持ち、まさにその後見として不動の地位を築いたことを意味する。巻第十四「あさみどり」では、その時のことを「かくて后三人おはしますことを、世にめづらしきことにて、殿の御幸ひ、この世はことに見えさせたまふ」と述べる。立后の喜びにわく様子が延々と続くわけではなく、むしろ簡素な印象さえあるが、娘三人が后に立ち、孫が帝・東宮であるという栄誉も、敦康親王ではなく敦成親王が立太子したことに由来するのであり、それが長幼の序ではなく後見の有無によるものであったと強調されているところに、読み手は外戚という立場のもたらす道長の栄華に思いを馳せる。

こうして現世における栄華を極めた道長の死をも、『栄花物語』は釈迦《しやか》の入滅になぞらえて描く。その山場ともいうべき臨終を迎える場面では、『往生要集《おうじょうようしゅう》』を引用して、極楽往生を期す道長の理想的な姿を描いている。巻第三十「つるのはやし」には、病状の深刻な道長が極楽往生を願って阿弥陀堂《あみだどう》に遷《うつ》り、臨終念仏に専念する様子が描かれる。道長のもとに行幸した後一条天皇（敦成親王）に望みを訊《たず》ねられた道長は、法成寺造営に携わった人々への褒賞のみを請い、宣旨《せんじ》を下す帝の配慮を泣いて喜ぶ。近親者にも会おうとせず臨終念仏に専念し、九体《くたい》の阿弥陀仏《あみだぼとけ》をみつめ、阿弥陀如来《あみだにょらい》の手を通した糸を握り、釈迦入滅にならって北枕《きたまくら》にし臨終を迎えようとする道長。物語は、栄華を極めた道長の極楽往生を願う真摯《しんし》な姿を描出し、物語は「よろづにこの相《さう》ども見たてまつるに、なほ権者《ごんじや》（仏・菩薩《ぼさつ》が衆生救済《しゆじよう》のために仮に姿を現した身）におはしましけりと見えさせたまふ」と結ぶ。道長を仏の化身とする見方は、薨去《こうきよ》後の尼法師たちのことばによって繰り返し示される。

このように道長の生涯に光をあてる『栄花物語』で意識されているのは先行長編物語の『源氏物語』であり、道長は光源氏《ひかるげんじ》になぞらえられる。「つるのはやし」巻末には、道長の死を釈迦入滅に重ねて、「釈尊入滅後は世間みな闇《やみ》になりにけり。世の灯火《ともしび》消えさせたまひぬれば、長き夜《よ》の闇をたどる人、いくそばくかはある」とあり、薨去後の世を「長き夜の闇」と表しているが、この闇は、釈迦入滅ばかりではなく、『源氏物語』の光源氏を失った物語世界をも彷彿《ほうふつ》とさせる。『栄花物語』の続編は、光源氏亡きあとの世界を意識した語り出しで始まる。巻第三十一「殿上《てんじよう》の花見」冒頭には、次のようにある。

光源氏隠れたまひて、名残《なごり》もかくやとぞ、さすがにおぼえける。めでたきながらも、あはれにおぼえさせたまふ。后宮《きさいのみや》、右大臣殿、薫大将《かをるのだいしやう》などばかりものしたまふほどのおぼえさせたまふなり。

光源氏の名をあげて、道長薨去後の喪失感の大きさを表し、明石《あかし》の中宮、夕霧《ゆうぎり》、薫《かおる》という子孫たちの様子を引き合いに出して、子孫たちの繁栄ぶりを表す。ここには、『源氏物語』匂兵部卿《におうひょうぶきょう》巻冒頭の「光隠れたまひにし後」がふまえられており、『源氏物語』の展開が透かし見える。『源氏物語』が時間を生きる人間光源氏を描いたように、『栄花物語』の世界には、類い稀な栄華を築いた人間道長の歳月が描出されている。続編の世界は、むしろ歴史的な事柄の羅列のような印象さえあるのは、道長という存在を失ったことによる。編年体というスタイルは、枠取られた時間を見事に生き抜いた道長を描き、個々の時間をこえて繋《つな》がる一族の物語を表しているのである。

（植田恭代）

天皇・源氏系図

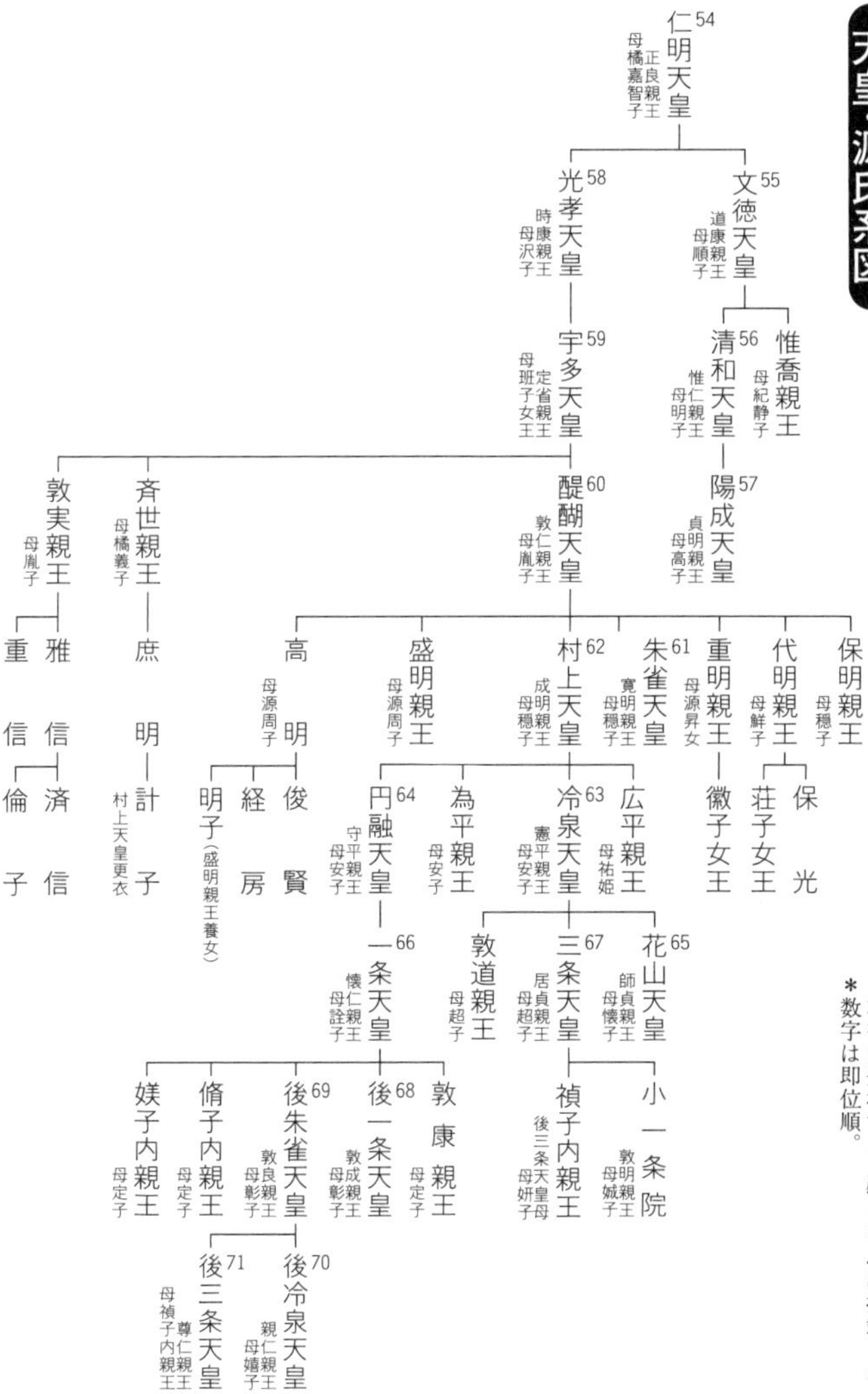

＊本書に登場する人物を中心に掲載した。
＊数字は即位順。

藤原氏系図

＊本書に登場する人物を中心に掲載した。
＊数字は摂政または関白の就任順。

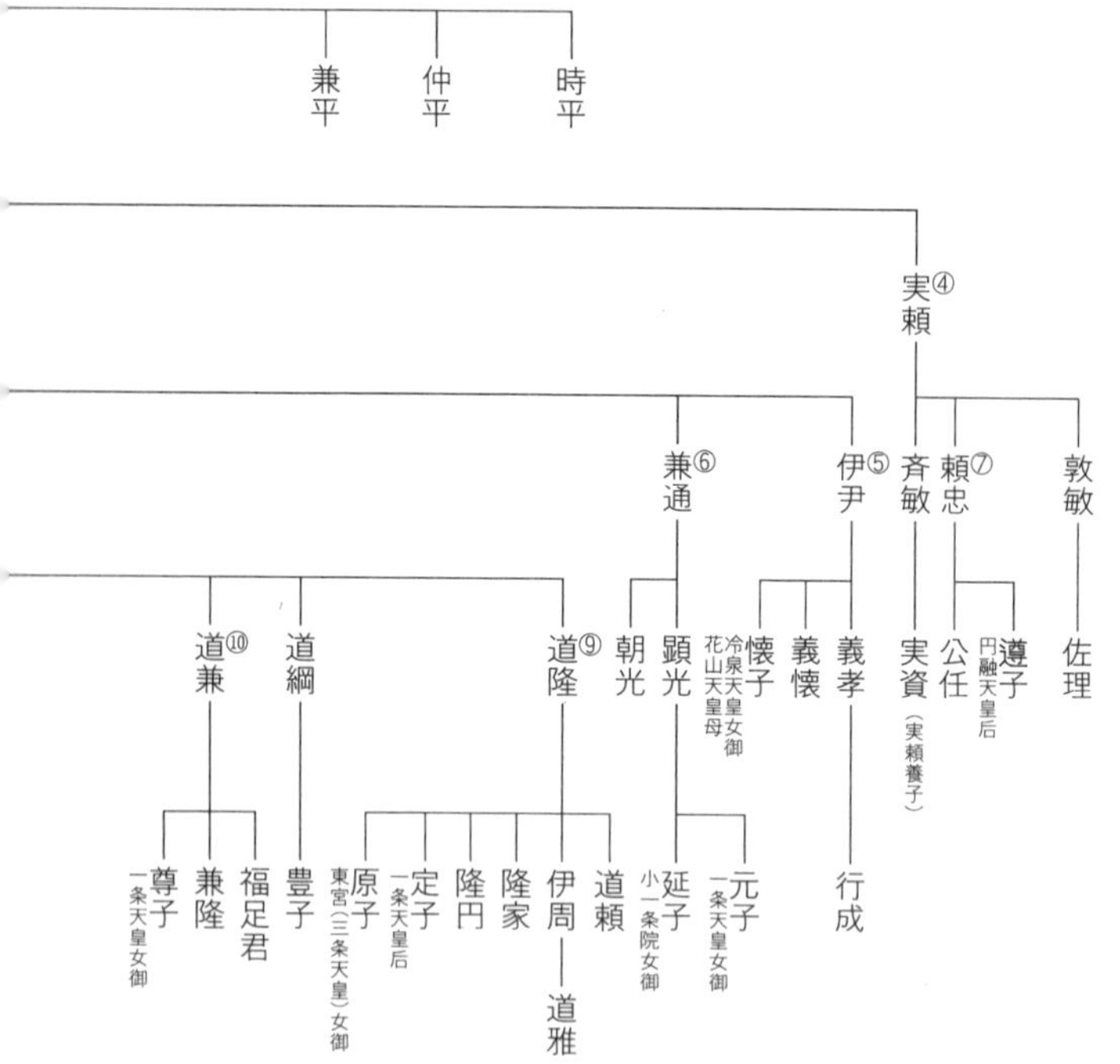

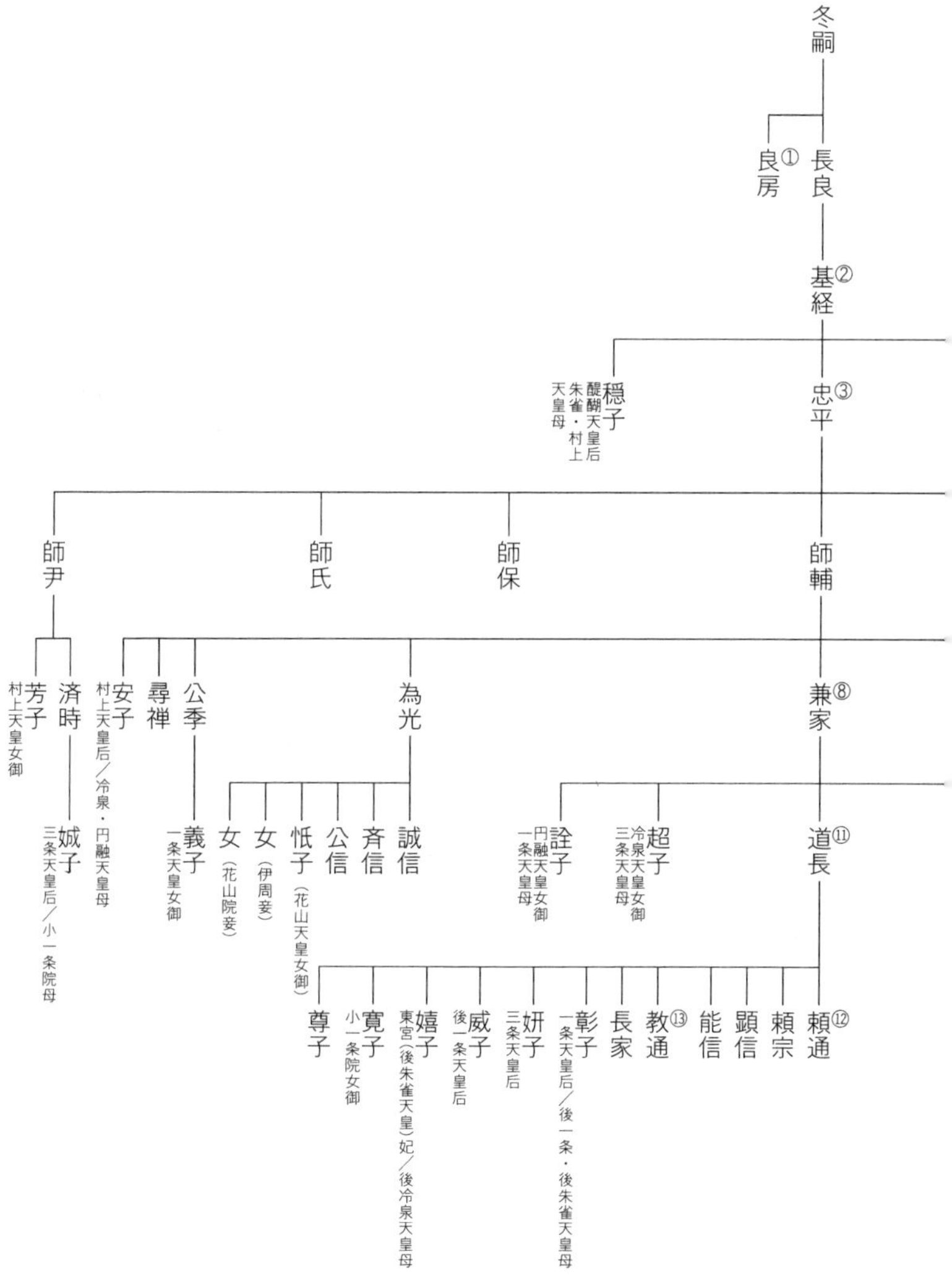
冬嗣
長良
良房①
基経②
忠平③
穏子 醍醐天皇后 朱雀・村上天皇母
師輔
師保
師氏
師尹
兼家⑧
為光
公季
尋禅
安子 村上天皇后/冷泉・円融天皇母
済時
芳子 村上天皇女御
道長⑪
超子 冷泉天皇女御 三条天皇母
詮子 円融天皇女御 一条天皇母
誠信
斉信
公信
忯子 (花山天皇女御)
女 (伊周妾)
女 (花山院妾)
義子 一条天皇女御
娍子 三条天皇后/小一条院母
頼通⑫
頼宗
顕信
能信
教通⑬
長家
彰子 一条天皇后/後一条・後朱雀天皇母
妍子 三条天皇后
威子 後一条天皇后
嬉子 東宮(後朱雀天皇)妃/後冷泉天皇母
寛子 小一条院女御
尊子

校訂・訳者紹介

橘 健二――たちばな・けんじ
一九一三年、三重県生れ。東京文理科大学卒。中古・中世文学専攻。筑波大学名誉教授。一九九八年逝去。

加藤静子――かとう・しずこ
一九四六年、茨城県生れ。東京教育大学卒。平安文学専攻。都留文科大学名誉教授。主著『王朝歴史物語の生成と方法』

山中 裕――やまなか・ゆたか
一九二一年、東京都生れ。東京大学卒。日本古代史・平安文学専攻。田園調布学園大学名誉教授。主著『歴史物語成立序説』『平安朝文学の史的研究』ほか。二〇一四年逝去。

秋山 虔――あきやま・けん
一九二四年、岡山県生れ。東京大学卒。平安文学専攻。東京大学名誉教授。主著『源氏物語の世界』『王朝の文学空間』『源氏物語の女性たち』ほか。二〇一五年逝去。

池田尚隆――いけだ・なおたか
一九五四年、三重県生れ。東京大学卒。平安文学専攻。山梨大学名誉教授。

福長 進――ふくなが・すすむ
一九五五年、岡山県生れ。東京大学卒。平安文学専攻。神戸大学名誉教授。

日本の古典をよむ⑪

大鏡・栄花物語

二〇〇八年一一月三〇日　第一版第一刷発行
二〇二四年一〇月　七　日　　　第二刷発行

校訂・訳者　橘 健二・加藤静子・山中 裕
　　　　　　秋山 虔・池田尚隆・福長 進

発行者　石川和男
発行所　株式会社 小学館
〒一〇一－八〇〇一
東京都千代田区一ツ橋二－三－一
電話　編集　〇三－三二三〇－五一七〇
　　　販売　〇三－五二八一－三五五五

印刷所　TOPPANクロレ株式会社
製本所　牧製本印刷株式会社